U0144047

革命是一件血腥的事。

火藥法師

❶ Promise of Blood

血之諾言

〔下〕

布萊恩・麥克蘭———著　戚建邦———譯

Brian McClellan

火藥法師 1 血之諾言・下

目次

21

湯瑪士被自己痛苦的喘息聲驚醒。他以手肘撐著坐起身，大口喘息，覺得有塊石磨壓在胸口上。他踢開裹住腳的毯子，倚靠在床沿。

他最近都在貴族議院頂樓的辦公室睡覺，不睡王家沙發的厚座墊，而是在屋角放了張簡單舒適的行軍床。現在那張厚帆布床完全被汗水浸濕，他的睡衣和頭髮也都濕透了。他雙手抱胸，因為汗水開始變涼而微微顫抖。在皎潔月光下，隱約可見時鐘顯示的時間是凌晨三點半。

他回想夢境裡的情景，宛如很多年前的回憶，殘破又模糊。他一想到它們，手就開始發抖，而且和寒冷無關。夢裡死了很多人，他認識一輩子的士兵、朋友、熟人，甚至還有敵人，所有他認識的人。他們排在南矛山的火山口邊緣，一個一個跳入激烈噴發的火山口。坦尼爾也在，不過他的命運曖昧難明。他顫抖著。夢裡的芙蘿拉在哪裡？他看見薩邦跳下火山，但歐蘭呢？

湯瑪士邊抖邊吸氣。他走到窗台邊，看著天上的滿月。夜空十分清澈，只有月亮外圍有一圈雲霧，那是神之眼。湯瑪士再度顫抖，抖得厲害，好一會兒才慢慢和緩下來。他雙手扶牆，等待發抖平息。

他聽見熟悉的哀鳴聲，於是低頭。「赫魯斯奇。」他對獵犬說。「我沒事。皮賴——」他住嘴，在咳嗽聲中嚥下那個名字。「噢，抱歉，小子。」他彎腰，手伸向獵犬。「我很快會帶你去打獵，讓你忘記煩惱。」

湯瑪士找出拖鞋，理了理頭髮，脫掉睡衣，打開通往走廊的門，在火光下眨眼。歐蘭在門口的椅子上翻來覆去。芙蘿拉睡在他對面的另一張椅子上，靠著她的來福槍輕輕打呼。更遠處有兩名守衛在燈下待命。經歷了勇衛法師暗殺事件後，他的指揮官多派了一倍的警衛人數。

「長官。」歐蘭說著，在椅子扶手上壓熄香菸。

「你都不睡覺？」

「報告長官，我不睡。你就是為此雇用我的。」

「我在開玩笑，歐蘭。」

「我知道。」

「都沒事嗎？」湯瑪士問。

「完全沒有，長官。一點風吹草動都沒有。」歐蘭的聲音很輕，有點壓抑。

湯瑪士朝芙蘿拉點點頭。「她在這裡做什麼？」

「她擔心你，長官。」

湯瑪士嘆氣。

「你沒事嗎，長官？」

湯瑪士點頭。「作了噩夢。」

「我祖母常說，噩夢都是惡兆。」歐蘭說。

湯瑪士看著士兵。「謝謝，這話讓我好多了。我要去找點東西吃。」他慢慢走過走廊。

歐蘭給了他空間，遠遠跟在十步外隨他一起下樓。在黑暗光線中走下六樓去廚房，感覺是條很長的路，湯瑪士得承認在被黑暗走道激發想像的情況下，有歐蘭在確實讓他安心不少。他曾被嚇過一次，以為在角落看見勇衛法師的駝背身影，細看之下才發現只是個正在燒炭的火爐。

湯瑪士想去廚房找些晚餐的殘羹，然後就回房間。但抵達廚房時，他瞧見烤箱裡的微光，聞到新鮮麵包的香味，便開始流口水——這是接近米哈理料理的徵兆。他步入廚房，看見一幅意料之外的畫面。

兩個女人站在一座火爐前，正在擺弄一口和馬車車輪一樣大的巨鍋，打入蛋，把蛋殼丟到旁邊。米哈理站在她們身後——就是在身後，他的身體貼緊她們，雙臂各摟著一個女人，兩手則在鍋上靈巧動作。他撒入一把鹽，然後一手下移，弄得一個女人咯咯嬌笑，才拿起一把料理刀和一整顆青椒，俐落地切片到鍋裡。

湯瑪士清清喉嚨。兩個女人嚇了一跳，瞪大雙眼看向湯瑪士。米哈理當即退開，儘管挺著大肚子，動作依然十分索利。他輕笑。

「戰地元帥！」米哈理在圍裙上擦乾手，拍拍兩個女孩的臉頰，然後走向湯瑪士。「看來你今晚過得不好。」

「看來你今晚過得很好。」湯瑪士說。「我開眼界了——竟然有人靠歐姆蛋來色誘。」

在這種光線下看不清楚，不過米哈理似乎有點臉紅。「只是晨間指導，戰地元帥。」他說。「貝隆妮和塔莎是最有潛力的學徒，值得我額外指導。」

「學徒？」湯瑪士問。「我以為她們是助手。」

「所有助手都是學徒。不學習的人還有什麼用處呢？每個老師都要做好被學徒打敗的準備，就像我父親那樣。一定有人能做出比我還美味的料理，或許就是她們之一。」

「我很懷疑。」湯瑪士看向那兩個女人。一個年紀較大，約三十來歲，面貌姣好，身上所有該有曲線的地方都有。另一個比較年輕，略顯豐滿，臉頰有酒窩。她們看米哈理的時間比看鍋子多，臉上帶著只有兩種人會有的表情——年輕愛人和虔誠信徒。湯瑪士懷疑她們是哪種人。

「你睡不好？」米哈理問。

湯瑪士聳肩。「作噩夢。」

「比較像是惡兆。」

歐蘭在門口輕聲道：「我也是這樣說。」

米哈理上下打量他。「溫牛奶。」

「對我無效。」湯瑪士說。「你會睡覺嗎？現在是凌晨三點。」

「三點四十五分。」米哈理說，雖然廚房裡沒時鐘。「我從小就不太需要睡覺，我父親說那是因為神在眷顧我。」

「你父親相信你？」湯瑪士問。「我無意冒犯，但你之前說他叫你不要張揚自己是亞頓轉世的事情。」

「不會冒犯。」米哈理繞到一張空桌前，從圍裙口袋裡掏出幾支小香料瓶，上面沒有標籤，但他按照特定順序把它們擺在桌上。「他相信我。他只是知道如果公開此事，我會面對什麼樣的麻煩。」

「那現在呢？」湯瑪士問道。「你告訴我了，我想你的說法已經傳開了。」他看向那兩個女人。她們屬於哪一種？宗教崇拜，還是愛情？或兩者都有？她們還在看米哈理，直到其中一人注意到歐姆蛋在冒煙，於是驚呼著轉身。

米哈理嘴角揚起笑容。他拿出研砵和杵開始磨藥草。「我的說法？」米哈理說。「你不相信我，是不是？」

「我……不知道。」湯瑪士說。「這件事令人難以置信。但我見過你做菜的本事，讓食物憑空出現，而我從未聽說過有什麼魔法能無中生有。我還見過你身旁的技能師靈氣。」

米哈理似乎吃了一驚。「你注意到了？」

「嗯，對，你在我和歐蘭面前弄過。」

「噢，照理說不會有人注意到，我通常會更小心。小時候父親就叫我隱藏這項本事，他說如果洩露出去，皇家法師團或教會會來找我。」

湯瑪士在米哈理臉上搜尋說謊的跡象。米哈理專心處理著藥草，直到滿意為止。他拿出一種深色粉末摻入其中。「塔莎，」他說。「麻煩妳幫我熱些羊奶。」

「我以為你是故意的。」湯瑪士緩緩說道。「或許是要說服我們相信……你的神性。」

米哈理羞怯笑道：「我向來不是高調的神。」他說。「那是克雷希米爾的專長。」

「而且你還料理艾卓不常見的食材，」湯瑪士說。「像是艾德海沒有的鰻魚。你把昂貴的香料當麵粉或水來使用。我在葛拉服役過一段時間，我知道那些東西有多昂貴，我也知道昂卓斯沒有批准這類伙食費。憑空製造食物，那是你的技能嗎？」

米哈理搔搔他的小鬍子。「對，我弄得太明顯了，對嗎？我應該……掩飾自己嗎？」

「或許。」湯瑪士同意。米哈理毫無疑問是名技能師，湯瑪士或許有朝一日會用得上他。他是不是在迎合瘋主廚？「我想你該低調點，防患未然。」

「能請教你作了什麼噩夢嗎？」

「我剛醒來時還記得。」湯瑪士說。「但現在印象模糊了。我想我認識夢裡的所有人。不，不是全部，但大部分我認識的人都在南矛山上，跳進了火山口。我兒子也在那裡，不過我不知道他出了什麼事，而……」他閉上嘴，想起一段記憶。「有人和我們站在一起，是我沒見過的人。他眼睛像火，頭髮彷如金絲，催促著大家跳下去，還用匕首抵住坦尼爾的脖子。」

「我可以告訴你一件事嗎？」米哈理輕聲道。

湯瑪士上前一步，專心聽。「當然。」

米哈理從女人手中接過杯子。「謝謝妳，塔莎。」他說。「我一直在聆聽城裡的聲音。」米哈理把他調配好的香料加入溫羊奶中，用粗手指攪拌，然後把羊奶遞給湯瑪士。湯瑪士心不在焉地喝了一口，接著猛地瞪大雙眼。他喝過一、兩次法特拉斯塔巧克力，太苦了，這杯羊奶味道也差不多，但是更甜一點，還有種辛辣口感。香料刺激他的舌頭，但藥草緩和那種刺激感，溫羊奶宛如上好白蘭地般滑入喉嚨。他一飲而盡，一滴也不放過。

米哈理解釋：「到處都有危險和背叛。艾鐸佩斯特是口沸騰的大鍋，必須降溫，不然會溢出來。得在克雷希米爾來之前解決。我想……我想我要準備迎接我哥了。晚安，戰地元帥。」

湯瑪士低頭看著米哈理拿走他手中的杯子。他聽見米哈理在說話，聲音彷彿來自遠方。「你得抱他上床，他現在應該不會睡不著了。」

「阿達瑪，我的老朋友！」

理卡・譚伯勒站在一間小辦公室門口，張開雙臂迎接。理卡和阿達瑪在上次見面後變了很多，滿頭棕鬈髮的髮線如今退到腦後，多了些灰色髮絲，還留了法特拉斯塔拓荒者風格的長鬢。昂貴的駱駝毛西裝縐巴巴的，彷彿他穿著西裝睡覺一樣，領帶也歪了。阿達瑪擁抱老朋友。

「很高興見到你，理卡。」阿達瑪說。

理卡笑得嘴角幾乎要裂到耳根。他摟著阿達瑪的肩，一副找到失散多年兄弟的模樣。「你最近過得如何？」

「還不錯。」阿達瑪說。「你呢？」

「我沒什麼好抱怨的。請坐。」他領著湯瑪士走入辦公室。裡面堆滿了書、只剩一半的白蘭地酒瓶，還有髒盤子。理卡移開一張椅子上的報紙，繞過自己辦公桌，吃力地推開一扇窗。

「柯爾！」他對著窗外大叫。「柯爾，拿點紅酒進來。一瓶品尼！兩個杯子。不，還是拿兩瓶酒來好了。」

他說完就立刻關窗，不過還是沒來得及在屋裡飄入死魚腥味和艾德海鹹味之前關上。理卡皺了皺鼻子，從胸前口袋掏出火柴，點燃辦公桌上方層架上燒了一半的焚香。「我受不了那股味道。」他表示。「這裡充滿了那種味道。我們離碼頭還有半哩，但——」他聳肩。「我又能怎麼辦？我得接近工作繁忙的地方。」

「我聽說你們工會發展得不錯。」阿達瑪說。他們畢業後沒多久，理卡就創辦了第一個貿易工會，但失敗了，之後六個工會也都以失敗收場。或許是因為缺乏人力，又或者警察老是接獲通報來勒令歇業，理卡因此入獄五次，但這番堅持總算有了成果，五年前曼豪奇終於讓九國第一個貿易工會合法化。

理卡的笑容擴大，如果還能擴大的話。「高貴勞工戰士工會。大清洗過後我們又開了三個分部，目前正在和城議會討論年底前再開六個。我們已經有超過十萬名會員，而我的會計說那還只是開始而已。再過幾年，工會人數就會超過百萬，甚至更多。我們在組織冶金工會、燃煤工會、礦工工會——所有艾卓最大的產業。」

「不是所有產業。」阿達瑪說。「我聽說你在赫魯斯奇大道遇上麻煩。」

理卡哼道：「可惡的槍匠不想組織工會。」

「不能怪他們。」阿達瑪說。「他們已經在生產九國境內半數武器，並不擔心競爭。」

「如果組織工會，全世界都會是他們的。呿！組織就是一切！」理卡說。「真正讓我們興奮的是通過查勿派爾直達戴利芙的運河。運河完工後，我們就可以直接從艾卓抵達海洋，到時候我們的生產能力將沒有極限。艾卓終於擁有一條海運通道了。」他突然扮了個鬼臉。「我也真是的，怎麼能這樣討論我的財富……」他一臉尷尬，越說越小聲。

阿達瑪若無其事地揮手。「你想到我生意失敗的事？別放在心上，那件事情一開始就是個賭注，而我賭輸了。我可以怪紙價，或是頑強的競爭對手……

「或是會爆炸的印刷機。」

「或是那個沒錯。」阿達瑪說。「但我家人和朋友都在，所以我很富有。」

「菲她好嗎？」理卡問。

「不錯。」阿達瑪說。「她待在鄉下，等首都的局勢穩定再回來。事實上，我在考慮讓她在鄉下待到戰爭結束。」

理卡點頭。「戰爭是狗屎。」

一個手臂超細、衣服陳舊的年輕人帶著一瓶紅酒和兩支水晶杯進來。

「我說兩瓶，可惡！」理卡說。

年輕人絲毫不為所動。「只剩一瓶了。」他把托盤喀啦一聲丟在理卡的桌上，然後迅速離開，避開理卡的拳頭。

「現在要找到好幫手很難。」理卡抱怨，扶穩搖晃的酒瓶。

「說得沒錯。」

理卡倒酒。酒杯很髒，但酒是冰的。他們一人喝了兩杯才重新開始交談。

「你知道我為何而來？」阿達瑪問。

「知道。」理卡說。「問吧，你不會冒犯到我，那是你的工作。」

阿達瑪覺得這話讓他放鬆了一點。他湊上前。「你有理由要戰地元帥湯瑪士的命嗎？」

理卡搔搔鬍子。「我想是有的。他最近在說什麼要縮減工會的規模，說我們太快掌握太多權力。」他雙手一攤。「如果他決定要規範人數上限，或是加重課稅，工會可能會面臨大問題。」

「問題嚴重到要殺了他？」

「當然，但人總要權衡利益與風險。湯瑪士可以容忍工會，他支持工會存在，雖然我們過去一千年幾乎都不合法。曼豪奇允許我成立高貴勞工戰士工會，純粹是想要課徵重稅，我們得盡力規避那些稅才有辦法活下來。」

「如果在曼豪奇統治下能活，為什麼要參加政變？」

「有一群曼豪奇的會計師在查我們的帳，發現他們抽的稅和計畫中相去甚遠，所以他的顧問建議解散我們。貴族討厭我們，他們討厭付工人更多錢，即使產能能夠提高也一樣。就算曼豪奇不解散工會，協議也會讓艾卓受制於凱斯的殖民地法，導致我和其他工會領袖鋃鐺入獄，或迎接更淒慘的命運，工會還是會面臨解散，財產全部充公。」

「你說殺害湯瑪士會給你帶來風險？」阿達瑪問。

「大部分是會產生問題。我在議會沒有多少朋友，溫史雷夫女士容忍我，總管大臣討厭我，因為我的會計師幾乎和他的一樣優秀。大主教把我逐出教會兩次，校長認為我是笨蛋，而大業主——好吧，大業主享受工會支付的賄賂金。如果湯瑪士死了，我在議會裡就只剩下兩名支持者，兩個都有可能背叛我。」

阿達瑪啜了一小口酒。其中一個或許已經背叛了，他回想溫史雷夫女士的話。

「我聽說你派了一支代表團去凱斯。」

理卡往後靠。「誰告訴你的？」

「你明知道不該問我這個。」

「嘖，你和你的消息來源。我都忘了你有時候幾乎無所不知，就連最機密的事情也逃不過你的法眼。」

「所以你派了代表團？」

起。

理卡聳了聳肩。「當然，這連湯瑪士也不知道。倒不是我要隱藏什麼。」他迅速說道，一手抬

「如果不是要隱藏什麼，為什麼搞得這麼神祕？」阿達瑪覺得自已有點緊張。不管是不是老朋友，如果理卡在湯瑪士背後亂搞，友情就是廉價的貨幣。

「我說過我們的會員數可能會破百萬？」

「說了。」

「好吧，想像一下破千萬，或者破億？」

「那可是九國中所有勞工的人數。」

理卡嚴肅點頭。「工會派了一支代表團去見伊派爾，我說真的，這絕對不是要出賣艾卓，只是送信告知工會想要擴張到九國全境。眾所皆知，凱斯人口數比我們多，但他們的工業技術落後我們。如果他們讓我在凱斯某座城市裡開個分部，我們可以提供一些技術。」

「我懂了。」阿達瑪打量著酒瓶。他完全能理解理卡保密的原因。既然要開戰，湯瑪士就不會想要任何人看起來像在幫助凱斯，而且凱斯能從工會那裡獲得許多好處。和艾卓不同，凱斯是農業國，尚未擁抱工業，所以儘管人口眾多，他們在科技和生產力方面都遠不如艾卓。如果工會擴張到凱斯境內，艾卓製造業的技術就會流傳過去。正如理卡所說，凱斯的工業無法與艾卓相比，應該說還不能。

「你收到回音了嗎？」

理卡做了個鬼臉。他在書桌上翻了翻，然後又去書櫃找，最後在吃剩一半的脆皮麵包底下找到他要的東西。他把一張紙扔在阿達瑪腿上。

上面有凱斯伊派爾王的王家印記。阿達瑪目光掃過內文。

「他們拒絕。」

「態度惡劣。」理卡說。「我的人被拎著皮帶丟出王宮。凱斯人是笨蛋、白痴，他們活在上個世紀，而全世界都已經邁向下個世紀。可惡的貴族。」

阿達瑪思考整件事。交易已經破局，除非檯面下還有更多暗盤——這也不是沒發生過。必要的話，阿達瑪會深入調查此事。他和理卡的交情還沒好到讓他不會懷疑對方的說詞。

理卡把瓶子裡剩下的酒喝光，之後將酒瓶側放，轉動瓶子。「玫絲上個月離開我了，在政變過後。」

玫絲是他過去二十年間第六任妻子。阿達瑪不禁懷疑他這次又幹了什麼。

「你還好嗎？」

理卡看著旋轉的酒瓶。「還可以。碼頭附近的辦公室是有好處的，我找了一對雙胞胎……」他雙手伸在胸前。「我可以幫你介紹——」

阿達瑪打斷他。「我婚姻幸福，而我會保持下去。」理卡可不是喜歡分享的人，阿達瑪甚至不能肯定他想提議什麼。「你覺得其他議員怎麼樣？」阿達瑪轉變話題。

「私底下？」

「我不在乎你喜不喜歡他們，我在乎的是你認為他們會不會暗地裡對付湯瑪士。」

「查爾曼。」理卡想都不想就說。「那傢伙是跑進雞舍的洞穴獅。」他搖頭。「你聽說過他那棟別墅的謠言，對吧？城外那棟只招待位高權重之人的歡愉別墅。」

「只是謠言，」阿達瑪說。「僅此而已。」

「喔，那是真的。」理卡說。「讓我臉紅，而我可不是什麼純潔處男。好好聽我說，做到那種地步的人絕對有所圖謀。」

「你有證據嗎，關於那些他確實值得懷疑的地方？」

「不，我當然沒有。他是危險人物。教會已經公開反對工會了，他們認為我們不願意讓貴族操到死，而這違背了克雷希米爾的旨意。我可不吃那一套。」

「昂卓斯呢？」阿達瑪問。

理卡顯得很不自在。「當心那傢伙。」他說。「他不像表面上看來那麼簡單。」

理卡會這麼警告感覺很奇怪。

「好吧，如果找到可以把大主教定罪的證據，請通知我。」阿達瑪說著，拿起他的帽子。

理卡伸出手指。「等等。」他說。「我想起一件事。幾年前有謠言指出查爾曼加入了某個邪教。」他伸手摸頭。「但我想破頭也想不出是什麼教。」

「邪教。」阿達瑪心平氣和地說。理卡在亂槍打鳥，他顯然不喜歡對方。「想起來的話再告訴我。我要看你的帳本，還要去查工會在碼頭上的所有地產。」

「嗯。」理卡說。「你需要一支軍隊才能查完那些。」

「就算是那樣……」

「噢，我歡迎你查。我會放話出去，要他們不去阻擾你，還會乖乖回答你的問題。」

阿達瑪和索史密斯接下來的一整天和隔天，就在碼頭和倉庫中度過，那一區幾乎都是高貴勞工戰士工會的人。阿達瑪問了很多問題，不過就和他猜測的一樣，問不出什麼所以然來。他一共面談了將近三百人，有些人提出疑點，有的半真半假，有人說謊，有人說了他人壞話，但全都是在繞圈子。理卡說得對，要清查碼頭需要一支軍隊。

他唯一能夠肯定的就是，凱斯利用碼頭從艾德海偷渡進來。他第二天傍晚路過湯瑪士軍事總部，留下一張人名和船名清單，讓湯瑪士的手下去查，但關於湯瑪士的叛徒之事卻毫無進展。

他知道自己的工作或許能避免下一次暗殺行動，但他覺得自己正把雙手放進滿是鯊魚的渾水裡。他只有一個人，但湯瑪士的敵人隨時都可能從任何方向出擊。

22

持續敲響的警鐘聲驚醒了淺眠的坦尼爾，讓他瞬間爬下床。他抓起床邊的來福槍衝向門口。卡波開始在房角的帆布床上翻身時，坦尼爾已經跑下樓梯。

軍官餐廳裡空無一人，坦尼爾跑過一排排倒放著椅子的餐桌，來到街上。他只在那裡停了一下，穿上上衣，調整槍具，接著穿上靴子。而當他站起身時，男男女女已從街上其他房舍中擁出。坦尼爾跟著其他人一起奔向堡壘南牆。

「你聽見警鐘了？」費斯尼克跑到坦尼爾身邊問道。他在坦尼爾和包一起下山後的兩週內與坦尼爾越來越要好。坦尼爾想不透這其中的原因，幾週前他還把槍管塞進對方嘴裡打斷其牙齒。

坦尼爾翻了個白眼。他當然聽見了，半數艾卓人民都聽見了，而且那些可惡的警鐘還在響。「聽見了。」他說。

「你認為是全面進攻嗎？」

「不知道。」

年輕守山人似乎有點太過期待這種可能了。自打開戰以來，他們除了朝凱斯士兵亂開槍外什麼都沒做。凱斯軍只有在平地上部署，準備……某種行動，遠離火砲射程範圍。他們的榮寵法師完全沒露面。雖然這個事實令坦尼爾不安，至少他開槍擊中了不少勇衛法師。不過想要一槍打死勇衛法師靠的是運氣，而非技巧。

坦尼爾在堡壘牆頂上找了個位置安頓下來。他吸了一排火藥，驅趕所有睡意，然後瞇起眼睛看著晨曦。

「他們背對太陽。」坦尼爾說。

「混蛋。」費斯尼克咕噥道。

坦尼爾說：「我們早就知道他們會在上午發動攻擊。如果他們要仰望山上進行射擊，那他們的優勢將在下午變成劣勢。」

太陽才剛探出遠方的山丘。儘管是夏天，晨間的空氣還是十分寒冷。南矛山腳的積雪已經消融，南側上山的道路會很潮濕，這使得凱斯部隊開始上山時會走在泥濘裡。坦尼爾不知道凱斯會採取什麼策略。

身後鎮上的警鐘聲逐漸弱了下來，緊接而來的除了一些緊張低語聲和槍械聲響，便只剩一片死寂。他們裝填火砲，火槍準備就緒。火砲和人手在整個堡壘牆頂一字排開，只留下操作砲台所需的空間。坦尼爾並不嫉妒敵人。

「看在克雷希米爾的份上，」費斯尼克說著，瞇起眼睛。「他們的人多到永遠都殺不完。」

「殺殺看就知道了。」坦尼爾右手邊的女守山人說。他覺得自己認得那個嗓音，於是轉身看了一眼。是凱特琳，包的女人。她很嚴肅，完全不是包會喜歡的類型，高高瘦瘦，一頭黑髮，語氣嚴厲。他向她點頭，她友善回應。

坦尼爾又吸了點火藥，努力在下方平原尋找動靜。即使是火藥法師也無法減少清晨陽光的刺眼。他感到有人拉他袖子，卡波站在他身旁，指著一道斜坡。

坦尼爾順著她的手指看去，在下方的山丘和平原上搜索，接著他看見了，在莫潘哈克附近。凱斯之前棄守了那座小鎮，把總部移向後方，但現在並非如此。他們趁夜立了一座高塔，用木柱搭建在一座大雪橇上，足足有三層樓高，前面有一群牛在拉。

坦尼爾心跳加速。「那是榮寵法師塔。」他說，並開啟第三眼，想再次確定此事。塔外有道靈光在艾爾斯裡閃耀，強烈到足以遮蔽個人靈氣。

「只是一堆木材。」費斯尼克說。「只要一砲就會淪為碎片。」

卡波嗤之以鼻。坦尼爾不認為她有見過榮寵法師塔，但她肯定感應得到籠罩在那玩意兒外的魔力。

凱特琳似乎很擔心。她神色不定地看向坦尼爾。

「別抱太大希望。」坦尼爾說。「榮寵法師塔是用魔力搭建出來的，不是木材。」他看了那座塔一眼。他的第三眼看見下方一片斑斕，千百種色彩混和在一起。榮寵法師塔的光線強烈到像是有一千支火把同時燃燒，光是盯著看就會頭痛。他閉上第三眼。「他們過去幾週內都在用魔法加持那座塔。這種東西已經很久沒人建造過了，要一整個皇家法師團才行，不過一旦完工……」

「好吧，但那玩意兒有什麼用？」費斯尼克問。坦尼爾看了年輕守山人一眼，費斯尼克的槍管在抖。

「它會保護上山的士兵，」坦尼爾說。「還有塔上的榮寵法師。」

「我還是什麼都看不見。」費斯尼克伸手遮蔽陽光。

「很快就會看見了。」坦尼爾提起來福槍，轉過身去。「知道包在哪裡嗎？」

費斯尼克搖頭。

「他和加瑞爾在一起。」凱特琳說。「在堡壘大門上。」

最大的堡壘在東南門上方，從主牆延伸出來，山側隱約可見二十門大砲和火砲。坦尼爾在堡壘頂端找到加瑞爾，他也伸手遮擋陽光，湊身向前，彷彿等著子彈射向自己。包站在他後方幾步之遙，皺眉看著下方的山丘。

「那是榮寵法師塔。」坦尼爾說。

「我知道，我一直在猜他們在幹嘛，還以為在等更多兵馬。」他咕噥一聲，拉拉衣領。「沒料到是這種東西。」

「我沒見過榮寵法師塔。」坦尼爾說。「只聽過謠言。」

「有看過才奇怪。上次有人建造榮寵法師塔是……喔，兩百一十五年前。凱斯軍在葛拉圍攻夏族王宮。當時他們和艾卓聯軍。」他哼了一聲。「艾卓和凱斯皇家法師團合作建造了三座榮寵法師塔，打贏了那場仗，也贏了整個戰爭。」

「為什麼要用到塔？」坦尼爾問。

包若有深意地看他。「因為夏族王宮有葛拉的神在守護。」

坦尼爾感到胸口一股涼意，不是被風吹的那種涼感。「你在開玩笑，神？」

「這就是皇家法師團的祕密了，我的朋友。」包輕拍自己的鼻子說。「那是位年輕的神，年輕又天真。」包的語氣有點感傷。

「不是你在史書裡讀到的那種故事。」加瑞爾補充。他從牆頂爬下來，面對他們，把望遠鏡收回口袋。他身穿守山人的混皮皮衣、棕皮靴，還有差點穿不下的背心。背心看起來很陳舊，坦尼爾幾乎可以聞到上面的灰塵，彷彿衣服之前都放在衣櫥後面或箱子最底下。背心左胸口有個守山人的徽記——三個三角形，一個比較大，帶光圈，另外兩個比較小的分在左右。那是一件守山人司令背心。

加瑞爾，鎮上的酒鬼，是守山人司令。坦尼爾還是覺得難以接受。

「你怎麼看？」包問，朝牆頂邊緣點頭。

「我不喜歡這種情況。」加瑞爾摸摸下巴的鬍碴。他接手指揮後就剃掉了鬍鬚。他的鬍鬚長很快，但他都隔好幾天才想到要剃。「榮寵法師塔出現，表示整個皇家法師團都到了。」

「也可能表示更可怕的東西。」包說。

「祖蘭。」坦尼爾說。

他們不悅地交換眼色。

「我見過她釋放魔力。」坦尼爾說。「威力驚人。」

「嘖。」包說。「她隱藏實力，而你毫無概念。」

「那她將會橫掃整座堡壘。」

「我不在乎她是誰。」加瑞爾說。「她不會這麼容易就把我們解決掉。和她一樣古老的魔法將這座堡壘與山羈絆在一起，滲入每塊磚頭、每一把土和岩石中。我們是守山人。」

包不耐煩地看了加瑞爾一眼。「你們也不能小看她。」他說。「她或許被我們削弱戰鬥力。我們在山頂對她造成的傷害足以殺死半個皇家法師團，更別提墜落山崖，搞不好她落地時還撞出個大坑。」

堡壘頂的士兵開始出現騷動。坦尼爾走到牆邊去看，加瑞爾和包也跟了過來。

坦尼爾瞇眼對抗陽光，看見山腳下的動靜。凱斯軍隊趁夜推進，來到火砲射程範圍外。他們看起來像是一個無組織的巨大生物，但如坦尼爾所見，凱斯軍隊逐漸擺開陣形。這時，他看見他們了，凱斯皇家法師團的旗幟。法師團旗幟之巨大，與貴族和皇室的旗幟一比，宛如一張床單擺在一件衣服旁。旗幟透過魔法升起，飄在凱斯部隊上空，不受風力影響，寬邊指向守山人。旗幟上有條在田裡爬行的白蛇，是凱斯的力量象徵。那條蛇在坦尼爾眼中扭曲移動。又是魔法。蛇嘴張開，朝高山堡壘噴灑毒液。

坦尼爾看了包一眼。

「小把戲。」包說。「那是幻象，不危險——還不危險。」

「好吧。」

榮寵法師塔開始慢慢前進，士兵邁著整齊的步伐從兩側通過，鼓兵穩定的節奏遠遠傳來，成千匹馬拉著火砲時鞍具發出吱嘎聲。一聲號角響起，部隊開始爬坡。

在此之前，敵軍都只是在佯攻刺探，數個連的士兵進攻堡壘外牆，然後撤回山道上的天然掩體後。防守外圍工事的艾卓士兵幾度後撤，但每次都在敵軍撤退後，不費兵力奪回據點。

坦尼爾看得出來這次不是佯攻，真正的進攻開始了，在一方全面潰敗之前沒得休息。

有人拉他衣袖。卡波把他拉到旁邊，交給他一個袋子，砲彈大小，重量也差不多。

「波，幹嘛？這是什麼？」他把袋子放在地上，打開來看。裡面都是子彈，數量足夠一個小隊使用。他皺眉看著卡波。「謝謝？」

卡波兩眼一翻。她用拳頭拍拍胸口——這是她用來指榮寵法師的手勢，然後模仿發射來福槍的動作。坦尼爾開始懂了，嘴角緩緩揚起笑意。

「那是什麼？」包在卡波身後問道。

「子彈。」坦尼爾說。他拿出一顆對著陽光查看，是約莫拇指大小的標準鉛彈。細看之下就會發現，彈丸中央有道深紅色線條。包伸手去拿彈丸，坦尼爾立刻縮手。「你不會想碰的，」他說。「這是紅紋彈。」

包一臉懷疑地看著子彈。「什麼彈？」

「骨眼加持過的子彈。骨眼是戴奈斯的法師。」坦尼爾說。「我們在法特拉斯塔戰爭中使用這種子彈，殺了不少榮寵法師。」

「什麼樣的加持？」包問。他瞄向子彈，保持距離。

坦尼爾拇指比向卡波。「能貫穿榮寵法師護盾的加持。細節要問她。據我瞭解，做這個需要很多能量。」坦尼爾打量卡波。他不知道她會做紅紋彈，這些子彈看來都是真品，卡波的眼袋顯示她過去幾個晚上都在為此忙碌。坦尼爾這才想起來自己這週都沒怎麼看到她。他每天從早到晚都在護牆上盯著凱斯。

包臉上浮現睜開第三眼時的專注神情。「你說不要碰。」他喃喃說道，一邊湊近研究。「你知道這些東西造成的傷害不止是給人打個洞那麼簡單吧？」

「對。」坦尼爾說。「法特拉斯塔的榮寵法師對我說，這種子彈碰到就會灼痛。我無法想像它們進入體內後會怎麼樣。」

「所以不必直接命中。」包若有所思地說，站直身體。「我為什麼沒聽說過這種東西？」

「如果你是凱斯人，你會讓全世界知道魔法加持的子彈能夠貫穿你們最強的防禦力場嗎？如果你是法特拉斯塔人，你會到處宣揚你的優勢嗎？」

「法特拉斯塔人可以拿這種子彈賣很多錢。」包說。

坦尼爾幾乎可以聽見包腦袋裡齒輪轉動的聲音。「對，然後有朝一日你就會發現紅紋彈朝自己飛過來。」

包微微一笑。「八成會，是吧？」他看起來仍在思考。「如果我是你，我就不會告訴其他人這件事。」

加瑞爾走過來。「坦尼爾，榮寵法師開始現身了，該上工了。還有你，包，」壯漢哼了聲。「我要你一路上盡全力攻擊他們。戰鬥就要開始了。」

一聲砲響蓋過他的話，讓坦尼爾耳鳴。不到幾下心跳後又是另一聲砲響，然後又一聲。

「習慣砲擊聲。」加瑞爾大叫。「我們什麼都缺，就是不缺彈藥。他們會日夜不停開砲，直到砲管炸掉，或是把我們都送去地獄。」

坦尼爾一早上都在讓凱斯榮寵法師抱頭鼠竄。除了最接近榮寵法師塔的地方，紅紋彈貫穿所有塔的魔力所提供的保護。塔本身的魔力實在太強，紅紋彈會和傳統砲彈一樣被隱形護盾彈開。凱斯榮寵法師擠在塔附近，隨著笨重的魔塔前進。有些法師甚至搭乘魔塔，隨手往山上發射火球或閃電之類的魔法。不過沒有一道魔法突破山道據點，保護守山人堡壘的力場威力強大。

榮寵法師塔於正午抵達莫潘哈克和守山人堡壘之間約莫四分之三路程的位置。塔停在相形之下堪稱平坦的路上，附近有塊平地足以容納一棟矮房和茅廁，是山路轉彎處旅行者的休息點。他們在輪子後面放置木塊，牛群被趕進了畜欄，並在榮寵法師塔的陰影下搭設帳篷。

凱斯皇家法師團選定了集結區。

凱斯軍一整天都在砲火下工作。砲彈和霰彈擊中魔力護盾，在他們頭上發出陣陣魔光。傍晚時分，坦尼爾來到包身旁。

包戴好他的手套，但還沒開始對付凱斯法師團。他透過望遠鏡觀察皇家法師團的新陣地，眉頭深鎖。

「見鬼了。」包自言自語。他察覺坦尼爾接近時放下望遠鏡，轉身面對他。「她在下面。」他說。

「祖蘭？」坦尼爾問。「你怎麼知道？」

包揉了揉腦側。「我一整天都開著第三眼。她藏得很好，見鬼了，要在那種護盾下看出個別的靈氣非常困難。我見到她的法力源出現過兩次，兩次都是塔卡住的時候。」他哼了一聲。「就在剛剛我又看見了，那婊子在趕牲口。是她，沒錯。只有普戴伊人會在艾爾斯裡綻放那種強光，她已經不再費心躲藏了。」

「萬一還有其他普戴伊人在下面呢？」

包臉色變得和雲一樣蒼白。他吞嚥口水，然後轉身，再度拿起望遠鏡觀察。片刻過後，他放下望遠鏡，朝坦尼爾腳邊啐口水。「你這混蛋亂講話。」他揉著眼睛說。「害我今天晚上沒得睡了，得在這裡找第二個普戴伊人。」

「所以我們在山上那樣打她都沒死？」

「看來是如此。」

「我們要怎麼殺她？她殺得死嗎？」

「我不知道。」

「你知道嗎，你給了我很大的信心。」坦尼爾沒有理會包的目光。「她真的想跑上來召喚克雷希米爾嗎？」

「對。」

坦尼爾已經問過五十次了。他希望包會改變答案。但沒有。他覺得自己不能放棄。

「她為什麼幾週前不動手？她大可以溜過我們，直接上去。」

「上次召喚克雷希米爾集結了全世界最強大的十三名榮寵法師。」包說。「她這次要有整個皇家法師團才行。」

「所以她找了凱斯。」

「沒錯。」

「他們為什麼幫她？」

「誰知道她承諾了什麼？」包說。「永生？力量？和克雷希米爾一起統治九國？」

「我們得通知我父親。」

「我一個月前已經派人警告他了。」包說。「他的反應就是派你來殺我。」

「我相信你。」坦尼爾說。

「真讓我寬心。你有寫信告訴他祖蘭的事嗎？」

「有。」他父親尚未回信，那代表什麼情況？艾鐸佩斯特上次傳信來已經是一週前的事了。勇衛法師暗殺湯瑪士，但他們並未成功。坦尼爾不知道父親有沒有受傷或殘廢，或是他只是忙到沒時間回信，抑或是他還打算派人來殺包。坦尼爾每天都在留意其他火藥法師，但沒人來。

「我可以告訴你，他絕不會相信召喚克雷希米爾的事。」坦尼爾說。「他太務實了。」

「但你告訴他了，對吧？」

「我當然有告訴他。我告訴他說我不能殺你是因為我需要你幫忙守山，我說我一看見凱斯大軍，就知道我們需要榮寵法師才能抵擋得住。」

「但你回來之後才看見凱斯大軍。」包說。

「那是可以否認的謊言。」

「唯一不會被揭穿的謊言。」

「我也請求支援了。」坦尼爾說。「至少湯瑪士會加派援軍。」

「很好，這種箝制點唯一的問題就在於守軍最多只能這樣，更多士兵只會讓情況更複雜。我去找加瑞爾談談，讓幾連援軍在艾卓這一側紮營，方便輪調部隊，增加休息時間。」

坦尼爾和包默默看著凱斯大軍一會兒。

包轉向他。「湯瑪士真的在玩火，是不是？」

「看來如此。」

「我有問題。」包說，語氣有點遲疑。

坦尼爾皺眉。包問他問題什麼時候遲疑過了？「什麼？」

「你母親究竟出了什麼事？我聽過官方說法——凱斯外交任務。她被指控為間諜和叛徒，然後很快就被砍頭。事情應該沒那麼簡單。」

包想知道湯瑪士為何掀起戰爭。「我沒告訴過你？」

「我沒問過。」包說。「感覺是你……不會想提的話題。」

坦尼爾張嘴欲言，結果發現自己無話可說。他噎到，然後咳嗽，試著藉由眨眼抑制淚水。不，他沒提過這件事，就連對最好的朋友也沒提過。他努力擠出聲音。

「我母親的母親是凱斯人。我母親以此為藉口一年會回凱斯一、兩次。她的貴族身分讓凱斯不能碰她，雖然他們經常囚禁火藥法師。每次回去，她都會盡力找出一名火藥法師，把人偷渡回艾卓交給湯瑪士保護，或是直接離開九國。尼克史勞斯公爵查出這件事，凱斯逮捕她和我外公外婆，消息還沒傳回艾卓就被處死。」

坦尼爾清清喉嚨。「湯瑪士要求曼豪奇宣戰，而曼豪奇拒絕。國王徹底壓下此事，完全沒人提出質疑。我父親失蹤超過一年，當他回來時，謠傳他曾試圖暗殺伊派爾但失敗了。那個謠言就和我母親未經審判就被處死的消息一樣，立刻被壓了下來。」

「你父親，」包語氣平淡地說。「暗殺凱斯國王未遂，竟然還能脫身？」

「他從不提那件事。我母親有兩個哥哥，他們都在差不多的時間失蹤。我認為他們被抓了，而湯瑪士逃出來，宣稱他和那件事情無關。」坦尼爾在手背上撒火藥，吸入體內。他對舅舅的印象不深，連他們名字都不記得。

「我該留意另外一名火藥法師嗎？」包問。

坦尼爾很高興他換話題。「我想不用。」他說。「凱斯大軍壓境，加上幾乎全員到齊的凱斯法師團，湯瑪士知道他會需要你的協助，至少要到凱斯撤軍為止。」

「太棒了。」包擠出笑容，拍拍坦尼爾肩膀，然後轉身走向鎮上。坦尼爾把玩手中的來福槍，看著朋友的背影。包垂下肩膀，走路拖泥帶水。坦尼爾發現他累了。

包是他們對付凱斯最好的武器，而他筋疲力竭。他們第二好的武器會是什麼？坦尼爾覺得口乾舌燥。這可是非常大的壓力。湯瑪士能在壓力下變得強大，他會往空中拋出一百顆子彈，然後殺光山下所有凱斯榮寵法師。該在這裡的人是他才對。

坦尼爾揹起來福槍走回堡壘。他得採取傳統的做法：一次一發子彈。不，他意識到，自己是「雙槍」坦尼爾，應該一次兩發子彈。

23

湯瑪士走下馬車，深吸一口鄉間空氣。歐蘭已經站在車道上，一手摸著腰間的槍柄，另一手插在猩紅色狩獵外套的口袋裡。他像警犬般伸長鼻子嗅聞，打量周遭環境。他的打扮和湯瑪士很像，身穿無帶黑鞋、黑褲、紅外套和狩獵斗篷，單肩扛著一把來福槍。

獵犬的吠叫聲在牧地上迴盪。狩獵屋位於兩座山丘之間，國王森林外圍一條小溪旁。狩獵屋很大，依照艾卓王室傳統風格搭建了數百個房間，最初是用當地石材和已上百年不在這個區域生長的高大橡木建成，近期翻修改成了磚牆門面。狗舍——和國王馬廄一樣大的雙層建築，從南邊牧地就能看見。

「來吧，赫魯斯奇。」湯瑪士給出指令。獵犬一跳下馬車，鼻子立刻貼著地面，大耳朵掠過碎石地。皮賴夫沒像過去幾年那樣跟著赫魯斯奇下來讓湯瑪士心裡一痛。今年的狩獵有很多地方都和往年不同。

湯瑪士進入農舍，屋內緊張不確定的交談聲迎面而來。他是最後抵達的人之一，但大廳中還是只有十個人左右。

「長官，這裡人不多。」歐蘭說。一名管家臉色不善地看著歐蘭的香菸，歐蘭不理他。

「往年會來的人，有九成都已經被我殺了。」湯瑪士喃喃低語。

湯瑪士向大廳裡所有人點頭打招呼，那是幾名商人和地位低到逃過大清洗的貴族。去年他們還得穿白褲子和黑背心，那是不能直接參加狩獵的人穿的，今年為了充人數，他們和其他人一樣穿著狩獵服。萊斯旅長與阿布拉克斯旅長在和商人閒聊，湯瑪士和他們聊了幾句，感謝他們幫忙對抗保王分子。交談聲在他路過低階貴族時變小。

溫史雷夫女士，身穿深色騎馬裝和紅領黑外套，走下樓梯而來。

「湯瑪士，很高興你來了。」她說。巴瑞特旅長跟在她身後，一個陰沉魯莽的年輕人，湯瑪士每次看到他都想揍人。

「我說什麼也不會錯過。」湯瑪士說。「赫魯斯奇要找點事做。」正在嗅聞地板的獵犬聽見自己名字，抬起頭來。「或許我也是。」他補充。

「當然。」溫史雷夫女士說。「牠會參賽嗎？」

湯瑪士輕笑：「牠會贏。去年只有皮賴夫贏他。既然國王的狗舍不參賽，那就根本沒有狗可以和牠競爭。」他覺得自己的笑容開始從臉上滑落，於是示意溫史雷夫女士往旁邊走。當他們來到走廊獨處後，他說：「這只是場鬧劇，女士。」

她瞪他。「才不是，你這麼說很侮辱人。」

「國王死了，年度狩獵是他的傳統，絕大多數以前會來的人也都死了。」

「所以傳統就要和他們一起死去？」她問。「別否認你喜歡來打獵。」

湯瑪士深吸口氣。果園谷狩獵乃是傳承六百年的年度盛事，同時也代表了聖亞頓節的開端。湯瑪士很掙扎，他喜歡打獵，但……

「這樣會釋放錯誤的信息，」他說。「我們要讓人民知道，我們不是用更多貴族來取代曼豪奇和舊貴族，而果園谷狩獵是貴族的運動。」

「我不這麼認為。」溫史雷夫女士表示。「這是艾卓的運動。你會禁止網球或馬球嗎？這只是休閒娛樂。」她搖頭。「接下來你就會說化裝舞會違法，然後我們再看看冬天人民什麼都沒得幹的時候，你會有多受歡迎。」

「我不會做那種事，我和我妻子就是在舞會上認識的。」湯瑪士說。

她面露同情。「我知道。看看四周，湯瑪士，艾卓幾個最成功的商人家族都來了，就連理卡和昂卓斯也來了。我邀請了艾鐸佩斯特所有人。」

「所有人？若真是如此，這裡就會有更多人，就算只是為了免費食物而來。」

溫史雷夫女士嗤之以鼻。「你知道我的意思。這裡甚至有幾個北喬豪的業餘狗舍管理員，還有自由平民。他們都是粗人，但似乎很懂狗。」她伸出纖細但有點皺紋的手指戳湯瑪士胸口。「我絕對不會允許聖亞頓節不從果園谷狩獵開始。現在，他們開始散布氣味了，狩獵再過二十分鐘就要開始。帶赫魯斯奇去起跑點，馬廄主人會幫你備馬。」

湯瑪士和歐蘭找到各自的馬，然後前往狗舍——狩獵比賽正式開始的地點。修剪過的草坪上畫了一條白線，數百名男女坐在他們的狩獵馬匹上，有些手裡拉著獵犬牽繩，其他則直接用口令指揮，少數幾名較有錢的參賽者讓自己的狗舍管理員徒步跟在後面。湯瑪士在白線一端找了個位置。外面的人比他預期得多，獵犬的數量則更多。「她說邀請所有人是認真的，這裡有半數人根本沒穿狩獵服。」他忍著不批評。現在不是抱怨的時候。要不是因為他，今天這裡還是色彩統一的景象，滿是貴族。

「是。」歐蘭說。「我很高興有人來。要是沒有狩獵比賽，聖亞頓節就沒有好的開始。」

「溫史雷夫女士付錢要你這麼說的？」湯瑪士問。歐蘭是軍人，從平民晉升到今天的地位，他和狩獵比賽沒有關係。

歐蘭神色訝異。「不，長官。」他把菸屁股彈到草地上，立刻開始捲下一支。

「我開玩笑的，歐蘭。」湯瑪士左顧右盼，皺眉看著一個平民騎在髒兮兮的母馬上，帶著兩頭獵犬，身穿和猩紅色狩獵服相去甚遠的紅外套。

幾分鐘後，號角響起，獵犬開跑。湯瑪士騎馬緩慢前進，看著赫魯斯奇飛快地跑到其他獵犬前頭，朝氣味的方向衝去，沒過多久所有的狗就都消失在樹林裡。湯瑪士一馬當先衝入樹林，然後就放慢速度，讓自己被人超前。他閉上雙眼，聽著狗的吠叫聲，感到悅耳放鬆。

片刻過後，他睜開眼睛，發現自己身邊只剩下歐蘭。保鏢的獵馬和湯瑪士的並肩而行。歐蘭目光銳利如鷹，掃視周遭的樹叢。

「你都沒有片刻鬆懈嗎？」湯瑪士問。

「勇衛法師事件過後就沒有了，長官。」

湯瑪士看見前方有馬，聽見後面有人。獵人紛紛散開來享受比賽，等待獵犬跑累。狩獵比賽會進行一整天，一直比到有獵犬追到自願釋放氣味的人，或是抵達比賽的終點。皮賴夫去年花半天時間就找到自願者，惹得艾卓貴族都不高興，因為比賽半天就結束了，不過湯瑪士賞了牠一大塊牛腰肉。

湯瑪士揮開之前狩獵的回憶，轉向歐蘭。「那不是你的錯，他們會繼續派勇衛法師來殺我，你在他們面前也做不了什麼。」

歐蘭一手放在手槍上。「不要這麼快就排除我，長官。我能造成意想不到的傷害。」

「當然。」湯瑪士輕聲道。他覺得已經——呃，似乎很多年沒有這麼放鬆了。他任由自己思緒亂飛，享受穿越樹林而來的涼風，還有間歇性灑在臉上的溫暖陽光。感覺很完美，天氣晴朗，適合果園谷狩獵。

「我有個問題，長官。」歐蘭的聲音劃破他的思緒。

「如果和凱斯有關，我不想聽。」

「長官，我想知道你打算怎麼處置米哈理？」

湯瑪士回過神來，在歐蘭搜索樹林時瞪了他背後一眼。「我想我會把他送回哈森堡。」湯瑪士回答。

歐蘭給了湯瑪士一個銳利的眼神。

湯瑪士說：「你該不會也這樣想吧？我以為一般士兵是會想留下他的，但你不會。」

「我是一般士兵，長官。你自己也說過他多有價值——」歐蘭說。「憑空製造食物。」

「我留下他會激怒克雷蒙提，精神病院的贊助人可不是好惹的，特別是當他在布魯丹尼亞—葛拉貿易公司具有那般地位的情況下，所有硝石供給都會出問題。在戰爭階段，火藥遠比食物還重要。」

「之後的階段呢？」歐蘭問。

「歐蘭，米哈理是個瘋子，他該待在精神病院裡。」他慎選用字遣詞。「讓他過正常人的生活是很殘酷的事。」他知道這話在他腦中聽起來很有道理，但是大聲說出口還是覺得不太對。他皺眉。「精神病院的人能幫他。」

「你去查過阿達瑪給我們的名字了嗎？」湯瑪士問，不想繼續這個話題。

歐蘭顯然不喜歡跳過米哈理的未來。「查過了，長官。」他語氣生硬地表示。「我們的人正在深入調查，但進度很慢。坦白說，我們的人手不足，不過阿達瑪的預感看來很準確。」

「他說他短短兩天的調查中就查出了那份人和船的名單。」湯瑪士說。「開戰至今，碼頭警方也不過才給我們半打凱斯走私者的名單。他的動作怎麼會這麼快？」

歐蘭聳肩。「他天賦異稟，而且他不像警方受規矩所限。他不穿制服，沒有人可以賄賂或威脅他。」

「你覺得他能找出叛徒嗎？」湯瑪士問。

「或許可以。」歐蘭看似不太肯定。「我希望你加派更多人力調查這件事，你不該把艾卓的命運交在一個退休調查員的手上。」

湯瑪士搖頭。「你也說了，他可以去警察不能去的地方。我不能把此事交給其他人，所有我真正信任的人——你、薩邦、火藥法師團——這些人都在執行非常重要的任務，而且都缺乏阿達瑪的天賦和技能。如果他找不出叛徒，其他人也辦不到。」

歐蘭目光陰沉，嘴角抽動，湯瑪士感受到一股寒意掠過心頭。「給我授權命令，」歐蘭低聲要求。「外加五十個人。我會把叛徒找出來。」

湯瑪士翻了個白眼。「我不會讓你拿切肉刀和烙鐵分裂我的議會，你會把他們掏空，然後我就會和全艾卓最有權有勢的人為敵。很抱歉，歐蘭，我要你保護我，也要其他五個議會成員，不是叛徒的那些人，完好無缺。」

湯瑪士在聽見身後傳來馬匹奔跑聲時轉身。「可惡，我還期望今天可以過得愉快些呢。」

「哈囉，戰地元帥。」查爾曼說。大主教看起來一點也不像服侍聖繩之人。他神色驕傲地穿著狩獵裝，胯下的獵馬起碼比湯瑪士的馬重十石。他身後跟著三名年輕女子，可能是女祭司，不過由於身穿狩獵裝，完全無從分辨。那些女人身後的是總管大臣昂卓斯，老人身穿黑狩獵外套和白褲子，這表示他沒有參加狩獵比賽，但是他騎馬的姿態沉穩自信，完全不像湯瑪士想像中高級會計師該有的樣子。

「查爾曼，你今天帶了多少獵犬參賽？」湯瑪士問。

大主教露出不悅的神情。每當有人不用頭銜稱呼他時，他就會如此。「十隻。」他說。「不過真要說起來，其中三隻是幫三位女士參賽的。」他比向他的同伴。「卡拉、納魯姆和烏莉女祭司，這位是戰地元帥湯瑪士。」

湯瑪士朝三名女子點頭。她們擁有女祭司的頭銜，但看起來都不到二十歲，她們太年輕、太漂亮了，那麼漂亮的女人不會投身教會。

總管大臣來到湯瑪士身邊。

「昂卓斯，」湯瑪士說。「我絕對想不到你會來狩獵。」

昂卓斯在馬鞍上轉身，指著他們身後。「不，那傢伙才是你絕對想不到會來狩獵的人。」不遠處有匹馬在奮力穿越荊棘叢，馬背上是髒話罵個不停的理卡・譚伯勒。工會會長臉頰被荊棘刺戳到，大叫著踢馬。獵馬和騎士衝出荊棘叢，趕上其他人。湯瑪士在馬經過時出手抓住轡頭。他湊上前去，一隻手放在馬的雙眼之間。「噓……安靜。」他安撫著那匹馬。「看在天神的份上，理卡，別再逼牠了，你會摔下馬的。」

理卡的鞋跟才陷入馬腹，立刻鬆腳，大嘆一聲。「狗娘養的，」他說。「我生下來是為了坐馬車的，不是騎馬。」

查爾曼看著他笑。「看得出來。」他說。「大家都看得出來，我見過騎術比你好的小孩。」

「我見過妓女比你少的皮條客。」理卡說。

三名女祭司齊聲驚呼。大主教掉轉馬頭面對理卡，一手放在劍柄上。「收回那句話，不然我就剝了你的皮。」

理卡從腰間拔出手槍。「你再走近一步，我就轟爛你的頭。」

湯瑪士呻吟。他抓住理卡的槍管，推到一邊。「把槍收起來，你們兩個都是。」他說著，策馬上前，來到理卡身邊。「你威脅大主教有什麼好處？」他吼道。「你瘋了嗎？」

理卡擦擦臉上被荊棘刺出的血痕，看著自己手指。「天殺的狩獵。」

「你來幹嘛？」

「溫史雷夫女士堅持要我來。」理卡說。「他說我身為議會成員，已經晉升上流社會，應該要出席這種活動。我在漁船底下都比現在開心。」

「你沒騎過馬？」歐蘭問。

理卡把槍插回腰間，雙手抓緊轡繩。「一次都沒有。小時候我父親沒錢讓我上騎術課，等我想到時，我已經有錢到負擔得起坐馬車了。好了，那個獵犬師在哪裡？溫史雷夫女士說那個白痴會待在我身邊，確保我不會出糗。」

「他失敗了。」查爾曼說。

理卡瞪向大主教。湯瑪士用手肘頂他肋骨。理卡轉向三名女祭司。「我道歉，各位女士。我說那話不是針對妳們。」三個女人動作一致，仰起鼻子對著他。理卡嘆氣。

「我來是想要享受一個愉快的下午。」湯瑪士說著，環顧四周。「現在，我可以開始享受了嗎？還是我得自己一個人騎？」

理卡和查爾曼低聲抱怨。湯瑪士領著理卡的馬繼續前進。「讓馬自己走。」他片刻後說，放開轡頭。「牠認得路，也認得其他馬，牠會自己跟著走。牠知道你根本不會騎馬，你想控制牠，牠就會反抗到底。」

理卡默默點頭，刻意不去看查爾曼和他的女祭司。

獵犬師沒多久就找過來。

湯瑪士很驚訝自己竟然認得對方。「加邦！」他叫道。

「先生。」加邦笑容滿面地騎過來。他是個精神奕奕的年輕人，在馬背上看起來很自在。獵犬師通常會讓狗待在狩獵路徑上，而這傢伙顯然打算讓人待在狩獵路徑上。

「歐蘭，這位是加邦。」湯瑪士說。「阿祖凱爾隊長的小兒子。」

「很高興認識你。」歐蘭說。「我和隊長相識多年了。」

加邦伸手。「你就是不用睡覺的技能師？」

「對。」

「我的榮幸。」

「所以溫史雷夫女士要你跟著這位理卡，是嗎？」湯瑪士問。

加邦點頭。「她說他可能需要人幫忙。」

「看來你跟丟他一段時間了。」

「他闖入荊棘叢，先生。我決定繞路。」

「聰明。我聽你父親說你馴馬很有一套。」

「他說得太誇張了。」加邦謙虛道。

「不，我確定他沒有。」湯瑪士看見他在看那些年輕小姐。「請別讓我耽誤了你。」

加邦騎到女祭司身旁，回答她們關於狩獵的問題。沒過多久，薩巴斯坦尼安旅長悄悄從後方出現，騎到獵犬師和女祭司身旁，靜靜聽他們說話。

湯瑪士湊向歐蘭。「薩巴斯坦尼安旅長在保王分子事件中表現優異，這幾年我們可以多關注他。相信我，他四十歲前就能成為資深旅長。」

樹林漸漸安靜下來，只聽得到馬蹄聲和前方十幾碼外年輕人的交談聲。湯瑪士才準備開始享受相對還算寧靜的氛圍，昂卓斯又說話了。

「我要知道關於那個廚師的事。」總管大臣說。

湯瑪士在馬鞍上轉向昂卓斯。這裡路夠寬，可供他們四人並肩而騎。湯瑪士位於最外側，右邊是理卡，昂卓斯稍微落後一點，在理卡和查爾曼中間。歐蘭跟在後面，留意樹林的情況。

「什麼廚師？」湯瑪士問。

「供餐給貴族議院裡所有書記、工人，外加你部隊的那個廚師。」昂卓斯說。駝背老頭在午後陽光下顯得精神奕奕，騎馬的模樣好像年輕了許多歲。他直視湯瑪士的目光。

「那個廚師會做從來沒在艾卓出現過的餐點，還能收到完全不合季節，而且根本沒下訂的食材，一天只花幾百克倫納買麵粉和牛肉，就能餵飽五千人的那個廚師。」昂卓斯朝湯瑪士微微一笑。「自稱是神的那個廚師。還是說你都沒注意到這些?」

湯瑪士放慢速度，等其他人跟著放慢。女祭司、旅長和獵犬師繼續前進，毫無所覺。確認他們聽不到後，湯瑪士才說：「他是個技能師，不是神。」

查爾曼嗤之以鼻。「很高興聽你這麼說。他在瀆神。」

「所以你也知道他?」湯瑪士語氣有點認命的意味。他希望查爾曼不會注意到米哈理，但顯然是他想太多了。

「當然。」查爾曼說。「我教會的同僚一直在評估此事，我今天早上才收到他們的通知。」

「然後呢?」

「他們要我立刻把他押進教會，以免他繼續散布謊言。」

「他不會傷害人。」湯瑪士說。「他是從哈森堡精神病院逃出來的，而我這幾天就會把他送回去。」他最不需要的就是教會介入此事。

「他是誰?」昂卓斯問。

「黃金主廚之王。」湯瑪士說。

「別耍我。」昂卓斯有點吃驚。

「他沒耍你。」理卡突然說。「『黃金主廚之王』是料理專家之間使用的頭銜，表示他是九國之中最強的廚師。我不敢相信他真的在城裡。」

「你認識他?」湯瑪士問。

「聽過他的名號。」理卡說。「我五年前花了一大筆錢請他幫曼豪奇做菜，我就是在那場晚宴裡說服國王讓我組織工會的。我從未吃過那麼好吃的大餐。」他輕吹口哨。「他的濃湯好喝得要命，我想見他。」

一想到米哈理的濃湯，就讓湯瑪士忍不住笑了出來。他開始分泌唾液，甚至有那麼一瞬間他似乎聞到了濃湯的香味，彷彿米哈理就拿口鍋在隔壁空地煮湯。

「好了，」查爾曼說。「你見不到他的，我今天晚上就會把他收押到教會裡。我是看湯瑪士的面子才沒有一早就下令。」

「如果我不放人呢？」湯瑪士輕聲說道。

查爾曼笑了一聲，彷彿湯瑪士說了個笑話。「那可不行。那傢伙是異教徒，還褻瀆神明。大家都知道只有一個神，就是克雷希米爾。」

「亞頓、猶尼斯、羅斯維和其他聖徒不都是克雷希米爾的兄弟姊妹嗎？」湯瑪士問。「我對教會的知識是沒有想像中那麼……」

「是教義，不是知識。」查爾曼說。「語意不同。他們幫助克雷希米爾創造九國沒錯，所以他們才是聖徒，而克雷希米爾是他們之中唯一的神，至於任何其他說法都違背教會教義。那是五百零七年前在凱斯里議會中決定的。」

理卡瞪大眼睛。「難以置信！你真懂一點教會的東西！我以為要當大主教，只要有頂好帽子和一座後宮就行了。」

查爾曼無視理卡，就像在市集中無視煩人的地毯販子一樣。「議會同時規定異教徒和瀆神者都歸教會管轄，九國所有國王都簽署了那份協議。」

「有趣的是，」湯瑪士說。「艾卓已經沒有國王了。」

查爾曼面露驚訝。「什麼……？」

「難不成都沒有哪位大主教想過，」湯瑪士說。「艾卓再也不必遵守歷代國王簽過的協議了嗎？嚴格說來，我們甚至不必繳什一稅。」

查爾曼氣急敗壞。「我不認為是這樣。我是說，我們說好了……」

「和曼豪奇說好的。」昂卓斯說。總管大臣笑容不善，湯瑪士懷疑自己是不是給了昂卓斯一個徹底疏離教會的藉口。湯瑪士閉緊雙眼。喔，克雷希米爾在上，我不該開口的。

「我該去追其他人了。」湯瑪士在查爾曼有機會反應前說。「我幾乎聽不見獵犬的聲音。」他快馬加鞭，毫不費力地趕上獵犬師。

加邦轉身。「先生，」他說。「我們已經落後太多了。」

「對，」湯瑪士說。「我也發現了。」

「先生，如果你允許，」加邦說。「我想帶路走捷徑，我知道他們打算在，喔——」他透過林間縫隙看了看太陽。「兩小時後抵達何處。我想我們能在那裡追上他們，不然可能會到比賽結束後才追得上。」

「長官，」歐蘭低聲提醒。「離開狩獵路徑很危險。這些樹林是國王私有的，遠比艾鐸佩斯特加上周邊區域還大。我小時候會在樹林裡玩，在這裡迷路可會消失好幾天。」

「我們速度會太慢了，」獵犬師表示。「不過穿越樹叢應該可以輕易趕上他們。我很熟悉這片樹林。」

「我不喜歡這樣，長官。」歐蘭說。

湯瑪士揮開自身的不安，對歐蘭微笑。「冷靜點，加邦還是孩子時我就認識他了，這片樹林裡最可怕的動物就是鹿。帶路吧。」

他們沿著鹿道前進，排成一列，穿越樹林。女祭司在湯瑪士背後大聲嬉鬧。他任由思緒飛揚，思考作戰計畫和策略。瓦賽爾之門尚未開戰，只有南矛山真正開火，而那座堡壘鎮的獨特地形並不需要用到多少策略。他們已經抵禦凱斯推進一個月了，儘管敵方擁有強大的魔法，依然沒造成多少損失。想到祖蘭的背叛，就讓湯瑪士熱血燃燒。

還有坦尼爾。他會怎麼做？包還活著，那兩人正在聯手對抗凱斯。湯瑪士覺得這樣很好，但包仍受到制約影響，他能信任他們嗎？坦尼爾違背了他的命令，他勢必得處置此事，雖然坦尼爾宣稱自己有很好的理由讓包繼續活著——他們要有榮寵法師防衛肩冠堡壘。

湯瑪士知道真正的理由是坦尼爾下不了手，他沒辦法殺害他最好的朋友，就算有必要這麼做也一樣——就連上司命令也一樣。坦尼爾肯定知道湯瑪士會看穿他的藉口。湯瑪士揮開了那個想法，不願意因此摧毀美好的一天。

地形開始出現變化。他們來到一座溪谷，四周都是布滿青苔的大石頭，樹林地面堆滿了斷落的樹枝和松針，聲音彷彿都傳不出去。湯瑪士感到不寒而慄。樹林給他一種古老深邃的感覺，他們的馬蹄聲彷彿是這裡的入侵者。

鹿道走到盡頭了，他們開始沿著小溪前進。石頭越來越大顆，林頂開始變得濃密，而他們甚至還沒抵達谷底。湯瑪士印象中沒在狩獵比賽時來過這裡。

湯瑪士發現自己正瞪著昂卓斯的後腦看，他稀疏的銀髮貼著頭皮，還有兩顆克倫納錢幣大小的痣。他會是叛徒嗎？湯瑪士意識到自己正和四名議會成員待在一起，每個人都可能是叛徒。

歐蘭突然加速前進。他經過其他人，停在獵犬師面前。「我們現在在哪裡？」他問。

「快到了。」加邦說。「再過一哩就能和大隊會合。」

「那為什麼聽不見獵犬的聲音？」歐蘭問。

湯瑪士騎到隊伍前方，查爾曼和昂卓斯緊跟在後。理卡待在後面，凝視著四周的大石頭。

「在這堆岩石中什麼都聽不見。」加邦在湯瑪士來到身旁時解釋。

「我們離大隊很遠。」歐蘭說。「這裡是巨球桌，我小時候來過。」

湯瑪士皺眉看著加邦。「解釋清楚。」

一顆巨石上方滾落一塊小石頭。湯瑪士觀察周圍情況，搜索樹林。「理卡？」他問。理卡的馬獨自待在隊伍最後方，轡繩垂落在斷枝上。理卡不見了。湯瑪士回頭面對加邦。「立刻解釋清楚現在的情況！」

湯瑪士聽見周邊的樹林中傳來動靜。他再度轉身，掃視四周，什麼都沒看見。理卡帶著槍。湯瑪士釋放感知，感應到理卡在附近，也感應得到火藥。他爬到一塊大石頭上趴下，面對眾人。理卡是叛徒嗎？這是陷阱嗎？理卡有帶槍，他當然知道湯瑪士光靠火藥就能找出他。

一個男人出現在他們前方的一塊巨石上。他拉弓搭箭，瞄準湯瑪士。他用單眼瞄準，因為另外一隻眼睛被白布罩住。對方比湯瑪士年長，臉上飽經風霜，身上披著棕綠相間的斗篷，完美融入樹林裡。

「萊斯旅長。」湯瑪士說。

歐蘭丟給湯瑪士一把手槍，舉起自己的來福槍，動作迅速老練。湯瑪士接下手槍對準旅長，懶得扣扳機。火藥法師沒必要這麼做。

「放下武器。」萊斯旅長說，持弓箭的姿態沒有動搖。他前進半步，步伐沉穩，斗篷晃動露出底下的狩獵紅衣。

「我現在就能殺了你。」湯瑪士警告。

「或許能，」萊斯說。「但沒辦法殺光所有人。」

湯瑪士盯著萊斯。「歐蘭？」他問。

「我們被包圍了，長官。」歐蘭語氣陰沉。「他們全都拿弓，一共有十五個人，樹林裡可能還有。」

「還有。」萊斯旅長說。

「你知道我是誰嗎？」查爾曼問。湯瑪士不用看就知道查爾曼已拔出他的短劍，但想要對付站在遠方制高點的弓箭手，這根本派不上用場。

「知道，大主教。」萊斯旅長說。「只要戰地元帥和我們走，我們就不會傷害你，誰都不會受傷。」

「我會殺了你。」查爾曼吼道。

「我敢說你會。」萊斯旅長面無表情地說。「戰地元帥，請跟我來？」

湯瑪士暗自清點自己身上的武器。十二發子彈，一槍一個也殺不了十五人，就算處於巔峰狀態也一樣。他看見理卡身處一塊巨石上，不知道他是因為察覺陷阱才跑上去，還是他就是設置陷阱的人。

「我似乎沒得選擇。」湯瑪士說。

「沒錯。」萊斯說，以獨眼慢慢掃視其他人。「我們走。」

湯瑪士再度釋放感知，這些人身上連一粒火藥粉都沒有。他們非常小心。他繼續推進感知，進入樹林，試圖找出任何有帶火藥的人。樹林裡有個榮寵法師。

「你為什麼要出賣我們？」湯瑪士問。「溫史雷夫女士信任你。」

萊斯輕輕搖頭。「此事與凱斯無關。我服侍艾卓和溫史雷夫女士。」

「這就是那裡的樹林裡有個榮寵法師的原因？」湯瑪士問，指向北方。

萊斯旅長眼睛微微睜大。「此事與凱斯無關。」他又強調一次。「現在跟我們走，不然我們就打倒所有人，晚點再來收拾殘局。」萊斯手指在弓箭上抽動。據說萊斯不管用弓、十字弓、來福槍或手槍都神準無比。他名聲在外，是個行動派的暴力分子——如果有必要使用暴力的話。他也不笨，能晉升到亞頓之翼的旅長可不是沒原因的。

湯瑪士驅趕獵馬前進。

「下馬。」萊斯說，用箭頭指向地面。「把你的備用火藥條交給你的保鏢，手槍也是。把馬綁在樹上。」

湯瑪士照做，然後走向萊斯旅長。

「你這個混蛋！」歐蘭說。「你這個骯髒的混蛋，我會挖出你另外那顆眼珠。」

「叫你的狗閉嘴。」萊斯說。

「歐蘭，沒事。」湯瑪士說道。他在加邦旁邊駐足抬頭，對方面無表情。「我想他也是你的人。」湯瑪士對萊斯說。

「沒錯。」萊斯說。「他會帶剩下的人回去。」

「去死吧。」湯瑪士說。「歐蘭，帶其他人回安全的地方。你說你小時候曾經來這裡玩過，出得去嗎？」

「可以。」歐蘭說。他聽起來很難受。

「這是命令。」湯瑪士說。「等大家都離開樹林後再回來找我。」

「如果你跟蹤我們，」萊斯說。「我就割斷他的喉嚨。」旅長跳下巨石，砰的一聲落地。

他把湯瑪士趕到自己前面。沒多久就有兩個人從左右跟上，然後又有兩個人。湯瑪士看出他們斗篷下沒穿狩獵色的衣服。他們可能已經在這埋伏好幾個小時了。

「萊斯。」突然有人叫道。湯瑪士和旅長一起轉身。說話的是薩巴斯坦尼安旅長，沉默的指揮官。他的聲音很冷靜，也很理性。「我們會為此叛行砍下你的腦袋。」他說。「溫史雷夫女士不會坐視此事。」

「我知道。」萊斯旅長回答，語氣有點悲哀。他轉身背對薩巴斯坦尼安，領著湯瑪士進入樹林。一脫離眾人目光，萊斯旅長立刻開始奔跑，用匕首驅趕湯瑪士前進。不過他趕得心不在焉，彷彿忘了湯瑪士是他的俘虜。湯瑪士回頭看了旅長一眼。

「你為什麼要做這種事？」湯瑪士問。

「安靜一點。」萊斯說，但聲音並不嚴厲。「你根本不知道這是哪種事。你說樹林裡有榮寵法師？」

湯瑪士突然停步。他轉向萊斯旅長，抓住對方拿匕首的手腕。萊斯死不放手，一手抓向湯瑪士肩膀。他們一聲不吭地爭奪半天，沒有人占上風，直到萊斯的手下上前捶打湯瑪士背部，湯瑪士悶哼一聲，放開萊斯的手腕，跪倒在地。

「退下。」萊斯對手下吼道。他抓著湯瑪士前臂拉他起來。「我遭人背叛。」他輕聲道，聲音只有湯瑪士能聽見。

「我也是。」湯瑪士瞪著旅長。湯瑪士曾將萊斯視為同僚，不過從未親近到算得上是朋友。數十年前，他們曾一起輪調海外。

「不是你想的那樣。」萊斯後退，壓低匕首。「戰地元帥，我不是來殺你的，也不是要把你交給凱斯。」

「那這是在演哪一齣？」湯瑪士考慮是否再度攻擊萊斯，他或許能占上風，但萊斯的手下都在一旁看著。

「來警告你。」萊斯說。「我帶最信賴的手下來，但顯然那還不夠。你確定樹林裡有榮寵法師嗎？」

「確定。」湯瑪士緩緩說道，開啟第三眼。「他越來越近了，還有勇衛法師跟來。」他感到毛骨悚然。萊斯旅長似乎說了實話，但湯瑪士還不打算信任他。他或許只是在拖延時間，等榮寵法師趕來。

萊斯罵髒話。「卡！羅迪爾！在那裡，還有那裡備戰。」他往上指兩塊大石頭。兩個男人點頭，爬上石頭。「殺了法師。」他吩咐完立刻轉頭對湯瑪士說。「跑！」

湯瑪士思考該不該趁這個機會逃跑，但一陣猶豫過後，他選擇跟著萊斯入林。他們奔跑的同時，萊斯一直喊著手下的名字，兩兩一組留下來阻擋法師。湯瑪士時不時回頭，透過第三眼看著榮寵法師的彩光。法師迅速逼近，身旁還有一道比較黯淡的魔光。榮寵法師只有被勇衛法師扛著時才會移動得那麼快。

萊斯轉身對手下下令，然後停步。湯瑪士差點撞上他。萊斯拔出一把匕首，擺出作戰架勢。

湯瑪士轉身。附近只剩下兩名萊斯的手下，其中一個是弓箭手，弓掛在手臂上。他摔倒在枯葉堆上，喉頭處有道血痕。另一個是加邦，他冷靜地在弓箭手的斗篷上擦血，面對萊斯。

「你父親……」萊斯說。

「是個天殺的蠢蛋，根本不該追隨這個叛徒。」加邦指著湯瑪士說道。他擺開架勢，匕首對準萊斯。「我只要拖延時間到公爵趕來就好了。」

老旅長手持匕首衝向前去。他抵擋、劈砍，然後跳到加邦身上，匕首插入對方胸口。這根本算不上什麼打鬥。萊斯起身，獨眼憤怒充血，看向他們來時的路。湯瑪士聽見樹林裡傳來魔法的聲響，還有樹木傾倒的撞擊聲。

「我留我的手下送死。」萊斯閉上眼睛，丟掉匕首。湯瑪士注意到他的斗篷上有血。萊斯碰了碰傷口。「他運氣好。」說著，向死掉的獵犬師比了比。

湯瑪士扶著萊斯到一塊空地上，讓他靠著木頭。「要說什麼就說，」他說。「以免一切徒勞。」魔法的聲響越來越近了。

「我之前一直沒辦法接近你。」萊斯說。「這是個蠢計畫，但聽我說，長官，我已經束手無策了。巴瑞特旅長背叛了我們，他擄走我小兒子作為人質，我本來希望讓你離開狩獵比賽去幫我救我兒子，他要幾個小時後才會發現我們不見了。」萊斯一手摀住臉，汗水滴落臉頰，混雜淚水。

「我不知道我們遭人背叛。」

「他就是叛徒嗎？」湯瑪士問。「溫史雷夫女士知情嗎？」

「叛徒不只他一個人。」萊斯說。「你議會裡有人和他合謀——不，溫史雷夫女士不知情。愛情令她盲目，巴瑞特色誘她。我想盡辦法要把他派去前線或是離開艾卓，但她不肯聽。她現在只聽他的了。」

「你知道他的同夥是誰？」

「不知道。」萊斯說。「快跑！」萊斯撲向前把湯瑪士推倒在地。樹林突然起火燃燒，高溫燙傷湯瑪士的臉和手。他著地打滾，翻身而起，轉向萊斯。老旅長在皮膚融化、血肉萎縮時放聲慘叫。湯瑪士躲到一塊大石頭後面，瞪大雙眼尋找榮寵法師和勇衛法師。他聽見喀啦一聲，最後記得的只剩下巨石爆炸了。

24

「你想做什麼？」

維塔斯閣下站在阿達瑪家的台階上，一身嶄新的黑色燕尾服，禮服裡穿了紅背心，還有黑色的絲質襯衫，靴子亮到刺痛阿達瑪的眼睛。他把帽子拿在手裡，黑色短髮貼著頭皮。阿達瑪揉掉眼裡睡意，調整自己的晨袍，瞥了走廊上的鐘一眼。

「現在才七點。」阿達瑪冷冷說道。

「我能進來嗎？」維塔斯閣下問，語氣很有禮貌。

「不行，你來幹嘛？」他住口，突然起疑。「你的手下呢？」

「我今天沒必要威脅你。」維塔斯閣下說。「我上次帶人來只是為了要解決帕拉吉，我相信你處理屍體沒有遇上問題？」

他問這話的語氣，彷彿在問阿達瑪茶好不好喝。

「問題不大，謝謝。」阿達瑪說。「現在，告訴我你來做什麼。」

維塔斯閣下似乎毫不在乎阿達瑪唐突的語氣。「禮物。」他說著，拿出一個小黑盒。「你一直沒來回報，我假設你決定不接受我們提出的工作機會？」

阿達瑪搶過盒子。「叫你老闆去死。我去過那張卡片上的地址，是河邊的一座空倉庫，對我來說一點用處都沒有。還有你，」他補充。「你不存在。我沒多少時間調查你，但世界上沒有什麼『維塔斯閣下』。」

「你很精明。」維塔斯閣下說。「但那個地址沒問題。我很驚訝我的手下竟然沒發現你有去過。事實上，我很佩服。」他舉起雙手輕輕鼓掌。「你是很高明的調查員，我毫不懷疑你遲早都會查出我的身分，還有我的主人。」

「你何不告訴我你是誰，幫我們兩個節省時間？」阿達瑪說。

維塔斯閣下只是微笑。「你在幫戰地元帥湯瑪士調查議會中叛徒的身分。」

「沒有。」

「別騙我，阿達瑪。」維塔斯閣下說。「我已經知道了。」

「就算是，我也不會討論調查中的案件。」阿達瑪說。

維塔斯閣下繼續問：「你目前有結論嗎？」

「你聽不懂嗎？」湯瑪士說。「我不會和你討論案情。再見。」他伸手要關門。

維塔斯閣下很禮貌地舉手，像個在吸引上司目光的書記。

「做什麼？」阿達瑪問。

「你不開禮物嗎？」

阿達瑪皺眉看著手上的盒子。素面黑盒的中間綁了條絲帶，有點像珠寶盒的包裝。他解開絲帶。盒子裡有根手指，從指節處切斷，根據阿達瑪的經驗判斷，那是青少年的手指。手指上有戒指，是阿達瑪父親的戒指，而阿達瑪把那枚戒指給了……

阿達瑪微微發抖，蓋回盒蓋，將盒子收入晨袍口袋。他抓住維塔斯閣下的上衣，把他拉進屋裡。維塔斯閣下完全沒掙扎，任由阿達瑪踹上屋門，再把自己甩到牆上。阿達瑪將臉湊到他面前時，他的呼吸依然很平穩。

「那是你兒子的。」維塔斯閣下熱心地解說。

「我知道那是我兒子的！」阿達瑪忍不住大吼出聲。他雙手抓住維塔斯的外套，把他摔到走廊上，接著拔出門旁置物架裡手杖的杖劍，用劍刃抵住維塔斯閣下的下巴。維塔斯閣下絲毫不為所動。

「如果他死了……」

維塔斯閣下看著劍尖，彷彿打量著某個人畜無害的小東西。「喔，他活得好好的，這是把人當成談判籌碼的重點。要是死了就不能當籌碼了。」

「我要殺了你。」

「殺了我，我的主人會派其他人來，帶來比較大的盒子，裡面會裝你女兒的頭。」

阿達瑪的劍在維塔斯閣下脖子上劃出一滴血。維塔斯閣下拿出一條手帕擦血。

「我何不現在就殺了你？」阿達瑪低語道。

「我剛才說過了。」維塔斯閣下露出同情的笑容。「你現在很情緒化，我能理解。你得花點時間冷靜下來，把事情好好想一想。」

阿達瑪現在只想一劍刺穿這個傢伙。他努力克制自己。只要輕輕一抖，這傢伙就會血染走廊地毯。

索史密斯穿著睡衣出現在樓梯上，阿達瑪揮手叫他走開。

「你主人想知道什麼？」

「一切。」維塔斯閣下說道。「湯瑪士告訴你的一切，你在調查中發現的一切。現在就開始說吧。」

阿達瑪嘆氣，反抗之心逐漸消退，恐懼取而代之。「什麼都不知道，我什麼都不知道。」

維塔斯閣下臉上露出一絲惱怒。

「我的調查目前毫無結論。」阿達瑪努力拼湊紊亂的思緒。他一直提醒自己，喬瑟還活著，一切會沒事的，只要他照維塔斯閣下說的去做。

「我們從頭說起。」維塔斯閣下說。「把你的調查報告說給我聽，兩件調查都要。」

阿達瑪開始說。他說得結結巴巴，彷彿每個字都是他為家人築起的安全圍牆上的一塊磚頭。他說得垂頭喪氣，把杖劍插回手杖裡，依靠手杖站立。

他把克雷希米爾的承諾全部告訴維塔斯閣下，還有他和湯瑪士認定那是鬼扯的結論。他告訴對方天際王宮那晚發生的事，以及他和烏斯肯會面的事。他說了一些本來不打算說的細節，繼續說出他與理卡·譚伯勒和溫史雷夫女士面談的情形。整個過程維塔斯都一言不發。阿達瑪沒辦法從對方的表情中看出蛛絲馬跡，他不動聲色地吸收情報。

阿達瑪說得太快，根本沒想到要變造事實或說謊。說完之後，他坐在樓梯上，雙手顫抖，精疲力竭。他覺得歲月終於追上他了，甚至遠遠超越他。

維塔斯閣下思考片刻。「你調查了兩個月，就只查出這些？」

阿達瑪瞇起雙眼。「我做了二十人份的工作。」

「你確定所有細節都說了？」

「我確定。」阿達瑪說。「我不會忘記任何事。」

「啊，沒錯，那是你的技能。跟我說說這個吧……艾卓即將毀滅的事。」維塔斯閣下說。

「我知道的不多。」阿達瑪很累，他一心只想找個洞鑽進去躺著。「就是克雷希米爾會返回的預言。預言提到他的重返會伴隨暴力災難，是一則古老傳說。」

維塔斯閣下繼續沉思。他又擦擦脖子上的血，然後戴上帽子。「我會回來。」他說。「我希望下次來時，你有足夠引起我興趣的事情回報。如果沒有……」

他目光落在阿達瑪晨袍口袋上。

25

坦尼爾擦掉臉上的血，看著兩個女人把另一個守山人拖下牆頂道。那個人的頭被子彈擦過，而不到一分鐘前他才和坦尼爾在堡壘牆後相對安全的地方一起喝酒。坦尼爾閉上雙眼，努力回想對方的長相。他今晚會把那個人畫下來。

到處都是血，有新的血，也有舊的血。地上和坦尼爾的衣服上都有剛剛染上的鮮血，所有東西上都有鏽漬般的血跡。整座堡壘都是血腥鹽鐵味，令人窒息的噁心死亡氣息自下往上飄升，和黑火藥的煙一起在坦尼爾的感知中交戰。

凱斯搬運傷兵下山的速度快得驚人。為了給新兵騰出空間，傷兵就像一袋袋穀物般被推來推去。一週前，他們用木材架設了沿山道通往莫潘哈克的V型滑梯，一具具臉上裹著亞麻布的屍體被扔進去，士兵拿木棍往下推，那些木棍全都變成紅棕色，坦尼爾甚至不願想像滑梯聞起來會是什麼味道。他可以看到下面平原上的大坑，屍體就被扔在那裡。

坦尼爾背靠堡壘坐著，清理並裝填來福槍，這次裡面裝的是普通子彈，因為紅紋彈已經不多了。卡波在他旁邊，穿著她的黑色長外套和帽子，一邊領角被子彈打掉了。她微微點頭，回應他憂慮的目光。他單膝跪起，看向牆外。

山道上的防禦工事幾週前就失守了。凱斯士兵躲在堡壘後面，等候進一步指示。坦尼爾發現有名士兵探頭出來，於是開槍。對方摀臉大叫，失去平衡向後栽，滾落山丘，在奮力掙扎的過程中還拖倒了兩名夥伴。

如果他滾下去沒死，就會毀容一輩子。

坦尼爾揮開那個想法，轉身裝填子彈。有顆子彈在他矮身後立刻擊中他剛剛的位置。他深吸口氣繼續手上的動作。「幫我找出榮寵法師。」他對卡波說。她點頭，透過牆頂往外看。

他們已經這樣好幾週了。凱斯士兵占領第一座防禦工事後的山坡，在路上堆土掩護，藏身在石塊、土堆或任何能找到的掩體後。火砲上移，後方不遠處都是被守山人的砲彈炸爛的殘骸。他們推了更多火砲上來，由榮寵法師保護。經歷無數次嘗試後，他們建立起陣地，如今從至少十五處山坡空地上砲擊堡壘。

他們每隔幾小時就會發起衝鋒一次。他們會準時在屏障後面集合，備妥武器，號角一響起就立刻衝上山丘，挺身面對強大的火力。坦尼爾可以在那些軍官死前的眼中看見爭取榮耀的期盼，這讓他的胃部不適。

他們的每次衝鋒皆以失敗收場，卻都會更接近堡壘一點。守山人也折損了人力。霰彈砲穿透包在上空布下的臨時防禦力場。當火槍兵準備開火時，子彈擊中了他們眉心，甚至還有魔法開始貫穿力場。昨天有個人被榮寵法師的火焰活活燒死，如今堡壘上還瀰漫焦肉的氣味。

坦尼爾裝填好紅紋彈，深吸幾口氣。卡波舉手打信號，找到十一點鐘方向的目標。他在心中對照地形，那裡是其中一個火砲陣地。

他正要起身射擊，加瑞爾出現了。高大的守山人司令低頭奔向坦尼爾，一手拿著紅酒瓶，另一手握著白鑞杯。他倒在坦尼爾身邊，背靠堡壘，把酒瓶舉到坦尼爾鼻子前搖晃。

「標記師，前線的狀況如何？」他問。

卡波拍拍坦尼爾肩膀，重複剛才的手勢。他深吸口氣，靠牆坐起，用不到一秒的時間瞄準目標。他扣下扳機後立即矮身退回去，深深吸了一口火藥硝煙。卡波看了一眼，對他點頭，但是手掌擺在腰間平移。他打中了那個榮寵法師，不過沒打死。

坦尼爾對著加瑞爾皺眉。「到處都是漏洞，你是在高興什麼？」

「聖亞頓節紅酒！」加瑞爾舉起酒瓶高呼。「艾鐸佩斯特送來的紅酒多到能把所有凱斯大軍灌醉，可惜現在在打仗。晚春是我唯一能夠忍受艾鐸佩斯特的季節，節慶酒是一大原因。」他在白鑞杯裡倒酒，遞給坦尼爾。坦尼爾揮開他。

「喝過了。」他說。「五分鐘前。」

卡波從加瑞爾手中接過酒瓶，才灌了一口，就被坦尼爾一把搶走。「別喝太多，女孩。」剛說完，酒瓶就被她搶了回去，又灌了一大口。

「只要能殺敵，」加瑞爾說。「他們就能喝酒。坦尼爾，這女孩還會成長。但是給我留點，小女孩。」加瑞爾拿回酒瓶，一口氣喝光剩下的酒。他擦擦嘴角，臉頰紅潤，坦尼爾懷疑司令到底喝了多少瓶。他有點擔心。聽說加瑞爾最近晚上又開始酗酒，希望那只是謠言。

讓他擔心的不光只是謠言。「紅酒很好，」坦尼爾說。「但我比較想要火藥。有聽說火藥短缺的傳聞嗎？」他們消耗庫存的速度快得驚人，理應能撐一年的火藥在短短數週內就用光。凱斯的士兵實在太多了。

加瑞爾搖頭。「艾鐸佩斯特是沒這麼說，上個信差說部隊的火藥還有很多。儘管如此，他們上週還是少送兩車過來。」他皺眉。「我會下令火砲組接下來幾天省著點發射，我有預感很快就會展開近戰。」

「你真的認為他們能突破圍牆？」

「遲早的事。」加瑞爾突然疲態盡顯。他肩膀下垂，臉上露出在打消耗戰而且自認會輸的表情。「我們已經殺了兩萬人，打傷的人更多，但敵軍還是源源不絕。他們說下面的平原有上百萬人，所有人都得到榮耀與財富的承諾。」

「我聽說伊派爾承諾把公爵領地賞給攻陷堡壘的軍官。」

「我也聽說了。」加瑞爾說。「一起攻進來的頭一千名士兵也都能晉升軍官。」

「非常激勵人心。」

「對，也給我們很多射擊目標。」

「他們的人比我們的子彈多。」

「你覺得你殺了多少榮寵法師？」

坦尼爾數著槍柄上的刻痕。「打死十三個，打傷兩倍。」

「那在他們皇家法師團已是相當大的一部分。」

「還不夠。」坦尼爾說。

「好吧，我要你留意別的東西。」

坦尼爾皺眉。「有什麼比榮寵法師還重要？」

「工兵。」加瑞爾說。

坦尼爾記得那些工兵。他們打從第一天就在山邊挖地，結果被子彈嚇得夾著尾巴逃走，之後就再也沒現身過——好吧，直到昨天，他們又開始動工了，就在最後一道防禦工事之下。雖然幾門火砲一直朝他們的位置射擊，但他們已經挖得很深，深到火砲無法造成影響的地步。

「你真的在擔心他們？」坦尼爾問。「要挖到我們這裡得花好幾年，如果他們挖穿了，我們只要轉動一門砲就能用葡萄彈打坍他們的地洞。」

「如果這麼簡單就好了。」加瑞爾說。「包說有人在幫他們。榮寵法師，還有祖蘭。」

坦尼爾覺得手有點抖。他搓揉雙掌，阻止自己發抖。「她想幫忙的事，對我們而言就不會是好事。儘管如此，你是要我對工兵開槍？」

「目標不是工兵本身，而是找出在幫他們的榮寵法師。」

「加瑞爾！」

包以最快的速度穿過天井，來到堡壘與他們會合，氣喘吁吁地在坦尼爾另一邊坐下。坦尼爾看得出來他筋疲力竭。他臉頰深陷，所有脂肪都消失了，頭髮又髒又亂，臉上有泥巴，只有克雷希米爾知道他是從哪裡沾上的。

「他們在準備大規模行動。」包說。

「工兵？」加瑞爾問。「我們知道了。」

「不是。」包說。「就是現在，那個……」他在敵方火砲聲突然止歇時住口。片刻死寂，守山人的砲台開了火，緊接著又是一輪火槍射擊聲。凱斯方沒有反擊。包繼續說：「所有榮寵法師都聚集在最後那道防禦工事底下，在工兵附近。」

坦尼爾聳肩。

「超過一百個！」包說。「他們那樣集結絕不是為了野餐，我一點都不懷疑那邊還有軍官。他們正在準備展開大規模推進。」

加瑞爾坐起身，透過壁壘往外看。坦尼爾閉起雙眼等待。

「狗屎。」加瑞爾說，又坐回來。「你可能猜對了，他們的部隊正在默默集結，而且是大量集結。我看到幾件黑夾克。」

「勇衛法師？」坦尼爾說。「見鬼了。」

加瑞爾起身跑開，對守山人大聲下令，向每個還能作戰的人吼叫。

「你怎麼會沒發現？」包等加瑞爾走後問。「你不是在射擊那些混蛋嗎？」

坦尼爾指向卡波。「她是我的觀察員，我幾乎都待在掩體後面。」

卡波連比好幾個手勢。

「她說他們才開始集結幾分鐘。」坦尼爾翻譯。

「好吧，最好任何……」

包比畫著施法手勢。沒過多久，一顆霰彈在他們頭上爆炸，爆炸聲撼動堡壘。大量子彈擊中包的護盾，激起陣陣紅光，然後跌落地面。霰彈在整個堡壘陣線上爆炸，砲聲震耳欲聾，坦尼爾背後的牆壁隨著砲彈衝擊晃動。他看向卡波，她雙眼漆黑，毫無懼色。

「他們肯定同時發射了所有火砲！」坦尼爾在騷亂中喊道。包不管他。他一臉吃力的模樣，手掌飛快動作，製作力場保護堡壘。

轟炸猛烈異常。包眼眶開始濕潤，額頭上爆出青筋。上方冒出大火，坦尼爾知道有魔法在強化凱斯火砲。

守山人帶著布袋和火把急忙衝到包的護盾下，躲避上方的爆炸。有個守山人輕輕把布袋放在坦尼爾身邊，看了包一眼，喃喃禱告，隨即跑走。坦尼爾看了布袋一眼，裡面裝滿拳頭大小的陶球——手榴彈。他們真的認為今天就會展開近戰。

「上刺刀！」加瑞爾的聲音蓋過火砲聲。坦尼爾覺得心跳加速，從背包的皮盒裡拿出刺刀，裝上來福槍管，扭轉至定位。

「準備！」加瑞爾吼道。

坦尼爾檢查來福槍——已經上膛。他看了包一眼，榮寵法師竭盡所能撐著不倒下，手指迅速操縱看不見的元素力量。他的護盾開始崩潰，牆頂另外一側有顆霰彈在護盾內爆炸。守軍慘叫著從牆上墜落，一門火砲失去了砲兵。

坦尼爾在喇叭聲響時從堡壘往下看，山坡突然充滿了凱斯士兵。他們衝上山道，爬上陡峭的岩石，山坡上每一塊土地都被遮蔽住。這些人怎麼能藏身在這麼接近堡壘的地方？

「瞄準！」

坦尼爾挑了一個在前線的軍官。對方的白羽毛隨風晃動，率領部下向前方衝鋒，揮舞手中長劍。凱斯士兵跟在他後面，火槍上都上了刺刀。在那片紅金色之中有件黑外套吸引了他的目光，於是他更改目標。他的心跳充斥耳中。勇衛法師，很多勇衛法師，他們分散在士兵中，像水手般把大刀咬在嘴裡，爬過山坡的岩石，直接衝向堡壘斜牆。

「射擊！」

坦尼爾扣下扳機。他燃燒一點火藥，給彈丸加持額外的動力。一陣開火的硝煙噴入空中，遮蔽他的視線片刻。硝煙飛散，堡壘後方傳來驚慌的叫聲。

那陣彈雨只打倒一個人，被坦尼爾用紅紋彈打穿眉心的勇衛法師。子彈和葡萄彈化為火花，落在第一排士兵前方的地面上。凱斯衝鋒隊衝勢不減。

「有榮寵法師混在裡面！」坦尼爾叫道。

「任意射擊！」命令下達。

他抓起紅紋彈袋，開啟第三眼，感到一陣頭暈目眩，一邊裝填彈藥一邊揮開那股噁心感。他沒時間裝火藥了，直接把紅紋彈塞入槍管，然後用棉花固定。他舉起來福槍瞄準。

第三眼的七彩影像讓他頭昏眼花。凱斯榮寵法師的隱形護盾變成半透明的黃色光澤，依稀遮蔽後方的一切。他努力看穿後面的魔法光芒。勇衛法師會發光，凱斯部隊裡的技能師也會。坦尼爾尋找其中最明亮的魔光——榮寵法師。他找到了一個，扣下扳機。對方抖動倒地，坦尼爾接著裝填下一顆紅紋彈。

他在凱斯部隊衝到圍牆之前又幹掉兩個。砲擊的巨響突然消失。

加瑞爾的叫聲傳來：「等！」

坦尼爾聽見包在喘氣，他立刻回頭扶住包的一條手臂，讓他慢慢躺在地上。包搖著頭說。「繼續！」他咳嗽。「你削弱他們的魔力了。」接著，他突然瞪大雙眼，站起身。「他們撤銷護盾了！」

「射擊！」加瑞爾下令。

另外一陣硝煙隨著部隊開火而來，堡壘上短暫陷入死寂，接著士兵開始裝填彈藥，火砲組隊長大聲下令。

硝煙散去。

那陣槍林彈雨打死了前面數排敵軍，大批凱斯軍當場倒地，傷兵衝到旁邊，避免被後面的人踩死。士兵太多了，他們根本跑不掉。艾卓火砲發射葡萄彈，砲聲衝擊坦尼爾的耳朵。

一陣葡萄彈擊發後，就只剩下勇衛法師還站著。他們繼續衝鋒，黑外套上的紅血跡表示他們正在失血，但情況似乎不算太糟。他們吼叫挑釁，舞動匕首，對身後的部隊揮手。死者都被踩了個稀爛。

「手榴彈！」

他們用牆上的火把點燃陶球扔過牆。手榴彈爆炸減少了凱斯部隊人數，幾個勇衛法師也被炸成碎片。

凱斯部隊宛如憤怒的黃蜂般衝到堡壘下，他們架好攻城梯，拋出抓鉤。坦尼爾在一道抓鉤落在身邊時抓起一把短斧，一斧砍斷繩索，然後跳起身對準牆下一名榮寵法師開槍。

勇衛法師爬上堡壘斜牆，就像走平緩坡道一般，轉眼就爬到牆頂，六名勇衛法師跳入守山人陣中。

「上刺刀！」加瑞爾叫。「繼續砲擊！」

一顆醜陋的大腦袋出現在卡波面前的堡壘牆後方。坦尼爾槍口轉向勇衛法師，但卡波動作更快，她的手迅速往前一探，露出藏在衣袖中的長針，俐落出手貫穿勇衛法師的眼睛捅入腦中。怪物鬆開手，從牆上墜落。

坦尼爾刺穿一個翻牆而來的凱斯士兵肩膀。他用槍柄打傷下一個士兵，然後努力裝填紅紋彈。凱斯人來得太快了。他百忙之中吸了口火藥，雙手握住來福槍，很肯定自己不能再吸了。他準備迎接下一波攻勢——敵方會發現有個進入火藥狀態的火藥法師在等著他們。

一個勇衛法師翻越圍牆，一手撐著磚頭，一手揮著足以把坦尼爾砍成兩半的大刀。卡波撲上去，卻像娃娃一樣被對方隨手拍飛。坦尼爾吼著刺出刺刀。勇衛法師伸長手臂，越過來福槍，毫不在乎十四吋的鋼刃刺穿腹部，反手捶向坦尼爾。坦尼爾一下站立不穩，那一拳就連在火藥狀態下也承受不住。

勇衛法師看見包在地上，於是拔出坦尼爾的刺刀。包舉起雙手試圖施法防禦，但勇衛法師轉眼就撲到他身上，高舉起刀。

坦尼爾在勇衛法師刺中包之前衝了過去。他挺出刺刀，把那傢伙當野豬猛刺。勇衛法師轉頭，驚異於坦尼爾竟然這麼快就爬起來。勇衛法師利用自身體重和力量為槓桿，甩掉坦尼爾的來福槍。

坦尼爾絕不容許他這麼做，他推著勇衛法師去撞牆，能感受到步槍槍管傳來的壓力。他站穩腳步，抬起來福槍，把勇衛法師甩到牆邊。他希望那怪物傷重到爬不回來。

他停下來，扶起卡波。她受到驚嚇，但沒有受傷。

加瑞爾出現在他旁邊。「回去射擊！」他怒吼，一邊掐住一名凱斯兵的喉嚨。他單手把那人舉起來丟下牆。「殺了榮寵法師！」

費斯尼克突然跑到加瑞爾身旁，一手持短劍，一手拿長杆，推開凱斯的梯子。在他們的掩護下，坦尼爾抓起紅紋彈袋，扔了兩顆彈丸到槍裡，壓入棉花，開始瞄準。

火藥法師將開槍後讓子彈突然轉向繞過牆壁甚至是人體的技巧，稱之為「角度飄移」。坦尼爾看他父親使用過很多次，據說湯瑪士是最擅長這種技巧的人。

坦尼爾並不擅長角度飄移，通常也沒辦法轉太大的角度。這種技巧必須精準計算時間，也需要強大的專注力。坦尼爾缺乏那種專注。角度飄移失敗會讓他腦袋彷彿被鎚子敲，而成功的話會更痛。

坦尼爾擅長的做法是「微調子彈」。微調子彈就是燃燒一些火藥，調整子彈飛行的路徑，有點類似飄移，但只要眼力好就行了。不過，他從未見過任何人射得比他遠或比他更準，而且他還可以一次微調兩顆子彈。

卡波指出兩個相距約十步的榮寵法師。他們站在外圍工事的掩體中，距離幾百步，還用魔盾保護自己。坦尼爾瞄準他們，扣下扳機。

兩人應聲倒地，胸口各中一顆子彈。第三名榮寵法師目睹了這一切。坦尼爾躲回牆後。

他指示卡波不要探頭，第三名榮寵法師現在正盯著他。他不能停止射擊。他深吸幾口氣，裝填一顆子彈，在心裡想著那個榮寵法師的位置。瞄準與開火間隔不到一秒。他匍匐前進，手持來福槍，在牆上移動五步的距離，吸了幾口氣後起身。

榮寵法師雙手舉起，手指扭動。在坦尼爾扣下扳機的同時，他的上空閃過一道閃電，擊中坦尼爾之前所在位置，強力衝擊震倒了坦尼爾、加瑞爾、卡波、費斯尼克，還有一打凱斯士兵。子彈凌空激射，射穿了榮寵法師的喉嚨。他噴血倒地。

坦尼爾鬆了口氣。

山坡下傳來號角訊號。打鬥聲逐漸轉弱，凱斯兵撤退下山。

加瑞爾推開纏鬥半天的士兵，舉起拳頭。「停火！」砲聲漸歇。堡壘上的凱斯兵紛紛拋下武器。加瑞爾皺眉看著他們。「我們不收戰俘，」他說。「交出武器和裝備，然後滾下山。」命令傳開，凱斯兵繳械之後就爬下圍牆，穿越同伴的屍體回營。加瑞爾在傷兵裡找到一個凱斯軍官，在坦尼爾面前抓起對方的肩膀。

「告訴戰地元帥丁恩，他可以派沒有武裝的士兵過來收屍。我提議雙方都休兵幾天，照料傷兵。」加瑞爾用凱斯語重複命令，確保凱斯軍官有聽懂。

軍官沮喪點頭，在一名凱斯兵的協助下翻牆下山。

坦尼爾癱倒在包旁邊。

「你還好吧？」

包看了他一會。

「看來是不好。」

「去他媽的。」包說。

凱特琳、麗娜、愛拉欣憑空出現，包的三個女人全員到齊，她們把包團團圍住，怒罵敵軍，把包抬往鎮上。

「我也得來一個。」坦尼爾說。

「什麼？」加瑞爾問。「後宮？」

「對。」坦尼爾說。卡波捶他手臂。

「我試過一次應付兩個女人。」加瑞爾說。「麻煩死了，不知道榮寵法師是怎麼辦到的。」

「他們對待女人很糟。」坦尼爾說。

「包不會。」加瑞爾說。「我想我該說的是：『不知道包是怎麼辦到的。』」

他們轉身默默看著凱斯軍撤退。

「這回你真的救了我們。」加瑞爾說。

坦尼爾表情驚訝。「啊？」

「你不知道？」

加瑞爾拍膝蓋大笑，引得在照料傷兵和死者的守山人停下來打量他。「你是說你不知道自己在射誰？」

「榮寵法師？」坦尼爾彎腰，撿起一瓶聖亞頓節紅酒。那瓶酒被打成這樣都沒破。他喝了一口，想了一下，遞給卡波。她也喝一口，然後交還給他。

「距離一百碼的那個，就連我都認得。」加瑞爾說。「最後用閃電貫穿堡壘力場攻擊我們的那一個，他是無情者布拉強。」

坦尼爾被酒嗆了一下。「凱斯法師團團長？」

「就是他。」加瑞爾說。

坦尼爾突然腳軟了，伸手撐著堡壘牆面。「如果知道是他，我絕對不會站起來。法特拉斯塔剛開戰時，布拉強有出陣，他差點單憑一己之力結束那場戰爭，剷除法塔拉斯塔整支部隊——就他一個人。要不是伊派爾召回他，當時戰爭就結束了。」

「好吧，我很高興你不知道。」加瑞爾說。「他們差點打贏了。他們的榮寵法師穿了步兵制服，掩飾他們的手套，融入部隊。包忙著維持護盾，完全沒注意到。」

而坦尼爾直到為時已晚才開啟第三眼。他自責自己的愚蠢差點害死所有人。坦尼爾看著加瑞爾清點堡壘的損失。「你知道，」坦尼爾說。「我們可以在他們吹響撤退號角後繼續射擊，那樣可以殺死山坡上的數千人。凱斯在法特拉斯塔這麼幹過幾次。」

加瑞爾語帶怒意。「克雷希米爾在上，戰爭一定要有戰爭的規矩，不然我們就會回到大荒蕪年代。」

加瑞爾走了。坦尼爾透過堡壘往下看，他考慮開啟第三眼追蹤榮寵法師，但又覺得這麼做會讓自己頭痛。

一個不安的想法冒了出來。如果剛剛那是他們的大規模推進行動，那祖蘭呢？他在山丘上尋找工兵地道入口，那裡有動靜，隱約看見有個男人在倒推車上的土。

湯瑪士凝視小房間的天花板，視線一片模糊。就算視線清楚，這裡也沒什麼好看的。他能看到斜屋頂的木板，縫隙用泥巴填補以對抗日曬雨淋。天亮著，但並不算明亮，他的身體告訴他現在是黎明。黯淡的光線示意風暴即將來襲。他聽見公雞在叫，還有馬蹄聲，緊接著是沉悶的交談聲。外面的人說凱斯語。

他感受不到自己的右腳，那讓他感覺很糟，加上視線模糊不清，湯瑪士心裡越來越慌。在缺了一條腿和良好視覺的情況下，他有多少機會脫身？他深吸口氣，沉靜思緒，檢查身上有沒有其他傷痕。

雙手雙臂似乎都沒有大礙，只要使勁就能動。他能感到身體下方乾草床墊帶來的刺痛感，吸氣太大口時胸口也會疼，但還不到肋骨斷掉的程度。身側輕輕一碰就會痛，可能是割傷或瘀傷。他輕觸痛處，判斷是瘀傷。他身上除了短袖內衣之外什麼都沒穿，而多年直覺告訴他，房間裡還有其他人。

湯瑪士奮力坐起。他躺在木架上一張乾草床墊上，沒有毯子或枕頭。左邊有扇窗，床腳邊有道向下的階梯。他揉了揉眼睛，這讓他的視力稍微清晰了一點。屋角坐了個勇衛法師，從超大肌肉和畸形軀體就能輕易辨識出來，雖然湯瑪士除了輪廓外看不清楚任何細節。

「我在哪裡？」湯瑪士問。

那堆模糊的肉塊山似乎也在打量他，然後用凱斯語說了些聽不太懂的話。

「我在哪裡？」湯瑪士重複問道。

勇衛法師離開房間。

「我在哪裡?」湯瑪士在勇衛法師身後大叫，繼續撐起身體。「怪物!野獸!」最後體力耗盡只好躺回去。他現在一動，頭就會痛。他輕輕沿著繃帶摸下去，皺起眉頭，隨便碰一下都會引發劇痛，於是他決定別去管它。有人為他治療過了，他們用骯髒的麻布包紮他的傷口。他的腳被包得很緊，不過血液還能流通。他短期之內是沒辦法走路了。樓下傳來腳步聲，有兩雙靴子正在走上樓。勇衛法師回來了，身旁還有個體型較小的男人。

「戰地元帥。」對方以帶有口音的艾卓語說。湯瑪士一聽到那個聲音就感到毛骨悚然。

「尼克史勞斯，」他啐道。「我以為我把你丟下艾德海了。」

公爵語氣親切。「我的勇衛法師把我撈上岸。你的腳怎麼樣?」

「好得不得了，」湯瑪士說。「我要跳吉格舞。我在哪裡?」

尼克史勞斯在勇衛法師剛剛坐的椅子上坐下，勇衛法師則站在床腳。「在國王森林深處。」他說。「好了，我的醫生說你倒地時撞到腦袋，你的視覺有問題嗎?」

「沒有。」湯瑪士說謊。

「當然有。」尼克史勞斯說。「我看得出來你雙眼難以聚焦。出發前，我會讓醫生再幫你檢查一遍。」

湯瑪士努力瞪著尼克史勞斯，但發現在看不清楚對方的情況下要瞪人很難。「我為什麼還沒死?我們要去哪裡?」

「凱斯。」尼克史勞斯說。「我建議不要這麼做，但第一個勇衛法師暗殺失敗後，伊派爾認為我們應該要表達態度。如果一切順利，聖亞頓節最後一天，你就會在國王的見證下被送上斷頭台處死。」

「你計畫此事很久了。」湯瑪士說。

「這是許多備用計畫裡的其中一個。想奪下艾卓，我們就得除掉你，不管用什麼方式。你是最強的火藥法師，更是戰術天才。我不介意這麼說，因為那是事實。傭兵會對我們造成損失，但你是你們部隊的骨幹，少了你，你的士兵就會委靡不振。」

「你低估他們了。」湯瑪士說。

「或許。」尼克史勞斯似乎並不擔心。「骨牌會開始傾倒，湯瑪士，你只是第一塊，艾卓寡不敵眾。只要你的頭落在籃子裡，我們就能削弱守山人的實力，獵殺你的火藥法師。我們擁有許多優勢。」

湯瑪士看著他的手，努力集中精神。「我的腳怎麼了？」

「我的錯。」尼克史勞斯說。「你藏身的巨石以特定的方式裂開，接著在我灌注魔力時爆炸。一塊碎石擦過你的腳，恐怕把腳砸碎了。」

「但我不擔心。」尼克史勞斯繼續說。「我們的醫生說你的腳有機會隨著時間癒合。他天賦異稟，以絕妙的手法幫你接骨，縫合皮肉。」尼克史勞斯起身走到床前，湊向前去，剛好待在湯瑪士攻擊範圍外。「你發了幾百克倫納的小財，湯瑪士。」他低聲說道，朝湯瑪士的腳側頭。

「你的腳裡有枚金星抵著骨頭。我們把你『治好』了。」

湯瑪士奮力上前，朝公爵的模糊身影揮拳。他無處不痛，腳上傳來的劇痛令他內臟翻滾。尼克史勞斯閃到一旁。

所謂的「治好」只是尼克史勞斯的想法。火藥法師的血液裡含金是一種詛咒，金會抵銷他們感應和接觸火藥的能力，也就是進入火藥狀態的能力。

尼克史勞斯輕笑一聲。「你好了，湯瑪士，但那幫不了你。你的脖子會躺在多年前砍掉你妻子腦袋的斷頭台上，你不會以火藥法師的身分死去，而是以貧窮藥劑師之子的身分死去。」

湯瑪士的血液在耳邊猛烈跳動，手抖得非常厲害。他很想伸手掐住尼克史勞斯的喉嚨，完成之前在碼頭上想做的事，卻什麼都不能做。他沒有力量。

那是一種很陌生的感覺。印象中，魔力一直是他的一部分，就算沒有進入火藥狀態，還是可以感應到附近的法師，得知方圓數百步內的火藥數量和位置。他可以引爆火藥條或火藥桶，他能吸入那股刺鼻的氣味，然後進入暴怒狀態。

如今那些都沒了。他只剩一雙手和骨碎的腳，加上腦震盪導致視線模糊。他躺回床上，感覺臉上濕濕的。他盡可能翻身不讓尼克史勞斯看見。

公爵一聲不吭地離開，就連勇衛法師也走了。湯瑪士顯然什麼都不能做，而從屋外越來越吵鬧的情況判斷，公爵有很多比看著一個殘破老頭更重要的事要忙。

尼克史勞斯的聲音比其他人大，他以貴族特有的高傲態度下達命令。湯瑪士強迫自己的手停止顫抖。他抬起沒受傷的腳，腳掌踏上地板，撐著起身。

他用盡全力才讓自己沒摔倒。他一手撐牆，另一手扶著床柱，奮力以單腳跳到窗戶前。他停下來嘔吐，劇痛終於征服壓抑的噁心感，接著他就來到窗口。

湯瑪士癱在地上，小心避開嘔吐物，腦袋貼上冰冷的牆壁。尼克史勞斯的聲音幾乎和站在他身邊說話一樣清楚。公爵可能是沒想到湯瑪士會偷聽，不然就是不在乎。

「我們繞遠路去艾鐸佩斯特。我不在乎斥候怎麼說，我可不要冒險撞見那些去參加狩獵活動的白痴。」

湯瑪士聽見馬蹄聲接近。他們停在窗外。

「如何？」尼克史勞斯問。

「我們又追到四個，大人。」一個低沉的聲音說。對方的嗓音伴隨一點喉音，湯瑪士肯定這聲音發自勇衛法師。

「全殺了嗎？」尼克史勞斯問。

「無從得知。我們的人死了，不知道萊斯帶了多少人來。我想都殺光了。」

「別低估那個旅長。」尼克史勞斯吼道。「他是溫史雷夫手下最頂尖的軍官之一，他會派人待命，以免發生意外。留兩個勇衛法師獵殺他們。」

「我們得躲避巡邏隊，他們在搜尋湯瑪士。」

「我們會在他們找到我們前幾個小時離開。去幫其他人，我們一小時內出發。」

既然有火藥法師在找他，尼克史勞斯就得盡快離開。湯瑪士心情開始好轉，結果又在邏輯思考中變糟。他們遠離狩獵區好幾個小時，距離艾鐸佩斯特半天的路程，搞不好薩邦根本還不知道他失蹤了，而這一切都建立在尼克史勞斯放其他人離開的前提下。他帶了幾個勇衛法師在身邊？尼克史勞斯有派他們追殺歐蘭、查爾曼和其他人嗎？

湯瑪士疲憊嘆息。就算他們找到他，他又還算什麼東西？只是個老頭，不再是火藥法師了。

26

阿達瑪花了將近一週時間調查總管大臣昂卓斯，才和對方預約訪談。他差點為了當天早上傳開的謠言——湯瑪士前一天在果園谷狩獵中失蹤、有個旅長叛變、國王森林中傳出魔爆——而取消預約。阿達瑪沒辦法證實任何謠言，於是繼續面談的行程，不過他有股不安的預感，或許他已經沒有雇主了。

他於整點過後五分鐘抵達總管大臣的家。會遲到是因為他來回四次都沒找到那棟房子。房子本身位於一排樹叢後，夾在兩座莊園中間，很容易被誤認為是僕役房。樹叢和前門台階之間有座小花園，有人細心照料，地上完全沒有落葉或花瓣。房子著重實用性，簡單的三角屋頂建築，用品質好又不貴的磚塊搭建。

阿達瑪正要伸手敲門，門就開了。一個老女人探出頭來看他，身穿褐色傭人服，一條長及腳踝的樸素羊毛裙。

「我是來——」

「見總管大臣。」她打斷他。「你遲到了。」

「很抱歉，我找不到……」

老女人不等他說完就轉身離開。阿達瑪連忙跟上。他壓下心中不悅，跟著她進屋。屋內和屋外一樣不起眼。壁爐架上沒有任何飾品，櫃子才剛擦過，除了兩排帳本外什麼都沒有。空壁爐前放了一張椅子。屋內一共有三扇門，一扇通往小廚房，只有桌上擺著的新鮮麵包顯示有人使用。第二扇門關著，大概是臥房。第三扇門開著，總管大臣坐在房內角落的小書桌後，鼻子上掛著眼鏡，手指沿著帳本移動。

管家自言自語，走入廚房，讓阿達瑪自己去找總管大臣。阿達瑪看了她一會兒，也不知道廚房究竟有沒有實質作用。他沒有聞到食物香，沒感受到爐火的高溫，所以麵包肯定是其他地方帶回來的。她轉身發現阿達瑪在探看，於是關上廚房門。

阿達瑪將注意力轉移到坐在書桌後的小老頭身上。理卡曾警告自己，此人不像外表看起來那麼簡單。好吧，他外表給人什麼感覺？枯燥乏味的記帳師，一個會計——雖然肯定是艾卓最強的會計。那他能有多不簡單？什麼都有可能，阿達瑪心想。

「你遲到了。」總管大臣在阿達瑪進房時沒有費心抬頭。

「很抱歉。街上人很多，慶典什麼的。」阿達瑪沒提挑選慶典夜晚面談有多不尋常，他覺得總管大臣並不喜歡享樂。

「藉口說給別人聽，不要浪費我的時間，調查員。」總管大臣說。「我沒有暗殺湯瑪士，沒耐心也沒時間回答你的問題。湯瑪士不在還是得記帳。」他臉色一變，突然發現自己說溜嘴了。

「所以他真的失蹤了。」阿達瑪問。

總管大臣瞪著他。

阿達瑪打量總管大臣片刻。昂卓斯個頭矮小，數十年來彎腰工作導致駝背，肩膀也垂下。他臉很長，面黃肌瘦，肩膀很窄。昂卓斯是艾鐸佩斯特中最有名的人物之一，這其實很不容易，因為他幾乎不在公開場合露面，從不留畫像，而且據說他努力疏遠所有認識的人。阿達瑪看得出來最後那點似乎是真的，也看出昂卓斯不會討論湯瑪士失蹤的事。

阿達瑪過去一週的調查結果令人沮喪。除了國王的私庫他碰不到外，總管大臣經手全國財政，不過謠傳曼豪奇死後，這種情況就改變了，而那一切都是在那張角落書桌後處理的。他在瓊街上有間辦公室，但他從來不去，讓一組會計師幫他處理帳務。總管大臣會審核他們的工作。他沒有嗜好和朋友，他的管家已經跟了他四十多年，但沒人認為他倆是朋友。他有一個保鏢，只要出門就會跟著他，不過他很少出門。

據說總管大臣有參加狩獵，湯瑪士失蹤時他也在現場。阿達瑪無法想像此人騎馬的模樣。

「你看起來不像是會叛國的人。」阿達瑪說。「身為本城的總管大臣，你不用凱斯幫忙就能破壞艾卓。這不是錢的問題。我的調查顯示你是艾卓最有錢的人之一，你的工資是一年二十萬克倫納，而你在法特拉斯塔擁有三百萬畝農地、五十萬畝的巴卡斯卡海岸線，包括一座主要港口、戴利芙一座煤礦，還有凱斯半個貿易公司。我對於那麼多國外置產有點好奇，你對自己的國家沒有信心嗎？」

「如果你調查夠徹底的話，」昂卓斯說。「就會知道我擁有三座金礦，還有十二條守山人收費道路。我有三十一萬兩千畝葡萄園，還資助成立了北方一個商業公會。」他輕蔑揮手。「如果你還想多知道一點，就去問你朋友理卡・譚伯勒。我的鑄鐵廠裡雇用了三百個他的工會工人。」

「還有其他工廠。」阿達瑪說。

昂卓斯瞇起雙眼。「你知道。」

「我比較好奇你為什麼把那些歸類為最有價值的產業。」

「既然你沒懷疑我，那這場訪談有何意義？」

「我沒說我不懷疑你，但我承認你的嫌疑很低。我想知道帳本告訴了你什麼，先生。」

「我不懂你在說什麼。」

從昂卓斯握緊帳本的模樣來看，阿達瑪懷疑對方完全清楚自己在說什麼。「錢，你追蹤每一筆金流，就連總管大臣不該知道的東西，你都有記載。」阿達瑪用手杖指著帳本。「我在瓊街看過你的帳本，非常完整，令人印象深刻。」

「那些帳本不是給一般民眾看的。」昂卓斯怒道。

「我不是一般民眾，我得用強硬的手段脅迫你的記帳員就範，他們對你忠心耿耿。現在告訴我，金流告訴了你什麼？」

昂卓斯透過眼鏡打量他一段時間，思索再三，想好應對方式，然後才開口回答。

「如果動機是錢，」昂卓斯說。「而動機幾乎向來都是錢，那就不必懷疑大業主或溫史雷夫女士。過去幾個月我都有接觸溫史雷夫女士的帳本，裡面沒有任何不對勁的地方。至於大業主——好吧，不管他是不是罪犯，他都有繳稅，一克倫納都沒少，就算非法營收也都繳稅了。會那樣繳稅的人絕不會在乎政壇瑣事，他只想要穩定的局勢，好讓他持續不斷擴張勢力。」

「對投機分子而言，戰爭會帶來大筆財富。」

「投機分子不會繳稅。」昂卓斯說。

「那其他議會成員呢？」

昂卓斯輕哼一聲。「普蘭·雷克特是團謎。那傢伙的財務狀況完全不存在，非常奇怪。除了大學偶爾頒發的獎學金，錢好像從來不會經過他的手一樣。理卡·譚伯勒是生意人，他會竭盡所能做帳。他最近從布魯丹尼亞收到大筆款項，還有法特拉斯塔和葛拉的銀行。」

「布魯丹尼亞是凱斯的主要盟友。」

「葛拉的銀行都歸凱斯所有。」

「法特拉斯塔不是盟友。」阿達瑪說。「而且我不確定該不該信你講的這些關於理卡的事，你的工人加入工會肯定讓你很不開心。」

「是嗎？」昂卓斯揚起一邊眉毛。「他的工會組織的產能就連我也望塵莫及。自從工會介入後，鑄鐵廠和金礦的年收增加了三倍。去問理卡，我沒有阻止他，我歡迎工會。」

昂卓斯做了個不屑的手勢，然後繼續說：「再說大主教，就教會人員而言，他的一切都籠罩在神祕面紗下，教會以外的人連看都不能看他們的帳本一眼。不過他的開銷足以讓國王哭出來，那絕對遠超大主教的津貼金額。我常常懷疑這一點。」

「那你自己呢？」

「我該懷疑自己嗎？」

「你有理由想殺湯瑪士嗎？」

「湯瑪士花太多錢在部隊和間諜身上了，但現在是戰時，所以這些開銷都很實際。他在公關方面的花費比我預期中高，不過那是之前就說好了的。就連雪貂也能把國家治理得比曼豪奇好，至少湯瑪士會聽我的意見。」

阿達瑪還沒開口，昂卓斯繼續說：「如果湯瑪士死了，部隊指揮官就沒辦法抵抗凱斯。凱斯會征服艾卓，艾鐸佩斯特就會被課稅。凱斯在法特拉斯塔和葛拉的殖民地都長期徵收重稅，我們也不會例外，到時候本城的財政就會比曼豪奇統治時期還慘。」

阿達瑪不是第一次考慮昂卓斯特殊的權力地位。如果他想推翻湯瑪士，他可以用遠比暗殺更微妙的做法。他只要告訴湯瑪士沒錢支付部隊薪資或餵飽人民，不出月餘，湯瑪士就要面對暴動，不到兩個月就會被人民推翻。

他提到理卡的事令阿達瑪不安。理卡或許是勞工戰士工會會長，會收到大筆資金，但他並沒有富有到算是昂卓斯和查爾曼那種人心目中的有錢人，他不是國王，而凱斯有錢讓他成為國王。

阿達瑪說：「感謝你，我想我問完了。如果還有問題，我或許會再來。」

總管大臣一言不發，回去記帳。

「我自己出去。」阿達瑪說。

不管怕不怕湯瑪士，尼克史勞斯都完全不冒半點風險。湯瑪士坐在馬車裡，面對車尾，手腳都有鐵鐐銬，全都用鎖鏈固定在地板上，就像囚車一樣。一名勇衛法師坐在湯瑪士旁邊，畸形的軀體把湯瑪士擠去貼牆，如此接近這種怪物讓湯瑪士起雞皮疙瘩。

儘管有鐵鐐銬，這輛馬車還是符合公爵的身分。尼克史勞斯坐在湯瑪士對面的絨布座墊上，有很多空間可以放腳。牆布和窗簾都和座墊相襯，隔音效果卻很糟。馬車不久前停止劇烈顛簸，如今行駛在石板大道上。從有越來越多車輛路過來判斷，他們快進城了。

尼克史勞斯似乎在沉思什麼，手戴榮寵法師白色符文手套，手指在膝蓋上抖動。湯瑪士不知道這人是在暗中施法還是打發時間。他抬手掀開窗簾往外看去，外面沒有什麼值得留意的地方。尼克史勞斯聽見鎖鏈移動的聲響，瞥了他一眼。他對勇衛法師點頭，勇衛法師伸手將湯瑪士的手拉離窗邊。

湯瑪士嘆氣，至少他能清楚視物了。他們是昨天下午離開那座農莊的。尼克史勞斯因為某種原因冷靜了下來，似乎不再擔心會被抓到。湯瑪士往體內釋放感知，然後朝外探測，企圖開啟第三眼。

只有火藥法師的能力會像這樣被外力瓦解。湯瑪士不知道這種事是怎麼被發現，又是何時被發現的，在血液中灌注黃金能徹底抵銷火藥法師的力量，甚至隔絕他們看穿艾爾斯的能力。據說砍斷榮寵法師的手掌能防止他們操縱艾爾斯，卻不會讓他們看不見它。

「我不是壞人。」尼克史勞斯突然說。

湯瑪士看了他一眼。公爵凝望他，表情有點憂慮。

「我不享受你的不適，也不會笑著想像你的末日。」尼克史勞斯表示。

湯瑪士說：「你說這種話不會阻止我殺你，如果有機會的話。」

尼克史勞斯苦笑道：「我會盡量不給你這種機會的。」他頓了頓。「我剛剛在想，如果我不能使用魔法的話會怎麼樣——如果我的手被砍斷，接觸世界另一面的能力消失。這種想法實在太可怕了。」

「你不會從我這裡得到任何善意。」湯瑪士說。

「我只是想讓你知道，」尼克史勞斯回道。「我做這些事並不會樂在其中。我只是個僕人，聽從國王號令行事。」

「你用雪松盒送回我妻子的頭時，是僕人嗎？」湯瑪士問。這話一開始很冷靜，不過快說完時，他已經在怒不可抑地嘶吼了。那股怒意有如海浪般來襲，他的鎖鏈噹啷作響。勇衛法師狠狠瞪著他。

尼克史勞斯伸手要勇衛法師冷靜下來。「是，」他說。「我是僕人。」

「你享受那種感覺。」湯瑪士咬牙切齒，語氣苦澀地說。「承認吧！你享受命令劊子手動手的感覺，你享受把她的頭帶給我，享受我的哀傷，你享受把我變成殘廢。」

尼克史勞斯似乎在思索他的話。「你說得對。」他終於承認。

湯瑪士陷入沉默，不敢相信尼克史勞斯竟然會承認這種事，那不符合公爵的身分。

「經你這麼一說，我確實享受這一切，現在還是很享受。」尼克史勞斯說。「但不是出於你以為的理由，這並非私人恩怨。火藥法師是污垢，是魔法中的黑點，我不會從別人的苦難中獲得樂趣，我認為殺火藥法師是很光榮的事，伊派爾下令處死你妻子時我也這麼想。」

「你同樣是怪物。」湯瑪士說，斜眼睨向榮寵法師。「就和製造出這種怪物的人一樣。」

尼克史勞斯瞇起雙眼。「火藥法師也敢說這種話，你們這種東西遠比勇衛法師更像怪物。」

他抬頭看著天花板。「我永遠無法理解你這種人的想法，湯瑪士。我想我們對彼此都有很深的偏見。」他輕哼一聲。「如果你是榮寵法師，你會是個令人敬畏的盟友。」

「或對手。」湯瑪士說。

「你錯了，」尼克史勞斯說道。「不是對手。我們之間的敵意完全是出於你是火藥法師這個事實。」

「我是艾卓人。」湯瑪士輕聲道。「你是凱斯人。」

「如果簽署協議，艾卓皇家法師團此刻已經收編到凱斯法師團，而協議早該簽了。」

「伊派爾真的打算統治艾卓？」

尼克史勞斯對著湯瑪士眨眼。「當然。」

湯瑪士從尼克史勞斯眼中看出這點毫無疑問。真是自大的混蛋。

「自從政變消息傳來後，」尼克史勞斯說。「我就一直在想，最後一根稻草究竟是什麼？真是單純出於復仇嗎？還是你真認為自己在捍衛艾卓百姓的福祉？」

「你當真認為臣服於凱斯是艾卓百姓的福祉嗎？」湯瑪士反問。「不，不必回答，我從你臉上就看得到答案。你和被我送上斷頭台的那些貴族與王權走狗一樣盲目。你難道沒看報紙？沒聽說葛拉起義的事？我知道法特拉斯塔起義趕跑你們軍隊時，你感受到了叛變帶來的刺痛。」

「笨蛋，全都是笨蛋。」尼克史勞斯說。

湯瑪士繼續說。「世界在改變，人民存在不是為了服侍政府或國王，政府存在是為了服侍人民，讓人民能在政府中發聲。」

尼克史勞斯嘲笑他。「不可能，不能把決策留給暴民去做。」

「一個人不該讓另外一個人統治。」湯瑪士說。

尼克史勞斯食指交疊。這個手勢通常代表榮寵法師要辦事了——特別當他有戴手套時。「你要不是在耍我，不然就是太天真。你在葛拉、法特拉斯塔，還有九國宣告疆域中的半數蠻荒鄉間服役過，我也一樣。平民和野人都得馴服，就像艾卓和火藥法師必須被馴服一樣。」

「你和我從服役中學到兩種截然不同的道理。」湯瑪士說。

尼克史勞斯一副對湯瑪士要說的話不感興趣的模樣。

「是誰背叛我？」湯瑪士問。他有自己的問題要尋求答案。

尼克史勞斯看他一眼。「你以為我會冒險告訴你？」他搖頭。「不。或許等斷頭刀落下前，我會在你耳邊低語，但早一刻都不行。」

湯瑪士張開嘴，打算拿巴瑞特旅長是叛徒的事挑釁尼克史勞斯，但他阻止自己這麼做。尼克史勞斯真的擔心他會逃走？他真的認為自己有機會逃嗎？他失去了能力，腳又站不穩，有什麼逃走的可能？

尼克史勞斯改變坐姿，拉開一點窗簾觀察外面的情況，然後坐回來，一臉不悅。

「有人跟蹤我們？」湯瑪士故意假裝漫不經心地問道。

「你知道，」尼克史勞斯無視湯瑪士的問題，再度看向窗外說。「宮廷裡有很多人都很高興你發動政變。」

「這個我可以肯定。」湯瑪士說。「如果打下艾卓，你們就可以瓜分我們從貴族手中沒收的土地了。」

「沒收？」尼克史勞斯說。「是竊取。我們會把土地和財物歸還給還存活的貴族親戚，也會恢復他們的頭銜。我們會徵稅，但一定會對那些欣喜若狂的貴族伸出援手。」

「所以伊派爾並不如我想的那麼愚蠢。」湯瑪士說。「也不貪心。」

尼克史勞斯在那瞬間似乎想毆打湯瑪士，但似乎覺得不要打比較好，只是揚起鼻子。「你配種時出了什麼差錯，竟然會對比你高等的人如此不敬，如此藐視神選的國王？」

「神並沒有挑選伊派爾。」湯瑪士嗤之以鼻。「不然那個神就是笨蛋。」

「瀆神是我的底線。」尼克史勞斯說。「談話結束了。」

時間一分一秒過去，早上變成下午，馬車越來越熱。湯瑪士扯鬆汗濕的騎馬衫。他的騎馬外套被丟掉了，換成不顯眼的棕色大衣。馬車裡悶熱狹小，他希望尼克史勞斯把窗戶打開，但榮寵法師和勇衛法師似乎都不受溫度影響。

他感覺到馬車正在渡過運河。那是座鋼架高橋，橋上覆蓋石塊，車輪能輕鬆滾動。他們接近碼頭了，他聞得出來。

尼克史勞斯一直在觀察窗外的情況。湯瑪士不知道尼克史勞斯的魔法感應到什麼。薩邦追來了嗎？還是尼克史勞斯只是因為太接近城市駐軍而感到緊張？湯瑪士深吸口氣，打量尼克史勞斯。他緊張嗎？確實有。恐慌？不，差得遠了。但如果他認為火藥法師團的成員在逼近，一定會感到恐慌。

湯瑪士聽著馬車外的聲響，試著推測他們現在的位置。在碼頭和運河附近。如果走羅恩橋，他們確實非常接近了，可以從任何碼頭倉庫搭走私船離開。尼克史勞斯不會等什麼豪華的船，他會想要盡快帶著俘虜出發。

馬車停下。尼克史勞斯掀起窗簾，看著窗外微笑。湯瑪士的心一沉。他們到了。

湯瑪士不知道哪一個更讓自己害怕，是爆炸，還是隨著爆炸而來的馬叫聲。整輛馬車都在晃動，把湯瑪士摔到鎖鏈上。他在自己加上勇衛法師的雙重重量將傷腿壓向馬車側牆時努力壓下慘叫的衝動。

尼克史勞斯踢開門。「如果我被他們打倒，就殺了他。」他跳出馬車時對勇衛法師吼道。魔法的迴響撞上馬車，車晃得比剛剛爆炸還要劇烈。

湯瑪士和勇衛法師對看一眼。勇衛法師坐到尼克史勞斯的位子，拔出一把匕首。

更多爆炸聲傳來。有人發出慘叫，夾雜女人和小孩的叫聲。湯瑪士覺得很噁心，外面有無辜百姓遭受牽連，那些週末出門的居民被無端扯入地獄。一陣槍聲響起，緊接著是勇衛法師用空氣來福槍反擊，槍聲幾乎細不可聞。一顆子彈打爛窗戶，掠過湯瑪士和勇衛法師之間，在馬車另一側留下一個彈孔。勇衛法師的眼睛睜得比之前更大。

「清空道路！」湯瑪士聽見車夫在叫。「我們衝過去。」

湯瑪士咬牙。他想動手，想伸手奪下勇衛法師手中的匕首。沒有火藥他肯定會輸，但至少他有做點什麼。然而，在手腳都被鎖住還無法施展魔力的情況下，他什麼都不能做，只能坐著聽，在魔法或爆炸撼動馬車時皺眉。

他們突然開始移動。無論是什麼障礙物擋住了道路——可能是燃燒中的馬車，裡面坐滿勇衛法師——現在都不見了。車夫瘋狂鞭打馬匹，沿路狂奔，不停喊叫。槍聲和魔法聲越離越遠，馬車劇烈晃動，勇衛法師雙手抓住車身，面無表情地穩住身體。湯瑪士前後搖晃，因為鎖鏈的緣故沒辦法做出相同的動作，每次腿因顛簸而晃動時，他都會聽到自己的呻吟聲。

勇衛法師看向窗外。「快到了。」他說著，拿出一把鑰匙。儘管馬車震動得很厲害，他還是解開了湯瑪士的鎖鏈，不過沒解開手腕和腳踝上的鐵環。他揮動匕首，用口音極重的艾卓話說：「敢惹麻煩，我就一刀插進你胸口。」

馬車停了下來。車夫跳下駕駛座，重重地摔在地上，然後拉開了車門。勇衛法師轉身下車，然後僵住。

勇衛法師只僵住一瞬間，立刻轉身面對湯瑪士，舉起匕首。湯瑪士用手腕夾住對方的手，把匕首猛地扭到一旁。接著，他躺在馬車長凳上，眼前大放光明，耳中轟然巨響，他甚至沒感覺到腳在痛。

他花了一點時間才爬起來坐好，全身每一吋都痛到彷彿會永遠持續下去。他的腳在尖叫，他感到臉頰上有血——他畢竟沒有完全躲過那一刀。他靠在馬車壁上，聞到一股火藥味。

勇衛法師不見了，對面車門上有個勇衛法師大小的大洞，他的屍體躺在車外的地上，一條腿還在馬車邊緣，被碎木頭勾到。

湯瑪士低頭看著歐蘭把手持砲管丟在馬車地板上，砲管的重量令他悶哼一聲，接著他抬頭看著湯瑪士，鬆了一大口氣。「看來我偷對馬車了。」

歐蘭扶著湯瑪士下車，他們身處兩座磚造建築間的巷子，濃烈的海水味和浪潮聲表示他們非常接近大海。艾卓士兵於幾秒內擁入巷子中，有人想要去扶湯瑪士，被歐蘭揮開。

「薩邦呢？」湯瑪士問。

「和芙蘿拉一起去追榮寵法師。」歐蘭的聲音聽起來很累。他會累嗎？「那混蛋一發現我們有這麼多人，立刻拔腿就跑。」

湯瑪士瞪大雙眼看著士兵擠入巷內，街上還有更多。「你把所有駐軍都帶來了？」

「附近能調度的都帶來了。」歐蘭說。

「你是怎麼找到我的？」

歐蘭微笑著低頭，湯瑪士這才注意到坐在腳邊的獵犬，眼睛睜得比茶杯還大，搖了搖尾巴。湯瑪士發現自己說不出話來。他湊上前去，也不管有多痛，拍了拍赫魯斯奇腦袋。

「這不可能。」他片刻後說。

「薩邦訓練赫魯斯奇在任何情況下都能把你找出來，打從出生起就開始訓練了，真是隻可惡的小狗狗。有個住在大學北邊的農場老巫婆幫忙，她是擅長訓練動物的技能師。赫魯斯奇不管在哪裡都能聞到你的味道，就算你身處大海中一個密封箱裡也一樣。」

「我都不知道。」湯瑪士說。

「那是他的小祕密，備用計畫。」歐蘭說。「真希望我們沒必要用到。」

湯瑪士覺得兩天來的恐懼、憤怒和期盼都在歐蘭的目光下融化，保鏢看他的表情就像是爸爸看著失蹤的小孩一樣，憤怒和欣慰在眼中交戰。四面八方的士兵都在表示關心，湯瑪士對所有人微笑，然後，他昏了過去。

27

貴族議院頂樓辦公室在湯瑪士看來既懷念又熟悉，雖然他才搬進這間辦公兩個月而已。這裡就像他的家一樣，他伸手撫過沙發旁的流蘇綴飾，雙手顫抖，全身重量靠在一根拐杖上。房間裡有股檸檬味，他不知道是不是以前就有。

歐蘭在門口看著他。不管是不是技能師，歐蘭確實該休息了。他的雙眼抽動，似乎很想睡覺，眼睛下方浮現紫色的眼袋，平常修剪整齊的鬍鬚現在看起來十分凌亂，頭髮也亂糟糟的。如果是在一般的日子，湯瑪士會責備他軍紀鬆弛。

但今天不是一般日子。

我該叫他去休息，但父親以前是怎麼對我說的？休息是死人幹的事。

「是，長官。」

「啊？」湯瑪士看他。

「你說：『休息是死人幹的事。』」歐蘭說。

「你看起來像死人。」

「你也沒好到哪裡去，長官。」歐蘭在臉上擠出笑容。湯瑪士看出他眼中的憂慮。「你該休息，長官。」歐蘭說。「爬那些樓梯就差點累死你了。」

歐蘭堅持攙扶湯瑪士上樓，有時幾乎是扛著他。

「我不需要奶媽。」湯瑪士表示。「我還有工作要做。」他搖搖晃晃地走向書桌，還沒走到一半就差點摔倒。

歐蘭轉眼來到他身邊，一手扶著他手肘。「坐下，長官。」他說道。「佩屈克醫生隨時會過來。」歐蘭扶湯瑪士坐上沙發。

「呿。」湯瑪士說，然後指著一張椅子。「坐。」

「我想站著，長官。」

「隨便你。」湯瑪士還不能讓歐蘭休息，他自己也還不能休息。「我要知道我缺席期間出了些什麼事，有多少人知道我被抓？」

「消息傳得很快。」歐蘭說。「我當時有更緊急的事要處理，一回到狩獵場就派人通知薩邦，順便帶走赫魯斯奇。」他朝在角落呼呼大睡的獵犬點了點頭。「查爾曼努力壓下消息，不過如果他的女祭司走漏風聲，我也不會驚訝。我知道薩巴斯坦尼安旅長不會亂說話。」

「所以大家都安全逃離了尼克史勞斯的魔爪？」

歐蘭點頭。「我聽見有人施法時差點跑回去，長官。」他說，迴避湯瑪士的目光。「如果你要拔我的服役條……」

「閉嘴。」湯瑪士說。「我不會拔你的服役條。」

「你命令我帶所有人回來。」

「我以為你遵守了命令。」

「不盡然，長官。我先走，把其他人留下來自己找路，我等不了。」

「我如果和你易地而處，也不會遵守那道命令。我不能責怪別人跟著感覺走，再說你做好了你的工作，你沒有回去找我。繼續說。」湯瑪士吞口水，他一心只想躺下來睡覺，但有些事得先處理。他驅趕睡意、疼痛和噁心感。

「萊斯背叛的消息傳開了。」歐蘭說。「溫史雷夫女士想要查出真相，謠言已經滿天飛。」

「讓謠言停止散播。」他說。

「什麼？」歐蘭神色訝異。

「那不是真的。」湯瑪士奮力起身。萊斯是好人，湯瑪士不能讓他為此事負責。歐蘭伸手搭湯瑪士肩膀，輕輕阻止他。

歐蘭說：「我親眼看見他擄走你。」

「你找到屍體了，對吧？」湯瑪士問。

歐蘭慢慢搖頭。「有血沒錯，但是沒有屍體。」

「你離開時聽見的魔爆，不是我在反抗，那是萊斯的手下在阻止尼克史勞斯公爵，好讓萊斯警告我。萊斯被活活燒死了。」

「你確定？」

「去死！」湯瑪士吼道。「少拿我當笨蛋！我沒有在一個下午之間就發瘋。」

「如果要警告你，為何要搞這麼多事？」歐蘭問。「他可以送個信來，或是親自來找你。」

湯瑪士揉腦側。「我不記得，我只記得他又害怕又憤怒。巴瑞特手中握有把柄逼他就範。」

「巴瑞特旅長？從那個大包看起來，你腦袋摔得不輕。」歐蘭對他淺淺一笑。

「別傻了。」湯瑪士再度掙扎起身，他的腳一陣灼痛，渾身開始冒汗。他放棄掙扎。「送信給溫史雷夫女士，告訴她萊斯是無辜的。」他停頓。「帶巴瑞特和薩巴斯坦尼安旅長來。」

「我派人去。」歐蘭說著，往門口走。

「不，」湯瑪士咕噥。「你親自去找他們，不能讓他們溜走。帶一隊人去。我考慮了一下，你先別洩露萊斯的事。」

「但如果他是無辜……」

湯瑪士閉上雙眼，他要保留力氣應付接下來的情況。「我晚點處理。解散。」

「我立刻去，長官。」

歐蘭一出門，湯瑪士立刻痛到喘不過氣，沒過幾分鐘，他的腿就僵麻了，就算不疼仍會時不時地抽搐。每當他移動那隻腳，痛感就會沿著小腿往上竄。他真希望自己能無視這種折磨。他伸手撩了下亂七八糟的頭髮。

湯瑪士強迫自己思考。萊斯為什麼要假裝綁架他，難道只為了警告巴瑞特的事？湯瑪士希望他有阿達瑪的技能。

對了，他兒子！

「歐蘭！」他大叫，等了一會兒，歐蘭沒有回來。他又叫了一次。一名守衛探頭進來。「什麼事，長官？」

「凱瑪，歐蘭走了嗎？」

士兵點頭。「一分鐘前走的，他看起來要去教訓某人。」

「給我紙筆。」

凱瑪從湯瑪士的書桌上拿來紙筆。湯瑪士很快寫了張字條。「去追歐蘭，叫他先辦這件事，再去處理別的。」

「是，長官。」

凱瑪隨即離開，留下湯瑪士一個人。他的腳又開始抽痛了。來點黑火藥，就不會覺得痛……如果他能這麼做的話。但只要金星還在腳裡，他就無法進入火藥狀態。

「可惡，佩屈克在哪裡？」

「我在這。」醫生輕輕關上門。他一手拿著醫療包，一手拎著外套，透過眼鏡打量湯瑪士。「我橋牌打到一半就被抓過來。」他看起來很氣惱，但他向來如此。這傢伙因為沒禮貌，幾乎所有公私立診所都不願錄用他。不過他以診斷迅速、醫術高超彌補他所欠缺的特質。

「對不起。」湯瑪士說。「如果你想回去打牌，就讓我再痛一陣子吧。」

佩屈克醫生停步。他聳肩，然後轉向門口。

「你個老混蛋，都不懂什麼叫諷刺嗎？」

佩屈克表情不悅地看了湯瑪士一會兒，然後走到他身邊。他走路搖搖晃晃，好像體重二十五石的胖子，雖然他瘦得和欄杆差不多。他在湯瑪士身旁坐下，摘下眼鏡，透過單片眼鏡檢視湯瑪士的臉和頭部。

「輕微擦傷。」他片刻後說。「沒什麼好擔心的，看來你有腦震盪。」佩屈克在湯瑪士臉前彈指，檢查他的眼睛。「你沒事。」接著他粗魯地將湯瑪士的腳抬到自己腿上，解開麻布條，仔細檢查。

「已經有醫生替你檢查過了。」他說，語氣聽起來十分不高興。

「對。」湯瑪士說。「是綁架我的人找來的醫生，就是他接好我的腳骨。」

「接好之前是什麼樣子？」

「我不知道，我一直昏迷不醒。」

「你很幸運，整條小腿看起來都碎了。不管他是誰，都治療得很不錯。」他不太情願地說。

「我要你打開傷口。」

佩屈克眨眼。「再說一次？」

「我的腳，你得把傷口打開。」

佩屈克輕輕放下他的腳。「你頭撞得比我想像得還嚴重。」

佩屈克的語氣是不是有點擔心？才不，有也肯定是出於湯瑪士的想像。「那個醫生縫合傷口前植入了一片黃金。」湯瑪士停頓，吞了口口水，光這麼說都令他緊張。「我無法施展魔法。」

佩屈克醫生重新戴回眼鏡。他摘下眼鏡又戴上，一手抵著下巴，凝視湯瑪士的小腿。「你瘋了。」他說。「我不幹，只要你不理它，表面就會形成囊腫，應該就能隔離黃金，讓你能再度使用魔力。」

「動手。」湯瑪士說。「這是命令。」

「你以為說是命令就行了？這麼做就算你不死於休克，也會被截肢，而那還是會要你的命。你腦袋不太清楚。」

「尼克史勞斯說那片黃金是星形的。我只要動動腳，它就會刺破我的肌肉，讓黃金再度接觸我的血液。我感覺得到它在裡面，一直在發揮作用。」

佩屈克遲疑了。

「我理解你的擔憂。」湯瑪士說。

「擔憂？」佩屈克說。「對，我擔憂我自己。你知道如果你死於手術，你的手下會怎麼對我嗎？我來的時候看到歐蘭出去。我可不是笨蛋，你遣走他，以免他抗議，而薩邦又還沒回來，他們會宰了我。」

「誰會宰了你？」

薩邦站在門口，外套鈕釦解到一半，上面都是火藥粉、塵土和焦痕，看起來像跑到煤礦坑去了。他把外套掛在角落的木樁上，臉頰上有一條長傷口，血已經乾了，雙手髒兮兮的。

「抓到他了嗎？」湯瑪士問。

薩邦搖頭。「抱歉。」

湯瑪士壓下即將脫口而出的責備。狗屎。「他怎麼跑掉的？」

「從預先排好的路線。」薩邦說。「他跑進有夾層的倉庫，然後進入下水道。我們的人正在搜索下水道出口，但我不認為能找到他。芙蘿拉還在找，不過他可能從艾鐸佩斯特的任何地方出去，感覺他似乎算準了我們會追上他。」薩邦喉嚨深處發出噁心的聲音。他走過來，仔細打量湯瑪士的小腿。「你好慘。」他說。

「對，很慘。」

「這條腿保得住嗎？」薩邦問佩屈克醫生。

醫生無視湯瑪士警告的眼神。「可能保不住，」他說。「如果他如願逼我打開傷口。」

「為什麼要開傷口？」薩邦看向湯瑪士，等他解釋。

湯瑪士深吸口氣。「尼克史勞斯的醫生治好了我的腳，在縫合之前，他在我骨頭旁植入黃金片——星形的黃金片，預防形成囊腫。」

薩邦瞪大雙眼。「那個混蛋！」他吼道。「等我抓到他就砍掉他雙手。」

湯瑪士非常認同這種情緒。「如果我們抓得到他。」他說。「佩屈克，我要動手術。」

醫生凝視薩邦。

「不，」薩邦說。「如果你死了，戰爭就岌岌可危。」

薩邦剛剛說，戰爭。湯瑪士差點笑出來，薩邦絕不會承認他在擔心。

「我們才剛把你救回來而已。」薩邦說。

「少了魔法我活不下去。」湯瑪士說。「佩屈克，如果你不拿出來，會有什麼風險？」

老醫生皺眉。「如果你說的是真的，你的腳隨時會痛，你沒辦法睡覺，疲憊衰竭會導致你的身體無法自癒。」他看起來不太高興。「我們是該把它拿出來。」

薩邦看看湯瑪士，又看看醫生，哼了一聲。「祝好運。」說完，他便離開房間。

⚔

「你要見我？」阿達瑪重心從一腳換到另外一腳，看著湯瑪士身旁一排排的手術用具。外科手術向來令他緊張，太多事情可能會出錯，彷彿那些醫生每年都會打著醫療旗號想出新穎痛苦的方法來殺人。他知道這是不理性的想法，數據支持的是相反的結論。傳統的放血療法越來越不受歡迎，消毒之類的概念廣為醫學界接受。克雷希米爾年代以降，醫療的存活率從未如此高過。

貴族議院一間小房間裡架設了臨時手術室，戰地元帥坐在手術桌旁，全身只有在腰間圍了一條毛巾。阿達瑪難以置信地看著湯瑪士胸口交錯縱橫的陳年疤痕，有些是劍傷，其中一道像匕首插的，還有三處粉紅色的褪色彈痕。他頭上腫了個大包，透過滿頭灰髮也清晰可見，而他的右腳又紅又腫。旁邊有位穿白袍的醫生正在檢查手術用具。

雖然狀況不佳，但湯瑪士還活著。八卦專欄會拚命調查昨天帕羅街發生了什麼事，還有湯瑪士這兩天流落何方。阿達瑪決定不要過問。

湯瑪士點頭。「你找出叛徒沒？」

「沒有，先生。」

「為什麼？」

「我不是要找藉口，但我在做二十人份的工作。」

「我們付你很多錢，不是嗎？」

「其實並沒有，而且錢不能加快工作的速度。我約談了很多人，做了很多研究調查，還跑了很多地方。」

「錢不夠多？」

「先生，我在調查總管大臣。我不可能審問完他後，還向他要支票。」

湯瑪士嗤之以鼻。「歐蘭，確保調查員收到錢。」

屋角的保鏢停步片刻，輕輕點頭。

「你自然有嫌犯人選了？」

「嫌犯一直都有，」阿達瑪說。「但是沒有鐵證。」

「我這裡有封信，」湯瑪士說，指著他的辦公桌。「我兒子坦尼爾寫來的，他在肩冠堡壘和守山人一起阻止凱斯入侵。看來他和榮寵法師包貝德認為，有名法力強大的女法師加入了凱斯的陣營，打算率領凱斯法師團穿越堡壘，前往克雷辛克佳，嘗試召喚克雷希米爾。」

阿達瑪目瞪口呆。「太荒謬了。」

「沒錯。」湯瑪士說。「遭受圍城的人往往會胡思亂想。更糟的是，我兒子狀態不佳。」湯瑪士沒有多說此事。「但我還是得做點預防措施。凱斯可能研發出新武器，或……」他看窗外，皺起眉頭。「關於克雷希米爾的承諾……你的研究有沒有其他發現？任何提到克雷希米爾要被召喚的事，或是他會如何幫死去的國王報仇？」

阿達瑪說：「沒有，我說過了，我的調查一無所獲。書裡有整頁內容被撕掉，是不希望此事被洩露出去的人幹的。」這個事實打從一開始就令阿達瑪不安，但他不是喜歡揣測的人。「關於克雷希米爾的承諾，我都是從榮寵法師包貝德那裡聽來的。」

「太不幸了。」湯瑪士伸手摸頭，微微搖晃，感到不適。「我不喜歡歇斯底里，但我得考慮此事或許有所本的可能性。噴！召喚神，誰會想出這種事？我把第四旅派去肩冠堡壘，應該就足夠牽制凱斯了。」他輕輕揮了揮手。「不好意思打斷你的調查，調查員，我想在你離開前告訴你一件事。」

「先生？」

「如果我沒撐過這次手術，或恢復狀況不佳，我要你繼續調查。」

阿達瑪感到一陣恐慌。「先生，我沒有不敬的意思，但那樣的話我不到一個小時就會死在壕溝裡。我認為至今沒人來暗殺我，都是因為他們怕會惹人懷疑。說白了，就是怕你。」

「我會派人保護你。」湯瑪士說。「如果我死了，公義不會藉由審判得以伸張，而是透過冷酷的鋼鐵，我認為第七旅會很樂意協助你。」

湯瑪士真認為自己有可能會死。阿達瑪越來越怕，如果湯瑪士死了，一切就會分崩離析，特別是有這種預防措施的情況下，軍隊會對付剩下的議會成員，所有人都得自求多福，國家會陷入混亂，誰都不能成為贏家。如果他活下來，阿達瑪就會被迫繼續背叛他，把一切告訴維塔斯閣下。他的正直去哪了？這是阿達瑪第一百次考慮告訴湯瑪士實話，請他幫忙——不，他決定不要這麼做，家人的安危遠比正直或榮譽重要。

阿達瑪的思緒被一個綁馬尾的高大胖子打斷。他像國王般不可一世，卻身穿主廚圍裙和高帽。他將銀托盤高舉過頭，圍裙上掛著一支大到能把人頭打爛的湯杓。

湯瑪士謹慎地看著他。「米哈理？」

「戰地元帥，」米哈理說。「我帶了碗湯給你動手術前喝，我認為這對你恢復有幫助。」

醫生皺眉看著米哈理。「禁止飲食。」他說。

「我堅持！」米哈理把盤子拿到湯瑪士面前。

「絕對不行！食物和飲料都可能引發併發症，我……」

湯瑪士揮手支開醫生。「我想我撐得過去。」湯瑪士說。「你連乙醚都不給我用。」

阿達瑪打算溜走，讓湯瑪士去和他的湯及手術周旋，門卻被人撞開。就算不看長相，阿達瑪也能從對方的長袍認出他是大主教。查爾曼擁有令人畏懼的名聲，他很少會公開布道，就一個大主教而言，他在下層階級中並不受歡迎。

「湯瑪士，」查爾曼說。「很高興你安然無恙，但我是來談公事的。我的人說你的士兵不肯放棄你那瀆神的廚師，昨天我的守衛來抓他時起了些衝突……」

他停了一下，在看見米哈理、阿達瑪和其他人時皺起眉頭。

「米哈理當然沒那麼重要。」湯瑪士說。

「如果我能決定，我會把他留給你，我要個瘋廚師做什麼？但是比我信仰堅定的大主教要求要逮捕他，湯瑪士，他們在對我施壓，他們用教會中立威脅我。」

「我晚點再把決定告訴你。」湯瑪士說。

「我堅持現在就決定。」查爾曼抬頭挺胸，目光瞟向米哈理。「就是你對吧？瀆神廚師？」

米哈理把盤子輕輕放在湯瑪士身旁，轉向查爾曼。他深吸口氣，縮起大肚子。「我是主廚，先生，你要給我應有的尊重。」

「主廚！哈！」查爾曼仰頭大笑，伸手摸向短劍。「湯瑪士，我以教會之名逮捕此人。」

「出去。」

這話說得很輕，但阿達瑪覺得房內的溫度驟降。他轉向湯瑪士，說話的人卻不是湯瑪士。一定是主廚。

「你大膽。」查爾曼拔出一小段劍。

「出去！」米哈理吼道。他拿出湯杓，看起來和拿劍一樣，湯杓末端指向查爾曼的鼻子。「我不要你在這裡，你這個假祭司，令人厭惡的笨蛋！給我一個不該打你的理由。」

查爾曼面露憤怒。「你在說什麼瘋話？我以教會之名逮捕你！我不怕你的湯杓，你這個瀆神的貪吃鬼！」

米哈理突然衝向查爾曼。大主教後退幾步，拔劍出鞘，展開攻擊。米哈理用湯杓擋下他的劍，熟練地甩向一邊，反手甩了查爾曼一巴掌，把他打到沙發後面。

房中一片死寂。歐蘭衝到查爾曼身旁。

「你打死大主教了？」阿達瑪問。

米哈理哼了一聲。「我是該打死他。」他說。「喝你的湯，戰地元帥。」他不再說話，離開房間。

「他還活著，長官。」歐蘭說。「昏過去了。」

阿達瑪和湯瑪士對看一眼，他在湯瑪士眼中看見和自己一樣的難以置信。戰地元帥痛苦地抱著腳。「歐蘭，去樓下找個房間安置大主教，對外宣稱他自己摔下樓梯，結果昏倒了。調查員，我敢說你有看見。」

阿達瑪整了整外套。「他摔得很慘，滾了兩級台階才被我們接住。」

「我想是這樣沒錯。」湯瑪士說。「醫生，你能為查爾曼開點什麼藥？」

醫生一臉不屑地看著昏迷不醒的大主教。「砷？」

「好了，說真的，要能讓他頭痛欲裂、喪失記憶的東西。」

「氰化物。」

「醫生！」

「我想想辦法。」醫生嘟噥道。

「歐蘭。」

歐蘭雙手勾住查爾曼的肩膀正要把他拖向房外，聽到叫喚停下來回應。「長官？」

「弟兄和查爾曼的守衛起衝突是怎麼回事？」

「我本來打算等手術完再告訴你的。」

「我確定你是這麼打算的。怎麼回事？」

歐蘭勾著查爾曼雙臂，停在原地。「就那樣，長官，弟兄不想失去米哈理，不管煮不煮飯，他們都說他是幸運星。那件事情和我無關，至少沒有太大關係。」

「他怎麼又是幸運星了？他做了什麼讓人這樣想？」

「填飽他們肚子。」歐蘭說。

「有傷亡嗎？」

「下次可能會有。」歐蘭的臉蒙上一層陰霾。

「如果我直接下令呢？」

歐蘭低頭。「我敢說弟兄們會奉命，長官。」

湯瑪士閉上雙眼，揉眼睛。「你有何建議，調查員？」

阿達瑪吃了一驚。「我不太清楚細節，先生。」他覺得自己像是牆上的蒼蠅，沒想過會目睹這種事。這個米哈理——看來他得做一下調查了。

「假裝你清楚。」湯瑪士堅持。

「因為士兵要求就讓步，可不是優秀指揮官該做的事。」阿達瑪說。「但忽視士兵的想法和需求的指揮官更糟糕，而且還有情有可原的要素。」他朝大主教側頭，歐蘭繼續把他往外拖。

「歐蘭。」

保鏢再度停下。「他快醒過來了，長官。」

「我希望他不要醒。」

話音剛落，立刻出現像是鎚子敲在肉上的聲音。「他暫時醒不了了。」

湯瑪士雙手搗著腦袋。「傳話下去，艾卓軍第七旅徵召米哈理入伍。寫信去哈森堡，讓對方知道他們可以派醫生來照顧他，全部費用由我們支付，這樣克雷蒙提也不會沒面子。」

「教會呢？」

湯瑪士嘆氣。「他們大可派個牧師來和他談，看是要讓他信教還是什麼的。」

「呃，所以米哈理正式成為部隊的廚師了？」

「是主廚。」

「是，長官。謝謝你，長官。」

湯瑪士等士兵出門後才開始喝湯。一時之間，房內就只聽到他心滿意足的喝湯聲。他抬頭。

「調查員？」

「是？」阿達瑪發現自己又開始亂想了。

「你可以走了。」

阿達瑪離開時聽見湯瑪士說：「動手吧，佩屈克。」

他站在走廊上。湯瑪士處理得很好。戰地元帥不是能夠忍受笨蛋質疑他命令的人，招惹他絕不是好主意。阿達瑪再度考慮要不要把維塔斯閣下的事情告訴湯瑪士，如果湯瑪士自己發現了阿達瑪背叛他，阿達瑪就會失去所有營救家人的機會。但若阿達瑪嘗試營救，就算有湯瑪士的士兵幫忙，他家人還是有可能會死。

風險太高了。

28

「來吧，你這個笨蛋，」湯瑪士說。「扶我起來，枕頭放在那裡。」他稍作暫停，在整個房間天旋地轉時緊緊抓住桌緣。

「長官？」歐蘭咬著菸屁股問道。

「我沒事，繼續。」

歐蘭在湯瑪士的椅子上放了一個座墊。

「下面一點。」湯瑪士說。「完美。椅子轉過去，我要看起來輕鬆點。」

湯瑪士又下了幾道命令，終於滿意了。他坐在辦公桌後，面對房門，讓自己挺直背部，看起來比較高。歐蘭退開。

「我看起來像病人嗎？」湯瑪士問。

「不像。」

「你猶豫了。」

「樣子是有點慘，長官。」歐蘭說。「但還過得去。」

「很好。」湯瑪士不敢往前靠，也不太敢往下看，所以他伸手從抽屜摸出一管火藥，用拇指指甲劃開末端，倒點火藥在舌頭上。他驅退一股暈眩感，接著又揮開意識企圖逃避時所產生的黑暗，那波感知才湧入他的感官。火藥充滿硫磺味，苦苦的，對湯瑪士而言卻是瓊漿玉露。

他的疲憊感消退，腳上劇痛變成內心深處穩定的嗡嗡聲，提醒他腳被人切開、肉被撕裂、骨頭復位，不過少了伴隨那一切而來的劇痛。

「長官，你一小時吃了三筒？」歐蘭的聲音有點擔憂。

「去擔心別人。」湯瑪士嘟噥道。「我沒空擔心火藥癮。」事實上，他自己也承認，他沉迷於火藥狀態的愉悅感中。他要火藥狀態，渴望它的擁抱，宛如失散多年的戀人。他打算之後再來面對上癮的症狀，此時此刻，他有更重要的事要處理。儘管身處火藥狀態，而且是他這輩子進入過最深沉的火藥狀態之一，他依然不太能動。他的身體還是會感覺到痛，還是會抱怨缺乏休息，不過腦子已經接收不到那些訊號。

「談談薩巴斯坦尼安旅長。」湯瑪士說。

「他是孤兒，」歐蘭說。「亞頓之翼收養他當彈藥童，亞頓之翼是他的家，艾卓是他母親，部隊是他父親。」

「和我聽說的一樣。」

「他幫我追蹤你的下落。」歐蘭說。「萊斯的背叛對他影響很大。」

「他知道萊斯死了嗎？」湯瑪士問。

歐蘭搖頭。

「你也沒告訴他萊斯是無辜的？」

「沒有，長官。」歐蘭說。

「好，帶他進來。」

薩巴斯坦尼安旅長是亞頓之翼最年輕的旅長之一，才剛滿二十五歲。湯瑪士知道旅長不是隨便就能晉升的，他們要反應夠快、夠聰明、夠勇敢、對溫史雷夫家族和艾卓極度忠誠才行——至少之前是如此，直到巴瑞特旅長出現。

薩巴斯坦尼安旅長身高稍矮，黑髮淩亂，瀏海剪到眼睛上方，留著落腮鬍打造成熟形象，看起來比同年齡留這種鬍子的人好看。

「很高興你身體康復了，長官。」薩巴斯坦尼安說。

「謝謝你，」湯瑪士說。「我聽說你幫歐蘭找我。」湯瑪士朝保鏢點頭，然後側頭示意他離開。歐蘭走到陽台上，湯瑪士則因為突然的動作而頭昏眼花。小心點，他提醒自己。

「我盡我所能，」旅長說。「如果有什麼我能做的，請儘管說。我奉溫史雷夫女士號令，集合人馬開始獵殺萊斯旅長，他逃不了的。」

「你可以幫我做件事。」湯瑪士說。

「什麼都行，長官。」

「是件小事。看到那道布簾了嗎？」湯瑪士指向角落，那裡設有一道更衣布簾。「我要你站在後面聽。」

「長官？」薩巴斯坦尼安問。

「你很快就會懂了。」湯瑪士說。「拜託，滿足我這可憐老頭的願望。」

薩巴斯坦尼安旅長神情遲疑。「現在？」

湯瑪士看了看鐘。「對，差不多就是現在。」

薩巴斯坦尼安走到布簾後。湯瑪士閉上眼睛。他雖然不再感受到會使人失去意識的痛楚和疲憊，但仍因火藥狀態而頭暈目眩。他睜開雙眼，瞧見歐蘭站在陽台上望著在陽光下飛越選舉廣場的鳥兒。他能清楚看見歐蘭外套上的線頭，集中注意力時，隱約能聽見布簾後傳來薩巴斯坦尼安的心跳聲。年輕旅長很冷靜。

有人敲門。

「進來。」湯瑪士說，在椅子上坐直。現在可不是示弱的時候。

門開了，湯瑪士看見芙蘿拉站在走廊，雙手放在手槍槍柄上，兩名士兵帶巴瑞特旅長進房。和薩巴斯坦尼安比起來，巴瑞特高上許多，比大部分男人都高。他輪廓鮮明，眉頭深鎖，不過面容和雙眼還算秀氣，算是十分英俊。他鬍子刮得很乾淨，湯瑪士聽弟兄們提過這傢伙就算想留也留不出鬍子來。巴瑞特二十六歲，父親是北方的有錢子爵，幾年前去世了。

湯瑪士沒有錯過巴瑞特臉上那股自信，和還扣在腰帶上的劍。

「請坐。」湯瑪士說，指向辦公桌對面的椅子。

「我站著就好，謝謝。」巴瑞特旅長說。「我希望你有很好的理由需要你的士兵押送我來，或許這中間有什麼誤會。」

「我保證是場誤會。」湯瑪士說。「請給我一點時間。」他不再說話，看著巴瑞特，等著看他侷促不安。一、兩分鐘過去了。

「這樣不合規矩，長官。」巴瑞特旅長說。

「請見諒，」湯瑪士說。「過去幾天的冒險對我造成不小的影響。我只是在想……」

「想什麼，長官？」

「你聽說萊斯背叛的事嗎？」湯瑪士問。

巴瑞特旅長身體一僵。「亞頓之翼的恥辱。你安然歸來讓我鬆了一大口氣，長官。」

「謝謝你。」湯瑪士淺淺一笑。「你知道萊斯為什麼背叛嗎？」

「他崩潰了，長官。」巴瑞特說。「年老力衰。」

湯瑪士故作驚訝。「真的？我不敢說我們算得上是朋友，但萊斯和我是同輩，他在大學和軍校都比我早幾屆，在世界上最愛的事物就是艾卓，他是個好指揮官，也是好父親，在保王分子之役中表現傑出。」

「那只是我對他的印象，長官。」巴瑞特說。「我是說，我只認識他一年多。我沒有冒犯的意思。」

「為什麼說他年老力衰？」

「我不知道。他……」

「如何?」

「這個……在缺乏證據的情況下，我不想散播謠言，長官。」

「有點太遲了。」湯瑪士說。「萊斯把我交給凱斯榮寵法師。他是叛徒，是壞蛋。」

巴瑞特看起來有點驚慌，他舔了舔嘴唇。「我認為他不喜歡我，他嫉妒溫史雷夫女士對我的偏袒，他認為我這個年紀的人不該這麼快晉升旅長。」

「真的?」湯瑪士再度故作驚訝。「我……好吧，我無法想像。我知道薩巴斯坦尼安旅長晉升得比你還快，而且他沒和溫史雷夫女士睡覺。」

「這是沒錯，但……」巴瑞特旅長瞪大雙眼。「長官!我得鄭重請你收回剛剛那句話。」

「我們都知道那是事實。」湯瑪士說。「事實上，我的部隊和亞頓之翼的人都知道此事。」事實並非如此，但巴瑞特沒必要知道。湯瑪士聽見薩巴斯坦尼安在布簾後轉身。巴瑞特往那個方向看了一眼。湯瑪士咳了一聲，拉回他的目光。

「必要的話，我會和你決鬥，長官。」巴瑞特說。「以捍衛我的榮譽，還有女士的名譽。」

「和火藥法師決鬥?」湯瑪士問。「你真的會這麼做?」

巴瑞特嘴角泛起一絲笑意。「是的，」他說。「我求你選手槍，就算那表示我會死，至少能夠證明我的榮譽。」

巴瑞特知道湯瑪士的腳裡有金星的事，不然他不會用決鬥來證明榮譽。而且他演技精湛，知道有人在監視他。

「萊斯的兒子在哪裡？」湯瑪士問。

巴瑞特旅長嚇了一跳。「什麼？我哪知道？」

「我很抱歉。」湯瑪士說。「我有點心不在焉。我已經知道他的下落，今天下午他的屍體從運河裡打撈上來，腳踝上有綁重物，慘遭勒斃，屍體撈上來時頭都掉下來了。可憐，一個潛力無窮的十八歲男孩就這樣白白死了。你知道萊斯和我還有一個共同點，我們都很晚婚，妻子過世時都只有一個兒子。」湯瑪士想到坦尼爾，不知道他在南矛山的戰況如何。如果有人抓他兒子當人質，他不知道自己會怎麼做。他眨眼，視線模糊片刻，隨即壓下怒意。此事必得冷靜解決。

「真是悲劇。」巴瑞特旅長說，語氣有點緊張。

湯瑪士說：「艾鐸佩斯特大學有人目睹符合你外貌描述的男人昨晚進入宿舍，他同學說他和那個人離開。」

「不可能。」巴瑞特旅長吼道。「調查不可能這麼快……」巴瑞特住嘴，察覺到這是陷阱。

「我希望能將殺人凶手繩之以法，但那還是不能為他父親的作為開脫。」

「鋼琴弦經常被人用作絞繩。」湯瑪士說。「經驗不足的人很容易會割傷自己的手指。我可以看看你的手嗎？」

巴瑞特把手縮到背後，從湯瑪士辦公桌前退開。

湯瑪士深吸口氣，冷靜地高聲說道：「他父親警告我說旅長裡有叛徒，他說他兒子淪為人質，求我保護他。榮寵法師追上我們時，他一點也不在乎自己的性命。巴瑞特，萊斯不是叛徒，他是愛國者，是英雄，而他警告我你才是叛徒。」

「這是什麼鬼話？」巴瑞特旅長嘶聲喊道。「你瘋了。」

「有時候我覺得那樣還比較單純。」湯瑪士說。「議會裡的叛徒是誰？告訴我，我就不會太為難你。」

「下地獄去吧。」巴瑞特語帶嘲弄。「你沒證據，老頭。我不會隨你起舞。」他轉身走向門口。門發出嘎嘎聲，但打不開。「為什麼鎖門？」巴瑞特緊張地看向陽台。歐蘭在窗外看著他們，手持來福槍。

巴瑞特轉身面對湯瑪士。「你以為你是誰？溫史雷夫女士不會坐視不管！你想怎樣？就地正法？送我上法庭？女士會保護我。我不會坐牢，你只會自取其辱，只是一個腦袋不清楚的老頭胡亂指控。」巴瑞特說，嘴角上揚。「就和萊斯一樣！滿嘴謊言和妄想，那個背叛國家的叛徒。你甚至已經不是火藥法師了。」

湯瑪士哼了一聲，他伸手到胸口口袋中取出一枚子彈。他拿著子彈，在指尖轉動，另一手拿著一管火藥。「我不是嗎？」他搖頭。「哎呀，不管我多想動手，此事都輪不到我來解決。」他壓低雙手，大聲說道：「沙發座墊下有把手槍，槍上了膛。」

「什麼？」巴瑞特問。他拔劍走向湯瑪士。

薩巴斯坦尼安旅長走出布簾。他拿起手槍，扣下扳機。他的手很穩。

槍聲在房裡迴盪，震得湯瑪士頭暈目眩。他抓住辦公桌，直到暈眩感過去，然後在歐蘭進房時抬頭看向屍體。

巴瑞特旅長躺在地板上，鮮血和腦漿濺在沙發和布簾上。屍體抽搐一下，然後就不動了。薩巴斯坦尼安旅長放下槍。

旅長臉色蒼白。他雙手發抖，把槍丟在地上，踉蹌走向沙發。「我深信萊斯是叛徒。」片刻後他說。他語氣痛苦，表情哀傷扭曲。

「他是好人。」湯瑪士說。

「他兒子……」

「死了。」湯瑪士說。「歐蘭，我要找出萊斯的屍首。他被魔法擊中，所以不會留下多少。把國王森林翻過來也要找到，我要他和他兒子葬在一起，葬在他妻子旁邊，而且是國葬。」

「當然。」歐蘭低聲道。

「我要怎麼對女士說？」薩巴斯坦尼安深受打擊。湯瑪士看出他有多年輕，對他感到同情。

「你為了保護我才開槍打他。」湯瑪士輕聲道。「我不會讓你被軍法審判。」

「我殺了溫史雷夫女士的愛人，一個旅長。」薩巴斯坦尼安說，聲音在顫抖。「我會被趕出亞頓之翼，不榮譽退伍，不管理由為何。」他停頓。「我可以走了嗎？」

「當然。你可以加入我的部隊。」湯瑪士說。

年輕旅長離開後，湯瑪士對歐蘭說：「找個人盯著他。」

歐蘭皺眉。「他什麼都聽到了。他做了正確的事，為什麼要在乎會不會被亞頓之翼趕出去？部隊薪水當然沒那麼多，但……」

「亞頓之翼不只是傭兵，歐蘭。」湯瑪士說。他的疲倦突破了火藥狀態，痛楚開始滲透防禦。「亞頓之翼是人生，是兄弟之情，殺害自己人是最糟糕的罪行，即使是叛徒也一樣。他們自行處置叛徒時會保護劊子手，不透露是誰行刑，以免其他弟兄發現後疏遠他。薩巴斯坦尼安的亞頓之翼生涯結束了。」

歐蘭皺眉看向湯瑪士。「那為什麼……？」

湯瑪士嘆氣。他拿出另外一根火藥條，渴望把火藥撒在舌頭上。他又把火藥條放回口袋裡。

「你覺得我很殘酷。」他說。「我要薩巴斯坦尼安上前線。如果他撐過這場戰爭，三十歲就會晉升將軍。」他沒理會歐蘭不認同的表情。「等他被趕出亞頓之翼就派人去徵召他，給他正職指揮官的位置。」

湯瑪士傾身向前，頭重腳輕，然後吐了一地。他用衣袖擦嘴，抬頭對上歐蘭擔憂的目光。

「我想我要休息一下了。」

歐蘭去找清潔工。湯瑪士靠回椅背，嚐到膽汁的味道。他解決掉雞舍中的狐狸，如今得找出牛群中的獅子。

妮拉沒辦法移開盯著沙發血跡的視線。

她在想，是戰地元帥湯瑪士射殺了血濺王家辦公室的這個人，還是他讓他的手下幹的。她知道他能隨意殺人，她看過湯瑪士在街上射殺拜斯，事後連看都不看屍體一眼。

「歐蘭，我……」戰地元帥自布簾後探頭出來，在看見妮拉時立刻住嘴。「抱歉。」他說。

「我不知道他們已經派人上來清理爛攤子了。」

爛攤子，他這麼說。彷彿那些腦漿、頭骨、鮮血只是晚餐沒吃完的剩菜。

「請見諒，先生。」妮拉行屈膝禮。「他們叫我上來拿你的制服。」

「當然，洗衣工。歐蘭！幫我脫下這身制服。」

歐蘭從正門進來，手指正在捲菸。他對妮拉微笑，然後走向更衣布簾。

「天殺的血濺得到處都是。」戰地元帥說。

「血就是會這樣，長官。」

「噢！狗娘……小心點！」

「很抱歉，長官。」

「我他媽的腳！」

「房裡有女士，長官。」

戰地元帥的咒罵聲低了下去。片刻後，歐蘭把戰地元帥的制服夾在腋下走出來，交給妮拉。大鬍子中士看起來和闖入艾達明斯家那天不太一樣，他的鬍子裡多了點灰色，眼角擔憂的紋路比之前更深了些。妮拉在貴族議院裡見過他幾次，但他似乎沒認出她來。

「妳可以連窗簾一起洗嗎？」歐蘭問。「天知道他們什麼時候才會派人來收。」

「當然。」妮拉說。

戰地元帥湯瑪士一瘸一拐地走出更衣布簾，來到辦公桌後。他穿著白襯衫和藍色軍褲，近日的遭遇導致他臉上毫無血色。妮拉幻想著如果自己趁他睡覺時絞死他，那張臉會是什麼模樣。

歐蘭把窗簾全拆了，抱在手上。「長官，」他說。「我幫她把這些拿下樓，很快就回來。」

「慢慢來。」戰地元帥說，揮手遣走他。「查爾曼送來一些晚餐前得看完的教會蠢命令。」

「我拿就好了。」妮拉在他們來到走廊時說。

歐蘭把窗簾夾在腋下。「沒關係，戰地元帥有時會需要一點獨處的時間。」

「你不是他的保鏢嗎？」

「比較像他的僕人。」他語氣並不苦澀。「我們已經在頂樓加派三倍守衛，任何能通過其他守衛的傢伙都不是我擋得下來的人，抽菸嗎？」

妮拉下樓時用眼角打量歐蘭。「謝謝你。」她說著，接過對方的菸。他立刻開始捲另一支。

「妳看起來不是害羞的人，」歐蘭說。「但弟兄們說妳不太說話。」

一股冰冷的恐懼爬進妮拉肚子裡。戰地元帥湯瑪士的保鏢為什麼要打探她?「我大部分時候都不太與人來往。」她語氣平淡。

「我也是這麼聽說的。」他停頓片刻,然後說。「我以為那晚之後就不會再見到妳了。」

妮拉心頭狂跳。他記得她?她不想被人記得,不想被認出來。如果他知道她是誰,或許他就會猜出是她偷偷帶著雅各離開的。

「喔?」她找回自己的聲音後說。

「妳似乎比較適合這裡,而不是在貴族家洗僕役制服。」歐蘭說。「我喜歡妳的衣服,比之前穿的好看多了。」

妮拉回想艾達明斯公爵家的制服,發現自己完全想不起來。她得轉移話題,避免談論自己。她不要他多問問題。

「你身上也有不一樣的東西。」

歐蘭摸摸領子上的上尉徽章。「戰地元帥說他的保鏢起碼得是上尉。」他聳肩。「我算不上是軍官,其實我也不喜歡當軍官,不過我不介意多領點錢。」

歐蘭拿下他的菸,放到另一手上,然後又塞回嘴裡。他突然停步,迫使她轉身。「妳今晚想去看場舞台劇嗎?」他問。

妮拉眨眼。舞台劇?所以他對她感興趣不是因為他是戰地元帥湯瑪士的保鏢。她忍不住露出鬆了口氣的笑容。

歐蘭似乎覺得那是答應的意思。「戰地元帥堅持要我今晚休假，最好是和美女在一起。」

「我很榮幸。」她對他屈膝行禮，然後露出希望是她最好的羞怯微笑。

他們走到貴族議院樓下的洗衣間後，歐蘭就離開了。她在洗衣用品中翻找，想找到能洗掉窗簾和戰地元帥制服上血漬的東西。刷洗血漬時，她提醒自己來此的目的是要暗殺湯瑪士。她不能讓歐蘭阻止她或讓她分心。他似乎是個好人，但他的主子很邪惡。湯瑪士非死不可，不然會有更多血噴濺在他的制服上。他會殺害男人、女人，甚至無辜的孩童。一定要有人阻止他。

歐蘭說他不是湯瑪士唯一的守衛，如果她趁歐蘭不當班時殺了湯瑪士，那他就不會因此受罰了。對，那樣最好。她用力刷洗血漬。

29

坦尼爾聽著馬蹄聲穩步爬上山坡。他靠在來福槍上，吸了口火藥。打從太陽開始落入他身後的山巔起，他就一直注視著騎士的靠近。對方來自凱斯的前進基地，帶著代表和談的白旗。是信差。

「去找加瑞爾。」坦尼爾對費斯尼克說。年輕守山人瞇眼看著夕陽，點了點頭，趕回鎮上。費斯尼克抽到傍晚衛哨，坦尼爾過來陪他，主要是為了監督工兵和石匠修復堡壘。

費斯尼克要值班到天色全黑，到時候坦尼爾會回房好好睡上一覺。他們今晚沒有準備迎戰，過去一週內的每天晚上都沒有。堡壘爭奪戰削弱了雙方的實力，他們花了一週收屍，重新整備彈藥和補給，盡可能多休息。

凱斯營地這麼安靜令坦尼爾緊張。

他轉向身後的腳步聲。來人是摩斯，他把火槍扛在肩上。

「我來接夜哨。」他說。

坦尼爾伸展四肢。「交給你了。」

摩斯沉默寡言，通常不喜歡聊天，卻是很好的酒友。過去一週，他們在嚎叫溫迪哥裡一起度過不少時光。

坦尼爾又在堡壘上待了幾分鐘，看著信差抵達堡壘大門，獲准進門。鎮上走出幾個人去迎接他，領頭的是加瑞爾，那塊頭很容易認。交談很簡短，信差很快就出門離開。

坦尼爾朝摩斯點頭道別，走向加瑞爾。

坦尼爾走近時，大家正在低聲交談。所有人都轉向他。

「戰地元帥丁恩怎麼說？」坦尼爾問。

「他說再度開戰。」加瑞爾說。「有夜襲的跡象嗎？」

狗屎。「山坡上一整天都沒動靜。」

「挖掘工兵呢？」

「也沒看到他們。」

即使雙方已經休兵一週，工兵仍然持續工作。坦尼爾很想下去把他們趕走，但加瑞爾堅持要維持休兵模式。

「他們在挖什麼？」加瑞爾低吼。「他們距離太遠，不可能挖進堡壘，包說他們沒有利用魔法挖掘。」

「你有看到包嗎？」坦尼爾問。「他過去一週都泡在酒杯裡，一副跑去地獄又回來的模樣，我不認為此刻他能分辨魔法和鼴鼠丘的差別。」

「喔，拜託，」有個聲音說道。「我沒那麼糟。」

坦尼爾轉身看見包站在一段距離外。他從頭到尾都在這裡嗎？他皺眉看向他朋友，包拿著個小酒瓶，靠在凱特琳身上。女人尷尬地看著坦尼爾。

坦尼爾說：「你要的是睡眠，不是喝酒。」

「此事有詐，」包說著，指向凱斯軍。「天知道他們想幹嘛？」

「我們能怎麼做？」坦尼爾問道。「火砲打不中他們。砲擊他們地道上的山丘時，完全沒有坍塌的跡象。我們不知道那些地道有多深，又通往何處。他們可能要挖進堡壘，或從鎮的中央出來。見鬼了，在法師的協助下，他們可能會通過整個守山人堡壘，直接入侵艾卓。」

「很能醒酒的想法。」包說。「但你說一整天都沒見到挖地的跡象。」

「他們還在挖，這點無庸置疑。」

「所以我決定了。」加瑞爾說。所有人一起看向他。「我要率領突擊隊去清理地道。」

「什麼時候？」坦尼爾吸了一口火藥。

「明天。」加瑞爾說。「如果我能讓包酒醒的話。」

「我很清醒。」包說。他搖搖晃晃，要不是凱特琳及時扶好，他肯定會摔倒。

加瑞爾似乎沒注意到他的情況。「我想說這會是風險最小的一次突擊，他們的主力軍隊要抵達還得花幾個小時，但如果是祖蘭，或甚至只是兩名低階榮寵法師在場，我們需要的就不止是包了。」他期待地看著坦尼爾。「突擊隊……採自願參加。」

坦尼爾想發出哼聲，結果弄得鼻腔疼痛。他想讓自己這週盡可能不碰火藥，卻失敗了，但至少已經幾天沒流鼻血。「當然，我去。」

「謝謝。」加瑞爾似乎鬆了口氣。「不過我要的不光是你。」

坦尼爾皺眉，然後想到。「卡波。」

加瑞爾點頭。

「我不知道……」坦尼爾說。「她年紀還小。」

「她是法師。」加瑞爾說。「法力強大。我和包談過，他對她很感興趣。」

「非常感興趣。」包說。

坦尼爾皺眉看著他們兩人。

加瑞爾停頓片刻，然後補充：「不是那種感興趣。」

「當然不是。」包說。

坦尼爾還在皺眉。「卡波是我在照顧的。」他說。事實上，是她在照顧他，至少包讓他如此認為。「沒錯，她幫我找榮寵法師，經歷過幾次困境……」他想起她在山上撲到他和祖蘭中間的舉動，她遠比外表看起來還要強大。

包嘆氣。「坦尼爾，她讓大部分凱斯法師團成員看起來像小孩，我們會需要她的幫助。」

坦尼爾突然想起那天在艾鐸佩斯特大學對抗羅莎莉雅時，她很擔心卡波參戰，難道她感應到什麼坦尼爾感應不到的東西？「我不認為她有那麼強。姑且假設她有，我也不會讓她冒險。」

「那不是你能決定的事。」加瑞爾說。

「不是才怪。」

「我已經問過她了，她會跟我們去。」

坦尼爾後退，眨了眨眼。「你跳過我直接問她？」

加瑞爾舌頭滑過臉頰內側，直視坦尼爾。「我知道下去的風險有多高，此時此刻，她的用處比包更大。我要知道她願不願意去，然後才能決定要不要行動。」

坦尼爾瞪著加瑞爾。守山人壯漢沒理他。

「明天晚上？」坦尼爾問。

「明天晚上。」加瑞爾確認。

坦尼爾雙手塞進口袋，獨自走回鎮上。夏天快到了，白天氣溫炎熱，晚上肯定也比較溫暖。不過在這種高山上，太陽下山後空氣中總是瀰漫著寒意。坦尼爾拉緊鹿皮外套，聽著風聲，走向噑叫溫迪哥。那風聲聽起來很詭異，令他微微發抖。

他走到半路停了下來。隨著他接近噑叫溫迪哥，噑叫聲又響了起來，但他覺得其中還夾雜了其他聲響，然後又被取代了。那聲音聽起來很熟悉，像是野獸在遠方噑叫。這聲音……比較偏向生物。他不禁發抖，環顧四周。聲音是從山上傳來的，在這種晴朗夜晚，滿天星斗下，那聲音遠遠傳開。他看向東北山道，揉了揉眼睛再看一次，那裡似乎有東西在動。

噑叫聲又傳來了，聲音陰森而狂野。坦尼爾想起自己曾讀過南矛山上沒有狼只有洞穴獅的記載，但這聲音不像他聽過的洞穴獅叫聲。他吞口水，強迫自己將目光從山上移開。

他眼角餘光看見動靜，有人從旁邊偷偷溜近，嚇了他一跳。對方拔腿就跑，他連忙追上去。他衝過轉角，進入小巷，扶著屋牆穩住身子。

「妳可惡到極點！」他從正面抓住卡波的大衣，手在發抖。「不要那樣嚇我。」

她抬頭看他，大大的綠色眼睛在月光照耀下發光。他放開她的大衣，撫平自己的外套前襟。

「可惡，」他說。「妳把我嚇壞了。妳在這裡做什麼？」

卡波指指眼睛，然後指他。

「看顧我？看在克雷希米爾的份上？」

她聳肩。

坦尼爾輕拍了下她的後腦。她把頭髮剪得更短，幾乎到耳朵上。坦尼爾走回大街上，在一道台階上坐下。卡波打算走開。

「過來。」坦尼爾說。他確保自己的語氣不會太嚴厲。她側身走過去，像個被父親威脅要鞭打她的小女孩，但又很清楚只要擠個無辜笑容就能脫身。「妳為什麼不告訴我，加瑞爾要妳加入突擊隊？」

卡波對他揚起一邊眉毛，指自己的喉嚨。

「對，我知道妳不能說話。」他翻白眼。「但妳想和我說話的時候，就有辦法和我溝通。」

卡波噘嘴。

「別對我來那套，妳每次都這樣。我要答案。」

她雙手抱胸，然後指向坦尼爾。坦尼爾搖頭。她用手搥了一下胸口，就在心臟正上方，然後又指了指他。妳……愛我？不，不可能是這個意思。他搖頭。卡波嘆氣，比了個揮劍的手勢，然後舉起另一條手臂。

「盾牌？」坦尼爾問。

她點頭，指他。

「盾牌我？保護我？妳要保護我？什麼鬼？妳幾歲，十五？妳不應該保護我，妳才剛過玩娃娃的年紀。好吧……」坦尼爾想起她做的那個祖蘭娃娃，還有娃娃的功用。「妳還在玩娃娃，而且是很危險的玩法，但妳不該保護我。」

坦尼爾想像自己十五歲的模樣，固執己見的瘦皮猴，一頭黑直髮，還有剛剛冒出來的鬍子。他後來越來越成熟，變壯也變高，身上已經有很多老兵的傷痕。他覺得自己老了，但其實也才二十二歲。

卡波轉身背對他。

「嘿，不要……」

她雙手抱胸。

坦尼爾起身，走到她身後。她迅速對他比手勢。

「什麼？」

她又比一次。

「十九？喔，妳？妳十九歲了？」坦尼爾嚇了一跳。「我一直以為妳是小孩。戴奈斯人十六歲就結婚了。」

她搖頭，還是不看他，指自己。

「呃，但妳沒有？」

她點頭。

「好吧，可惡，不管妳幾歲，我不要妳保護我。」

她突然轉過身來。兩人臉貼近到可以聞到她口中的氣息，很香甜，像蜂蜜，坦尼爾不禁好奇她剛剛吃了什麼。

太可惜了，她的嘴型說。

坦尼爾神情堅定。可惡的女孩。「妳為什麼這麼關心我？」他緩緩問道。

她湊上前去，兩人幾乎唇貼著唇。他凝視她深邃的眼眸，眼珠反射星光。她的眼裡透露了點淘氣，嘴上流露笑意。坦尼爾感到心跳加速。她轉身跑走，迅速沿著大街離去。

坦尼爾深吸口氣，看著她離開。「那算什麼？」他喃喃說道。他舔舔嘴唇，幻想她親起來是什麼滋味。他推開那個念頭。她是僕人，沒受過教育的野人。他把雙手塞入口袋，走過大街，希望回到軍官營房時不會看到她在那裡。

30

凌晨一點半，艾鐸佩斯特碼頭西邊街道一點也不寧靜。酒館和妓院中傳出歌聲，不止一群酒鬼在大街上找樂子，往潮濕的天際揮拳頭，對任何願意聽的人唸爛詩。

阿達瑪躲在漆黑角落，拉高衣領，裹在黑色長外套和圓頂帽中，一邊避雨一邊遮掩容貌。索史密斯在另一個角落等待，很難想像那高大的拳擊手可以輕鬆融入比他身材小兩號的黑影中。阿達瑪睜大雙眼，拿好手杖，準備應付任何清醒得足以注意到他的人

對街的妓院和其他店家相比顯得很安靜。他們的顧客比較有錢，而且店的外觀看起來像屠宰場——這地方叫茉莉市場，沒人推薦的話不接新客。一群拳頭大腦袋小的壯漢擠在店門口的雨棚下，他們是保鏢和護衛，彼此低聲交談，努力取暖。有兩個人注意到阿達瑪，神色不善地瞪他，但沒人過來找他麻煩。

妓院的門開了，短暫露出門內昂貴的家具和黑飾帶。理卡・譚伯勒停在門口，丟了幾枚硬幣到幫他開門的人手裡，然後步入雨中。

理卡走路的模樣像是喝了很多酒，但知道自己酒量極限的醉漢。他朝眾保鏢點點帽子示意。

其中兩人離開那群人，走到他身邊。理卡揮手支開拿傘給他的那個人。

阿達瑪等到理卡走近後才從黑暗中走出來。他拉高帽子，讓對方在昏暗的光線下認出他的容貌。理卡的保鏢上前，伸手要拔匕首，雨棚下的保鏢則全神戒備。茉莉市場附近不歡迎攔路打劫的小賊。

「叫你的手下退開。」阿達瑪說。「我只是要和你談談。」

理卡一手阻止保鏢，一手放在胸口。「阿達瑪，看在克雷希米爾的份上，你嚇了我一跳。這是在做什麼？」

阿達瑪一側頭，往旁邊跨了一步。理卡跟過去。

「你知道你隨時都能去我辦公室找我。」理卡說。「我的門隨時為你而開。」他沒戴帽子，手掌放在眼睛上方遮雨。

「我來警告你，」阿達瑪說。「以好朋友的身分。」

理卡向來不喜歡遭人威脅，不管是實質的威脅還是暗示，於是阿達瑪伸手安撫他。

「有些狀況，」阿達瑪說。「讓我不得不把你當成背叛湯瑪士的主嫌。」

理卡嘴巴抿成一條縫，但保持沉默。現在是場豪賭，如果理卡真的是叛徒，他就會派手下對付阿達瑪。

「你得清理門戶，理卡。」阿達瑪說。「凱斯間諜一直從艾德海偷渡進來，還有凱斯勇衛法師。湯瑪士不喜歡這種情況。我認為湯瑪士暫時不會採取行動，因為他迫切要用你的船運送士兵前往瓦賽爾之門。」

「那和我有什麼關係？」理卡問，語氣很克制，但聽起來有點危險。

阿達瑪戳著他的胸口強調道：「碼頭在你的管轄下，朋友。湯瑪士知道這裡的一切情況，如果他感受到威脅，就會停掉所有生意，結束所有諾維和猶尼斯的交易，以及你所有的工廠和磨坊。」

理卡瞪大雙眼。「他不能那麼做，那等於是挖出艾鐸佩斯特的心臟，工會會暴動的。」

「如果他認為這裡有敵軍，或許就非這麼做不可。」

理卡似乎認真思考了一會兒。「還有誰知道你來找我？」

阿達瑪心跳加速。他緊握手杖，不打算任人宰割。幸運的話，他或許能撐到索史密斯穿越馬路趕來。

「沒人知道。」阿達瑪說。

「沒人派你來？」

「我自己來的。」

理卡看了他一會兒，權衡當前形勢，彷彿在思考要捅他哪裡。阿達瑪考慮是不是要叫索史密斯過來。

「謝謝你，」理卡說。「如果你是自己做出這些結論的……那我或許真的得要清理門戶。謝謝你，我的朋友。」

阿達瑪看著理卡步入黑夜中，最後從保鏢手中接過雨傘。他走路的樣子看起來酒醒了，步伐變得比較快，彷彿現在有個目的地。索史密斯悄悄走到阿達瑪身旁。

「接受你的警告了？」索史密斯問。

「我不知道。」阿達瑪說。「他沒有動手殺我，這算是個開始。但他或許知道我在打什麼主意。他不是笨蛋。我們靜觀其變。」

「那現在呢？」

「我有其他嫌犯人選。我還得去找大主教、大業主和普蘭・雷克特。」

索史密斯皺眉看著阿達瑪。「大業主？找不到他的。」

「我會想辦法。」阿達瑪努力在語氣中增添自信。「我想那表示大主教是下一個。」

索史密斯比個聖繩的手勢。「我不喜歡那樣。」

睿智的話語已罕有人言。「他知道我會去找他，我們一早和他有約。」

⚔

一個緊張兮兮的年輕牧師站在大主教家正門台階上，一臉期待地看著阿達瑪的馬車駛近。大主教家是一棟占地遼闊的別墅，只有一層樓，不過和天際王宮差不多大。別墅採遠東葛拉的建築風格，正面是大理石建築，旁邊有白色巨柱，洋蔥狀的窗戶上覆以綢幔。石板車道的一邊是大片葡萄園，另一邊有馬夫在賽馬場訓練馬匹。

阿達瑪在下車伸展雙腳時想到了一則謠言，據說大主教是慾望的僕人，而非克雷希米爾的僕人。不過這年頭教會不就是這樣嗎？喔，還是有些正牌牧師，他們是深愛克雷希米爾及其信徒之人，為了和平和四海一心的理念努力不懈，但遠遠不及查爾曼這類人的數量，對女人、黃金和權力的熱愛，在他們眼中宛如熱病般燃燒。

年輕牧師快步來到阿達瑪身前，他身穿長及腳踝的白袍，腳踩涼鞋，儘管此地富麗堂皇，他還是一身窮苦僧侶的打扮。

「我是席蒙。」牧師說。他看自己的腳，雙手交握身前，彷彿在禱告。

「你服侍大主教？」阿達瑪問。

「我很榮幸服侍克雷希米爾，先生。」席蒙回答。「透過服侍他正直的僕人查爾曼——艾卓大主教。」

「我和大主教有約。」阿達瑪說。「我們要進去等嗎？」他用手杖指向前門。

「噢，不，先生，」席蒙搓揉手掌，彷彿在洗衣服。「屋裡此刻人滿為患，主教閣下的家族成員全都跑來別墅慶祝聖亞頓節，小孩都在腳下跑來跑去，大家擠成一團。」

阿達瑪透過窗口往裡望去，看見有個壯漢在窗內看他們，八成是大主教的保鏢之一。沒有聽到小孩出沒的跡象或吵鬧聲，不過他得承認，這棟別墅很大，查爾曼就算在裡面暗藏軍隊，外面也看不出端倪，窗簾都從裡面拉起來了。

「瞭解。」他說。就算阿達瑪不受歡迎，如此對待客人也很奇怪。

席蒙清清喉嚨。「再說，大主教是大忙人，我們得去禮拜堂找他。由於舉辦晨間狂歡會，下午的禱告他會晚到。」

「不好意思？」阿達瑪臉色發白。「晨間狂歡會？」

「是的。」席蒙說。「現在，如果你不介意，他得待在這裡。大主教不喜歡被人威脅。」他指著剛下車的索史密斯，他的頭髮因為長途打盹而顯得凌亂。

「他是我的同事。」阿達瑪說。「他協助我調查，不會對大主教造成威脅。」

席蒙完全迴避了阿達瑪的目光。「你誤會我的意思了，先生。你的同事身材高大，肌肉結實，顯然是個戰士。大主教不喜歡他僕人的視線亂飄。他——呃，不喜歡競爭，先生，主教閣下對於讓哪些客人進門可是非常挑剔的。」

阿達瑪眨眼看著牧師。不喜歡競爭……？他搖了搖頭。「那你最好待在馬車裡。」他對索史密斯說。

拳擊手嘟噥幾聲，一言不發地爬回車裡。

「你說你主人遲到了？」阿達瑪問。

席蒙嘴角抽動。「對，因為狂歡會。現在，麻煩跟我來，我們可以在禱告會結束後、午後競賽開始前去找他。」

席蒙舉起一隻手，一輛剛剛還藏於葡萄園中的小馬車徑直朝他們駛來。

阿達瑪目光離不開車夫。她很年輕，約十六歲，有著一頭長及腰間的金髮，身穿樸素的車夫制服、襯衣、帽子和握轠繩的手套——但全都是半透明的絲料，底下什麼都沒穿。女孩禮貌地對他微笑。

「先生？」她說。「請上車。」

阿達瑪別開目光，爬上小馬車後座。車上只有一個座位，他轉向席蒙，還沒來得及問牧師要坐哪裡，小馬車就開始前進。拉車的是一匹小白馬，牧師跟在旁邊跑。

阿達瑪在帽子差點被風吹掉時抓緊帽子。他們迅速沿著一條小路進入葡萄園，路過許多工人。雖然車速很快，席蒙又穿長袍，但牧師還是毫不費力地跟著小馬車。阿達瑪注意到席蒙目光始終保持在地上或正前方，理由顯而易見。

他們路過許多工人，他們在修剪葡萄藤或照料土地，所有工人都穿著樸素的上衣，但就和小馬車的車夫一樣，全都是半透明絲質布料。葡萄園的工人有男有女，所有人都年輕貌美。

怎麼會有這種地方？阿達瑪自以為知道艾鐸佩斯特最頂級的聲色場所，但這……這些男女都有資格成為百萬富翁妓院中的台柱，每個人的過夜費都可以超過一千克倫納，他們卻在大主教的葡萄園裡穿這種衣服種葡萄。

「你似乎……完全不屬於這個地方，席蒙。」阿達瑪不禁脫口而出，說完發現這話聽起來有多不得體時已經太遲了。他一臉尷尬地補充。「我不是說你不英俊。」

席蒙嘴角浮現笑意，但沒有抬頭。「我懂你的意思，先生。」他說。「我是在苦行，只要我繼續擔任大主教的管家一年，他們就會批准我的結婚許可。」他有點擔心地皺起眉頭。「先決條件是她還想和我結婚。」

克雷辛教會允許最低等的牧師結婚，除非想在教會中晉升高位，才會被要求要保持獨身。而要結婚的人通常得要以苦行作為補償。

查爾曼如此要求牧師是很殘酷的做法。「告訴我，」阿達瑪說。「大主教別墅裡向來都是這樣嗎？我聽說這裡的葡萄園和馬廄很有看頭，沒想到會如此……獨特。」他當然聽過謠言，大家都聽過，但他並不相信。或許在獨立房舍中有妓院，或幾個隨傳隨到的美女，但這裡的情況遠超縱情聲色可以形容。

「對，先生。」席蒙說。「不是最近才這樣。大主教有個規矩，訪客可以任意挑選這裡看到的人——除了我之外——然後為所欲為。喔，先生，包括你在內，你也是訪客。」

阿達瑪感到臉紅。「喔不——不。」這個字拖得太長，他尷尬到發出緊張兮兮的笑聲。「我是個婚姻美滿的老人，我不用，謝謝你。」

席蒙繼續說：「大主教的規矩是所有提起他的……僕人的客人……都不能再回來。」

「他不可能會知道。」

「喔，大主教知道，先生，他耳目眾多。」

阿達瑪忍不住面露諷刺的笑容。「如果是這樣，我明白大家為什麼保持緘默了。大主教的賓客都會接受他的好意嗎？」

「不，」席蒙說。「不是所有賓客，但是不接受的通常都是不會亂說話的人。」或是羞於啟齒。沒人出去亂說，是因為他們不想和這間肉慾橫流的別墅扯上任何關係，就和紳士絕對不會提到自己常逛妓院一樣。

他摘下帽子搔了搔腦袋，然後語氣平淡地對席蒙說：「所以說，你基本上就是在艾卓境內最大的妓院裡工作……見鬼了……或是九國境內……為了有朝一日能和你的愛人結婚，並且繼續擔任神職？」

席蒙緊張笑道：「克雷希米爾的旨意神祕莫測，先生。」

阿達瑪覺得有點噁心。「我認為那和大主教的幽默感比較有關，不是神。」他喃喃說道。

小馬車駛出葡萄園，穿越一小塊草地，抵達禮拜堂。禮拜堂本身很樸實無華，用小石灰岩磚搭建，和中等房舍差不多大，約莫兩層樓高，斜屋頂，大門上方有座陽台，陽台上掛了條金繩。發現這附近沒有大主教的僕人時，阿達瑪鬆了口氣。

阿達瑪下車，看著小馬車繞過禮拜堂牆角，然後才往大門走去。他正要開門，席蒙卻碰了碰他肩膀。

「請等等，先生，禱告很快就會結束。」席蒙說。

阿達瑪嘆氣。「我是不是差點要走進一場狂歡會裡？」

有一瞬間，席蒙幾乎要笑出來，但他只是搖頭。「不，裡面在舉行午後禱告會，只要等一會兒就好。」

儘管牧師抗議，阿達瑪還是把門推開一條縫。禮拜堂裡面有好幾排絨布座墊長凳，牆壁是泥灰牆，不過有一半覆蓋著描述克雷希米爾爬聖繩下凡來到南矛山頂的金紅色掛毯。參加布道會的只有幾個人，雖然禮拜堂起碼有三十個座位。

大主教站在禮拜堂正面，雙手高舉過頭，仰頭朝天。他的聲音飄過禮拜堂。

「全能的真神克雷希米爾啊，請在不公和惡人之前保護我們，讓我們遠離邪惡，投入你的懷抱之中……」

阿達瑪輕輕關上大門。他和席蒙一起退回禮拜堂的古老石牆旁，靠在冰冷的磚牆上。

「這地方感覺……空蕩蕩的。」阿達瑪說。

「什麼意思？」

「大主教是重要人物，我以為會看到更多訪客，像信差或書記之類的人。」

「噢，」席蒙說。「很少訪客可以進入內院。大主教閣下會在別墅接見所有人，老實說，那裡真的很繁忙。」

「那為什麼對我這麼特別？」

「這個，你有戰地元帥的命令！」

至少那玩意兒發揮點作用了。

「你在這裡多久了？」阿達瑪問。

「兩年又七天。」席蒙拒絕直視他，但阿達瑪認為自己現在理解了，席蒙盡可能為了結婚保持純潔——值得敬重，雖然那表示他鮮少和人目光接觸。為了避免四周的淫慾誘惑，他得一直盯著自己的腳看。

「你很少出門，是不是？」

「我偶爾會去艾鐸佩斯特，幫大主教閣下跑腿。」

天啊。「你為什麼不離開？」阿達瑪問。「要取得正常結婚許可不必苦行贖罪。」

「先生，我服侍聖繩，如果現在離開，我會失去我的繩。」他的手掠過袍子左胸上繡的繩索圖樣。「然後就失去結婚的機會。」

「她想嫁給牧師，是嗎？」

「很多牧師都會結婚。」

「我從未聽說過這種苦行贖罪，通常不是……六個月嗎？」

席蒙看起來有點淒慘。「先生，我要娶的是大主教的姪女。」

阿達瑪露出同情的表情。「你真是個可憐的混蛋。」

「禱告會結束了，先生。」

席蒙還沒說完，禮拜堂正門已開啟，幾輛小馬車駛過來停在禮拜堂對面等著載客。七名男女步出禮拜堂，搭乘小馬車。他們身穿華麗的絲綢、皮革和頂級棉布。阿達瑪認出其中幾個是富商，他沒想到會見到勞倫女士，她是他最近一個雇主，來自富裕家族，而他非常驚訝她竟然能在湯瑪士的貴族剷除行動中存活下來。她走過他身邊，沒認出他。

阿達瑪想像理卡搭乘那些小馬車的景象。他能完美融入這種地方，雖然他不太禱告。小馬車紛紛離開，穿越草地，不過不是駛向前門，而是朝後方前進。天知道查爾曼準備了什麼俗艷的娛樂，阿達瑪邊想邊搖頭。

大主教等所有人離開後才出來，慢慢迎向阿達瑪。

「午安。」阿達瑪說。

查爾曼沒有理會阿達瑪。席蒙快步走過大主教，鎖上禮拜堂的門，然後又轉身撩起大主教的聖袍。

「席蒙，」大主教吩咐。「賈瓦女士在禱告中睡著，這已經是第三次了，從今以後禁止她進入別墅。」

「是，大主教閣下。」

「他是誰？」

「阿達瑪調查員，大主教閣下。」

大主教挺起肩膀，高傲地打量阿達瑪。「對，湯瑪士的走狗。你來幹嘛？」

阿達瑪上下打量大主教。查爾曼盛勢凌人，比阿達瑪高一個頭，成為聖繩僕人前，他是全艾卓的擊劍冠軍。他的身手依然靈巧，步伐很大，充滿自信，手臂很長，在對手出手時占盡優勢。

阿達瑪還記得查爾曼變成牧師後，第二天就被指派為艾卓大主教。那在當時是一樁大醜聞，被議論了好幾年，但是教會始終沒有撤銷他的任命。查爾曼有很多權勢滔天的朋友。

大主教臉上有兩大塊瘀青，已經用白粉盡可能掩飾了。

「大主教閣下，」阿達瑪鞠躬問候。「希望你上週摔下樓之後身體有好一點。當時我在場，那場意外太可怕了。」

查爾曼哼了一聲。「開門見山地說吧，你來幹嘛？」

阿達瑪發現查爾曼很容易就會不耐煩，他又開始同情席蒙了。「我是為了戰地元帥湯瑪士上個月遇刺的事情而來。」

「那件事？還沒鬧完？嘖，賽馬就要開始了，要問什麼快點問。」

阿達瑪忍住回嘴的衝動。不管是不是大主教，最基本的處世道理還是要懂才對。他以比較溫和的語氣說：「大主教閣下，我在調查叛國案，不是在問你最愛哪個妓女。現在麻煩你，我有幾個問題要請教。」

席蒙站在大主教身後，撩著他的聖袍，可憐的牧師一副眼睛要噴出眼眶的模樣。他盯著遠方某個點看，用力搖頭。

大主教又看了阿達瑪一眼。

「你算得上是湯瑪士議會中最有權勢的人。」阿達瑪說。「說不定比戰地元帥更有權勢。你有整個克雷辛教會支持，比起溫史雷夫女士的傭兵團、理卡・譚伯勒的工會、大業主的犯罪組織，教會不管在規模、財富還是力量方面都更強大。這讓我有理由相信，如果你要湯瑪士死，他應該已經死了。」

阿達瑪繼續說道：「我無法洗刷你的嫌疑只有一個原因，就是我想不透你當初為什麼要參與政變。你沒有支持湯瑪士政變的理由，也沒要殺他的動機……至少我查不出來。」

「你有什麼資格來問我？」大主教冷冷問道。

阿達瑪從胸口口袋裡拿出湯瑪士的命令給大主教看。席蒙上前接過，嘴裡喃喃道歉。他清清喉嚨，唸出內容。

大主教仰頭大笑。「和你合作？回答你的問題？我幹嘛在乎湯瑪士懷不懷疑我？他要靠我去和教會周旋。」

阿達瑪從席蒙手中接回那張紙，摺起來收進口袋。

「就算我對湯瑪士吐口水，」大主教繼續。「他還是會求我支持他。你以為我在乎這個調查嗎？」他搖頭。「不，一點也不。不過你說對了一件事，如果我要殺湯瑪士，他已經躺在窮人墳墓裡了。湯瑪士很快就會為了所作所為去面對更高等的力量，我沒必要牽扯進去。」

更高等的力量？阿達瑪很想嘲笑他。查爾曼可不是什麼模範牧師。阿達瑪深吸口氣，拄著手杖湊上前，直視大主教雙眼。他知道自己會為這種堅持付出代價。

「你，」阿達瑪問。「為什麼要支持湯瑪士？」

大主教面對他的目光，看阿達瑪的模樣彷彿在看一隻不會離開儲藏室又可憐到不值得一腳踩扁的老鼠。「教會認為有必要推翻曼豪奇，艾卓的國王已經遠離人民。」

阿達瑪忍著不提聖徒在別墅中經營妓院的事。「教會依然支持湯瑪士嗎？」

「這個問題該由湯瑪士親自來問我，」大主教說。「而不是他的走狗來問。現在，如果你真的想要調查出什麼結果，你該去找理卡·譚伯勒，又或是總管大臣昂卓斯。他們兩個都不值得信任，根本不該待在湯瑪士的議會裡。」

「為什麼？」阿達瑪輕聲問道。

「這兩個傢伙都不是在為艾卓的利益著想。理卡是個瀆神者，靠著那個不信神的工會躲避法律的制裁，他到處收賄——」

「不好意思，請問你是怎麼知道的？」

查爾曼停頓片刻，露出輕蔑的表情。「不要打斷我。」

「請見諒。」

「他接受了凱斯的賄賂，還有罪犯和幫派分子。他道德淪喪，是克雷希米爾無法寵愛的邪惡一方。」

「你怎麼知道他接受凱斯賄賂？」

「教會有消息來源，不要質疑我。」

「那昂卓斯呢？」

「那傢伙想要向教會抽稅。」查爾曼說。「他的靈魂岌岌可危。他在每個議題上都和我作對，和克雷希米爾的僕人作對。他不繳納什一稅，不讓教會會計查帳，而就連國王都讓我們查帳！去查他的帳，我保證你會找出叛國的證據。」大主教看著懷錶。「現在，我賽馬要遲到了。在我失去耐心前，你現在可以離開。」查爾曼走了，阿達瑪都還來不及再多說一個字，他就大聲招呼馬車過來。

阿達瑪看著他離開。查爾曼對昂卓斯的意見算不了什麼，基本上就是不喜歡對方，沒有其他證據。但這是阿達瑪第三次聽見有人宣稱理卡收賄。這情況不太妙。

「我想在附近走走。」阿達瑪對席蒙說。

牧師立刻搖頭。「很抱歉，不行。」他搓揉手掌。

「我要查案。」阿達瑪說。「你們不能妨礙我，我不會去打擾大主教的家人。」

席蒙舔嘴唇。「問題不在這裡，先生，我……大主教閣下非常注重隱私。我很抱歉，但你現在得離開。」

阿達瑪繼續爭論，但是徒勞無功。在發現對方明顯要他立刻離開後，阿達瑪拒絕席蒙招小馬車的好意，自己走回他的馬車。

他爬上車，搖醒索史密斯，一心只想遠離這間別墅。

「你覺得，」阿達瑪問：「夜探大主教家怎麼樣？」

索史密斯瞪大雙眼。「我覺得那是通往松木棺材的捷徑。」

「一點也沒錯。」阿達瑪手指輕敲馬車窗戶，讓馬車駛離別墅。「儘管如此……我們還是有工作要做。」

31

湯瑪士突然驚醒。他衣服都被汗水浸濕，身體熱到呼吸困難。他看見陽光透窗灑落，已經早上十點多了。

「長官。」歐蘭打招呼。保鏢站在他身前，一手拿著一碗稀飯，另外一手拿報紙。湯瑪士不知道這傢伙究竟睡不睡覺，不過他顯然休息過了，眼神比較有神采，臉上的皺紋也變淡了。他放下早餐，扶湯瑪士坐起。「米哈理的心意。」歐蘭說著，把碗放在湯瑪士床邊。

湯瑪士搖頭消除睡意。他覺得腦袋不太清楚，思緒遲鈍。手術和巴瑞特旅長之死已經是五天前的事了，而湯瑪士可恨的腳每個小時都比之前痛得更厲害，只要一動就會抽痛。

「你想在陽台上看報嗎？」歐蘭問。「佩屈克醫生說新鮮空氣對你有益。」

湯瑪士思考著窗外的晴朗天氣，再看看自己的腳。要忍痛走出去，還是要一整天都把自己關在房間裡？

「好。」

歐蘭扶他起身，把拐杖給他，兩人慢慢走到陽台，之後歐蘭回去拿椅子，湯瑪士則蹣跚地走到欄杆邊。

「今天太吵了。」他喃喃自語，一邊往陽台下看。廣場上有很多人，他再看了一眼，發現廣場幾乎擠滿了人。大清洗過後，他就沒見過這麼多人了。

「歐蘭！」他轉身，結果被眼前的保鏢嚇了一跳。

「長官？」歐蘭笑得有點得意，嘴角叼著一根菸，手裡拿著椅子。湯瑪士一點也不喜歡這種情況。

「現在是怎樣？」湯瑪士指著下面的廣場。

歐蘭伸長脖子。「喔，對——米哈理的傑作。」

下方的廣場擺了數十張，不，數百張桌子，桌旁還有椅子，每張桌子都坐滿人，還有數不清的人站著候位，等著坐下。有更多人在排隊，男人、女人、小孩，隊伍一路排到烈士大道，然後轉彎。湯瑪士忍著疼痛，應是把身體探出去，找尋隊伍的源頭。

一張張長桌將他正下方的空地擺滿了。湯瑪士認出那些是領主廳的桌子。桌上擺滿食物，麵包山、湯鍋、叉在鋼架上的烤肉，比國宴餐點數量還多。

湯瑪士轉向歐蘭。「別笑了，扶我下樓。」

下樓花了點時間，湯瑪士在歐蘭的幫助下來到貴族議院正門外。湯瑪士停步，這裡的人潮在頂樓看就已經很壯觀了，到一樓看彷彿又多了一倍。他一臉震驚地站在正門台階上。

「不好意思，長官。」

湯瑪士被人擠開。一隊士兵從他身邊走過，把領主廳裡的桌子抬出去。他們身後是書記在搬椅子，然後是一個廚師端著大到幾乎抬不動的湯碗。視線所及，到處都有人在吃東西、排隊等候或幫忙，有會計師、士兵、平民，甚至還有水手和碼頭工人，看來好像所有人都被迫來幫忙。

「我想這件事你要負責？」

湯瑪士轉身看見昂卓斯。總管大臣怒氣沖沖，眼鏡架在鼻梁上，胸口抱著一本大帳本。他嘴唇抿起，額頭冒汗，因為吼叫而搞得自己面紅耳赤。「我叫不動任何人回去工作！他們說米哈理請他們幫忙，然後就把我當空氣了！」

湯瑪士不知道該說什麼。他掃視人群，尋找主廚高大肥胖的身影。

「這些食物是哪來的？」昂卓斯問。「誰付的錢？」他舉起帳本，用力一拍。「完全沒紀錄！沒收據！一克倫納都沒少，卻有這麼多食物！我不明白，你說他是個食物技能師，但這也太誇張了！沒有東西是免費的，湯瑪士，肯定要付出代價！」

湯瑪士發現自己正在遠離昂卓斯，一瘸一拐緩緩前進，沒多久總管大臣的聲音就淹沒在交談聲中。他目光穿越人群，看到商人坐在廚房女工旁，低階貴族、水手和街上的小乞丐一起吃飯。湯瑪士一個踉蹌，一隻有力的手抓住他，幫助他站穩。湯瑪士轉向歐蘭。「我……我不明白。」

歐蘭沒說話。

廣場對面，黑刺監獄大門開啟，推出許多囚車，加入一排麵包車的隊伍，等著裝滿食物送往城內偏遠角落。湯瑪士看見身穿藍制服的士兵正在引導貨車。「是誰允許的？」湯瑪士問，指著黑刺監獄。

「很抱歉，」一道雄渾的嗓音說。「是你。」米哈理彷彿憑空出現在湯瑪士身旁，雙手塞在圍裙裡，笑容裂到耳根子。

「我有嗎？」湯瑪士問。

「有啊。」米哈理肯定道，接著有點羞怯地補充。「至少我是這麼對他們說的。但不要擔心，他們會在需要的時候回到工作崗位。我讓你的火藥法師去指揮麵包車，我想她叫芙蘿拉。」

湯瑪士說：「溫史雷夫女士呢？她應該要負責慶典的。」

「長官，」歐蘭說。「女士最近情緒低落，慶典由米哈理接手了。」

湯瑪士無言以對。他環顧四周，對米哈理說：「你做了什麼？」

米哈理笑容更加燦爛了，湯瑪士似乎還看見大主廚眼角的淚光。「我很……感激。」他說。「我很感激你幫我向大主教調解，感激你終於把我當成自己人。為了表達感謝，我聽取城市的心聲。我找出艾卓要的東西了，戰地元帥。」

「艾卓要什麼？」湯瑪士低聲問。

「人民在挨餓。」米哈理說。他舉起雙手，把整個城市包圍起來。「人民要吃飽，他們要麵包、紅酒、湯和肉。但不光是這些，他們也要友誼。」他指向一名低階貴族，身穿上好華服的子爵，正拿著聖亞頓節紅酒瓶倒給六個街頭小乞丐。

「他們需要他人陪伴。」米哈理說。「需要愛和友情。」他轉向湯瑪士，伸出一隻手，輕輕撫摸湯瑪士的臉頰。湯瑪士本能地想後退，但發現自己辦不到。

「你灌貴族之血給人民喝。」米哈理輕聲說。「他們喝了，卻沒有飽。他們吞嚥仇恨，越來越飢餓。」他深吸口氣。「你的本意……好吧，並不單純，但符合公義。可惜公義向來不夠。」他放開湯瑪士，轉向廣場。「我會撥亂反正。」他挺起胸膛，張開雙臂。「我會餵飽全艾卓的人民，他們要的就是這個。」

米哈理攔下一名女助手，她正拿著麵包籃要去馬車。「麵包不夠，」他說。「拿肉、湯和蛋糕，用銀器盛裝端給窮人，讓商人拿木碗吃飯。把食物送去全城各地，有人會保護馬車。」

「怎麼保護？」湯瑪士擠出問題。

「我是亞頓轉世。」米哈理說。「艾卓得團結，我的人民會吃飽了再上戰場。」

「亞頓。」湯瑪士想要笑他，卻發現自己笑不出來。

一個穿工作圍裙的男人來到米哈理面前。「先生，」他緩緩說道。米哈理轉身。「理卡．譚伯勒派我們過來，他要我們聽你差遣。」

「我們？」米哈理問。

工人比了個手勢。在他身後，其他工人散布在廣場上，混在桌子和隊伍之中，他們的圍裙沾有煤灰、焦痕、麵粉，還有血。似乎所有碼頭工廠和河岸磨坊的工人都來了。工人微笑。「他把工廠關閉了，先生。但只要我們來幫忙，就還是有錢拿。」

「高貴勞工戰士，嗯？」米哈理問。

男人點頭。「全都來了，先生。」

米哈理瞪大雙眼。「太好了！來，我帶你們去找事做。」

米哈理離開，到處下達命令或提供建議。湯瑪士看著他離開。「很了不起的人，」他表示。「不管是不是瘋子。」

⚔

妮拉不喜歡米哈理的菜。

這些菜開始摧毀她的決心，她每天都感覺心裡的恨意在減弱。她越來越不去注意戰地元帥湯瑪士的習慣，越來越不在乎是否有機會結束他血腥的叛變。她不明白自己是怎麼知道的，但造成這種效果的確實是這些食物。

她試過去貝克鎮買麵包，味道不一樣，而且米哈理在選舉廣場免費發放食物。

妮拉不能繼續等下去了，她一定要今晚動手。今晚是歐蘭當班，但那也沒辦法。她喜歡他，真心喜歡。過去幾日內，他對待她比艾達明斯公爵家所有男人都要好，但她一定要阻止湯瑪士。

所有人就寢後，她先洗低階軍官的制服，和往常一樣正常工作，刷洗、煮沸、燙平，然後將衣服送回每個人的房間。她等到最後才去拿戰地元帥的衣服，向來如此，他的衣服要特別處理。打通往湯瑪士房間的走廊有四名守衛，他們都認得她，妮拉甚至知道其中幾名守衛的名字。打從歐蘭開始追求她，就再也沒有人會偷看她，也沒人說任何不恰當的話。他們一聲不吭地讓她通過，但歐蘭不在走廊上讓她有點擔心。萬一他在裡面呢？

戰地元帥的房間很暗，她憑感覺和記憶，還有陽台窗外灑落的銀色月光來移動。確定歐蘭不在這片黑暗中令她相當滿意。她來到戰地元帥床邊，他輕聲打鼾，躺在帆布床上睡覺。妮拉從袖子裡拔出匕首，然後突然停下動作。

戰地元帥的額頭和臉頰上滿是汗水。他喃喃說了些夢話，接著翻身。

她舉起匕首。

「艾莉卡！」湯瑪士在睡夢中驚坐起來。

妮拉僵住了。他又躺回床上，繼續沉睡。她深呼吸好幾次，穩住自己的手。

「妮拉。」有人低聲道。

妮拉閉上雙眼。辦公室門開了一條縫。「妮拉。」對方又叫了次。是歐蘭。

她把匕首塞回袖子裡，拿起掛在椅子上的制服，溜出門外。她會查出歐蘭想幹嘛，然後打發他離開。她洗好衣服會再送回來，到時候還有機會。

歐蘭在走廊上等她。其他守衛都假裝沒看見他牽她的手，吻她臉頰。他嘴唇很溫暖。

「我還以為跟妳錯過了。」他說，和她一起走過走廊。

「沒有。」她努力擠出很高興看到他的笑容。

他勾起她手臂。「我很高興，」他說。「我很少休息。因為我的技能的關係，戰地元帥要我多輪班。」

「當然。」她停頓。「你該多給自己一點休息時間。」

「我很想，但只想和妳一起。」

那可不行。

「你確定嗎？」

「確定什麼？」

「確定你想和我在一起？」她停下腳步，縮回手臂。「歐蘭，你為什麼看上我？我條件不好，沒有家人，沒有人脈，你也沒有強迫我和你怎麼樣。我不懂你。」

歐蘭嘴角上揚。「等時候到了，我就不用強迫妳。」

她捶他肩膀，不禁臉紅。

他大笑。「過來，」他說。「我要給妳看樣東西。」他再度勾起她的手，領著她走向側廊。

「妳知道，」他說。「打從妳離開艾達明斯家後，我一直在想妳。」

「真的？」

「特別是我們找不到艾達明斯家的兒子時。」

妮拉一踉蹌，要不是歐蘭勾著她，她肯定會摔在地上。她心跳越來越劇烈。

歐蘭繼續說：「然後我在路障那看到妳。我沒辦法去找妳，沒辦法把戰地元帥丟在那種亂局中，但我叫弟兄去抓小孩時不要傷害妳。」

妮拉覺得自己渾身發抖。歐蘭知道，他一直都知道她是保王分子，為什麼過這麼久才揭穿她？她為什麼沒躺在斷頭台上，而是和他走在走廊上？

歐蘭在走廊尾端一扇房門前的士兵旁停下。士兵對他敬禮，他手指觸摸額頭回禮。士兵幫他們開門。

終於來了，妮拉心想。她要被關起來了，等到下一波砍頭時再被推出去。他們會把她送去黑刺監獄嗎？她的匕首還在身上，可以攻擊歐蘭……但他會預料到的。她得等到他離開，換人來看守時再動手。

房間很陰暗，只有一盞提燈放在窗邊桌上，看起來不像牢房。房內有一張床、一張寫字桌，還有沙發。一個身穿僕役服的老女人在床邊的椅子上打盹。

「去吧。」歐蘭低聲說。

她進入房間。歐蘭走過去拿起提燈，提燈旁的桌上還放了樣東西——一隻小木馬。妮拉發現自己跪在床邊，床上有道身影在靜靜沉睡，下巴以下都縮在毯子內。

雅各看起來很健康。他頭髮剪短，還染了色，臉頰豐潤，嘴角如今多了點笑紋。

「湯瑪士不是大部分人想像得那麼冷酷無情。」歐蘭說。「他不會殺害無辜孩童。大清洗當天，他沒有把任何不到十七歲的人送上斷頭台。他叫人放出消息，宣稱所有小孩都被私下絞死，藉以解釋他們的失蹤。」

妮拉手指掠過雅各額頭。「那他們怎麼了？他會怎麼樣？」

「會被送走。」歐蘭說。「有些去諾維或羅斯維，有些就送去鄉下。」

「他醒來後，我可以來看他嗎？」

「不行，他不能和從前生活中的人繼續接觸，不能在成長過程中認定自己有任何特殊之處。他會被送去農場，過著艱苦但不危險也不複雜的生活。或許有朝一日，他會娶洗衣工，但他永遠不會成為國王。」

妮拉跪在雅各床邊好幾分鐘，然後歐蘭才帶她離開。他把提燈放回原位，讓守衛鎖上兒童房的房門。繞過轉角後，妮拉把戰地元帥的制服抱在胸口。

歐蘭站在一旁，雙手放在背後，表情嚴肅。「妳一定很痛恨我們，」他說。「因為我們摧毀了妳的世界。我很抱歉，但湯瑪士……我們所有人……我們這麼做是為了讓平民百姓有朝一日可以過好日子，讓我們不必繼續當奴隸。」

「我認為我以前過得很幸福。」妮拉說。

「待遇最好的奴隸，」歐蘭說。「依舊是奴隸。」他沉默片刻。「如果妳想調離戰地元帥身邊，我能理解。知道他對妳曾服侍過的人做了什麼，妳肯定很難受。但他會很生氣，他說離開葛拉之後，妳是第一個好好洗他衣領的洗衣工。」

「那你呢？」妮拉問。

歐蘭劃燃火柴，點了一支菸，長嘆一聲。「妳不可能喜歡知道妳祕密的人。戰地元帥赦免了保王分子，但部隊還是不信任他們。我不會告訴別人，也不會來打擾妳。」

妮拉想在他臉上找到一絲不誠懇，但沒有找到。她毫不懷疑此刻只要說出一句話，他就永遠不會再和她說話。他的菸在唇間滾動。他深吸一口菸，然後吐出來，別過頭去讓她有時間考慮。

「你確定你上輩子不是紳士？」她問。

「非常確定。」歐蘭說，轉回來面對她。他的神情還是十分嚴肅。

妮拉試著告訴自己這並未改變什麼。湯瑪士依然是個怪物，只要活著就時時刻刻在危害艾卓。但歐蘭透露出湯瑪士是人的事實，他有同情心。妮拉沒辦法在明知對方還有人性的情況下奪走他的性命。

她為此憎恨歐蘭。

「我寧願，」她說，雙手揹在背後，不讓歐蘭看到她在發抖。「我們永遠別再說話。」

歐蘭僵住了。他目光低垂，神情變得有些哀傷，接著又嚴肅起來。「當然，女士。」

妮拉看著他沿走廊離開，伸手擦拭眼角的淚水。為了必須完成的事，她得狠下心，沒時間哭泣。在整間屋子的人醒來前，她還有衣服要洗。

32

坦尼爾走向堡壘大門，心想不知道艾卓的聖亞頓節慶典進行得怎麼樣。他們當天早上收到一批食物——很多桶麥酒、醃豬肉，還有頂級牛肉，遠比守山人堡壘平常吃的食物好多了。

摩斯已經全副武裝地站在大門口，匕首、手槍、來福槍一應俱全。麗娜——守山人馴犬師兼包的女人之一，站在摩斯對面，蹲在狗群之間。那些狗在坦尼爾走近時低聲哀鳴，他蹲在幾步外，就著火光觀察牠們。

一共有三隻長毛大獒犬，牠們戴著黑色鋼刺項圈，用皮製牽繩緊緊和麗娜綁在一起。牠們體型比狼還大，可以輕易地把她拉下山崖，只要牠們想這麼做。

「要獵犬做什麼？」坦尼爾問。

麗娜沒有抬頭。「地道，」她說。她的聲音低沉又溫柔。「我在礦坑裡訓練這三隻狗，能在轉眼間穿越四十碼的距離幹掉榮寵法師，火槍聲響不會影響牠們。」她搔搔其中一隻狗的耳後。那隻狗轉向她，巨大的腦袋昂起，露出舌頭。

「牠們的名字是？」

她指著體型最大的那隻狗。「克雷辛。」下一隻。「勞拉。」她拍拍剛剛搔耳朵的狗。「這是蓋爾。」

坦尼爾對克雷辛伸出手，狗聞了一下，然後轉頭。

「我不是訓練牠們來交朋友的。」她說。

「這些狗喜歡妳。」

她點頭。「我是主人。」

「明白。」坦尼爾起身。包和凱特琳一起抵達，凱特琳一臉不認同地看著他們。包蹲在麗娜身旁，伸手摟她的腰。勞拉喉嚨深處發出低吼聲。

「嘖。」麗娜對狗發出不滿的聲音，勞拉趴了下去。

包後退一步。「可惡的大狗，」他對坦尼爾說。「這些傢伙讓我緊張。」

「你和牠們主人睡覺，」坦尼爾說。「那也讓我緊張。我想不到你喝成那樣還站得起來。」

包朝凱特琳側頭。「她很擅長幫男人醒酒。」

「我敢說一定不是什麼好辦法。」

包一陣尷尬。

片刻後，卡波穿著她的鹿皮衣從小鎮的陰影中走出來。坦尼爾離開法特拉斯塔後就沒見她過這身衣服了。她通常喜歡穿長黑大衣和寬沿帽。鹿皮衣很貼身，提醒坦尼爾她是個女人，不是小女孩，這是他以前沒注意到的。他發現他的手因為缺乏火藥而顫抖，於是拿鼻菸盒吸了一口。有點效果。他又吸了一大口，努力抗拒繼續吸的慾望，必須等到必要時再吸。

卡波身後跟著費斯尼克，他牽著兩頭揹著火藥桶的驢子，加瑞爾跟在幾步之後。他們全都在守山人司令身邊集合。

「這裡的火藥足以炸坍他們的地道。」加瑞爾說。「我們能相信你會在我們抵達安全距離後引爆嗎？」

「那麼多火藥，」坦尼爾說。「我們得離很遠。」芙蘿拉能在那種距離下辦到，她是坦尼爾認識的火藥法師中引爆距離最遠的人——那是她獨一無二的天賦。

「那我們就用導火線。」加瑞爾說。「動作要快，檢查完地道前，誰都不准發出聲音——麗娜，包括妳的狗在內。天知道地道裡有什麼陷阱等著我們，或是有多少工人和士兵在底下。檢查完畢後，我們就設置火藥，然後以最快的速度離開，必要的話留下驢子。」

「牠們做了什麼落得這種下場？」費斯尼克問。

加瑞爾只是翻白眼。「大家都準備好了嗎？」

所有人點頭，全都無聲無息地走正門離開。

下方山坡一片漆黑，一直延伸到莫潘哈克。凱斯部隊依然在那裡駐紮。他們進入黑暗當中，盡可能放慢速度，以便讓雙眼適應。聞到黑火藥氣味讓坦尼爾腦袋嗡嗡作響，感官瞬間敏銳起來。黑暗在他眼前沒能隱藏多少祕密，這讓他很高興——他還記得昨天晚上的嚎叫聲，還有感受到邪惡生物出現在山上的感覺。

坦尼爾繼續前進，卡波跟在後頭二十步之外。他們安靜地下山，隨時留意凱斯衛哨。坦尼爾抵達第一座防禦工事，此地遭雙方反覆占領，最後被火砲和法術打成廢墟。他以為會有守衛，但爬入碎石堆後他發現堡壘裡是空的。

他仔細檢查所有防禦工事。如果他是凱斯軍，就會在每個堡壘裡安排幾名哨兵，針對反擊行動進行警戒，不管這種可能性有多低。他在第四座堡壘裡發現一具屍體，頭被砲彈炸掉，穿著破破爛爛的凱斯制服，散發惡臭——那是上週收屍部隊漏掉的屍體。

還是沒見到守衛。

通過最後一道防禦工事不遠後就看到地道入口。坦尼爾在附近搜尋敵軍出沒的跡象。沒有燈光，沒有人員，耳朵貼地也聽不見鏟子和十字鎬挖地的聲響。坦尼爾皺眉，這種情況不太對勁。他派卡波回去叫大家過來。山坡上沒有動靜，下方凱斯營地營火遍布。坦尼爾聽見其他人加入他的行列時，舊靴子踏在岩石上的腳步聲。

他們來到通道入口上方的山道上，後面的驢子突然叫了一聲。坦尼爾覺得心臟都跳到嘴裡了。他立刻矮身坐下，把來福槍管放在腳上，仔細觀察山下的情況。他等著凱斯人探頭出來高聲警告，然後吹響警戒號角。

幾分鐘過去，他回頭看向包和加瑞爾。加瑞爾的表情令人看不懂，包看起來很不耐煩。包對坦尼爾打信號，然後伸出一根手指觸摸額頭。坦尼爾點頭。

坦尼爾開啟第三眼。暈眩感消失，他將注意力轉移到周遭環境上。魔法殘留的魔光覆蓋了整座山，有點像是剛漆好的柵欄附近地面濺到的油漆。不過這全都是從前的魔法，已經開始消退。他看向地道。

地道方向的魔光不是從前留下的，尚未開始褪色。他腳下的地面共有兩道魔光通往山上。坦尼爾閉上第三眼，爬下岩石前往地道。卡波緊跟在後。

「做什麼……坦尼爾！」加瑞爾低聲叫道。坦尼爾不理他，爬到地道上方，跳到入口外面。卡波在他頭上彈舌。他確認沒有敵人後，對她比手勢。她跳下來，他接住她並將她放到地上。

他面前有兩條漆黑的地道，裡頭黑到連標記師的感官也難以探測，但他懷疑自己可能會看見什麼。兩條地道都比正常人高一呎左右，完全是用魔法挖掘而成，彷彿是用一根巨型鑽頭挖出來的。他沿著地道向山腰望去，猜出了他們的目的地。

包和加瑞爾不久後抵達。

「這裡沒人。」加瑞爾困惑地說。

「謝謝你指出這一點。」包說。

「閉嘴。」坦尼爾對包說。

「工兵都在哪裡？榮寵法師呢？」加瑞爾問。

坦尼爾舉起一隻手。「在上面。」

「你是說他們挖通了？」

「對。」

「他們出去了……？」

「出口在守山人堡壘上面。」坦尼爾說。「在山脊附近。我昨天晚上隱約看見那裡有動靜，以為是月光產生的幻覺，現在我不認為是幻覺了。」

加瑞爾看著高處的山脊線。「挖這種地道所需要的法力……」

「祖蘭，」包說。「可能還有一半的凱斯法師團跟她一起。」

「那他們為什麼還沒進攻？」加瑞爾問。「東北山道幾乎無人防守，那裡的牆半數時間根本沒有人影，他們可以帶一千人從山上展開攻擊，而我們什麼都不能做。」

「她不在乎守山人，」包說。「從來都不在乎。她的目的是要前往山頂。」

「還是說不通。」坦尼爾說。「她可以摧毀肩冠堡壘，然後再上山。除非……」

「她在趕時間。」包把話說完。他透過黑暗凝視南矛山峰一段時間。「我在皇家法師團時聽過一些故事，和克雷希米爾一樣古老的故事，說最強大的榮寵法師可以利用其他星球的靈氣，像是月亮、星星，還有太陽的靈氣，藉以強化他們的魔法。她須要利用夏至。」

坦尼爾覺得一陣噁心，顫抖地吸了口氣。他快速吸了點火藥，這才緩過勁來。「但是，」他說。「就算她趕時間，為什麼不把地道的事告訴丁恩？她怎麼可能瞞住他？」

「我認為凱斯軍的情況比我們想像的要複雜許多。」包說。「祖蘭肯定在利用皇家法師團，而丁恩或許並不知情。」

加瑞爾搔了搔下巴。「她怎麼可能保密？如果她沒告訴他，為什麼要挖兩條地道？」

「她也沒讓我們發現。」坦尼爾說。「我認為這是備用計畫。就算無法召喚克雷希米爾，她還是打算攻下守山人堡壘。我想她沒料到我們會直接跑來這裡，進而發現地道。」

他們一聲不吭凝視地道一會兒。「她真的能召喚克雷希米爾嗎？」加瑞爾問。

「她可以嘗試。」包說。「至於會不會成功……完全取決於她身邊有多少榮寵法師。」

「我不喜歡靜觀其變。」坦尼爾說，轉身往守山人堡壘前進。

「你要去哪？」

「如果要追著她上山，我需要一些補給。」

包比坦尼爾預期中更快追上來。「那是自殺。」他說。「她肯定帶了三十個以上的榮寵法師隨行，或許還有勇衛法師和士兵，要是讓他們發現你……」他輕彈手指。「完了。」

「那我就不要讓他們發現。」

他們和其他人會合，把情況告訴大家。

「我要去追祖蘭。」坦尼爾說。

「你是說力量強大到能召喚神的那位？」費斯尼克問。

凱特琳雙手抱胸，看他的目光顯然把他當成白痴。「我想接下來你會說你要一個人去，因為對其他人而言太危險了？」

坦尼爾大笑。「見鬼了，才不是。想來的人都可以來，我可不想一個人死在那狗娘養的冰冷高山上。」

包差點嗆到。「我去。」他說。

「你不准去。」凱特琳說。

「讓開，女人，」包說。「一定要阻止祖蘭。」

「讓標記師去阻止她。」

「我也和你一起去。」麗娜輕柔的聲音差點把坦尼爾嚇得跳起來。她站在旁邊，靜靜地牽著她的狗。「包去，我就去。」

「妳別……」凱特琳開口。

「我說讓開！」包說。

加瑞爾看起來很掙扎。「我應該——」他開口，然後又閉嘴。

坦尼爾察覺加瑞爾想和他們一起去，但守山人是他的責任，如果戰地元帥丁恩再度來襲，加瑞爾就得指揮部隊防守堡壘。

坦尼爾說：「你的職責在這裡。」他突然想到一件事。「諾維僧侶會讓他們通過嗎？」

「我不知道，」包說。「如果不讓他們過，祖蘭會摧毀修道院。」

「狗屎。」加瑞爾啐道。「他們都是好人。」他轉向摩斯和費斯尼克。「安裝火藥。」

他們退到四座防禦工事之外，然後點燃導火線。坦尼爾看著火花沿山坡而下，沒過多久就抵達地道。火藥爆炸時，整座山都在搖，坦尼爾覺得腳下的沙土全在滑動，最後一座防禦工事坍塌到地道的廢墟中。幾分鐘內，凱斯營地點燃更多燈火，下方出現大量騷動。

他們回到堡壘，坦尼爾和其他人拿了更多武器，一個半小時後在東北門集合。隊伍的規模比他理想中大——包、麗娜和她的狗、費斯尼克、摩斯，還有另外八名守山人，他在營區見過的剽悍男子。

「不該去這麼多人。」坦尼爾對加瑞爾說。

高大的守山人司令站在門口，顯然還在掙扎要不要和他一起去。「你們需要人手。」他說。「一旦開打，盡可能散開。如果發生最糟糕的情況，派人下來讓我們知道地獄已經降臨艾卓。」

「好。」坦尼爾說。

「祝好運。」

一切準備妥當後，坦尼爾走到卡波面前。她把帆布背包揹在身側。

「我有機會說服妳留下嗎？」坦尼爾問。

卡波毫不退讓。

「看來是沒有。」坦尼爾嘆氣。「走吧。」

33

阿達瑪在夜幕降臨後回到家，又度過一個只有提問而得不到答案的日子，彷彿沙土過篩卻沒找到任何值錢的東西，繼續過著無法保護家人、無法應付勒索者的痛苦時日。他的腳很痛，眼睛幾乎睜不開。城內充滿慶典的喧鬧聲，人們對這個在戰爭和混亂中遭到遺忘的節慶越來越感到興奮，給了他一些精神上的支撐，但一個人能承受的興奮之情是有極限的，興奮太久也會倦怠。他在後門停下，藉由月光檢查門鎖。他伸出手指，摩擦鑰匙孔附近，聞到一股淡淡的味道——是甜鈴，一種葛拉香料。

「怎麼了？」索史密斯在他身後問道。

「沒什麼。」阿達瑪打開門鎖。他們今晚大部分時間都在公立檔案處查閱查爾曼別墅的設計圖，雖然找到了設計圖，卻相當老舊。阿達瑪上次沒在裡面待太久，但他看得出來查爾曼曾大幅調整過室內格局。他有些掙扎要不要夜探別墅，如果被抓到，後果將不堪設想，然而不全面搜索就無法完成調查。

索史密斯直接前往客房換裝，阿達瑪則去他的辦公室，在熟悉的家中摸黑前進。依然很淡的甜鈴味在辦公室裡顯得特別強烈。他打開酒櫃，拿出一瓶白蘭地，倒了三杯酒。他拿起一杯，在自己的椅子上坐下，劃亮一根火柴，湊到煙斗末端。他深吸幾口，確保菸有點燃，然後從鼻孔吐出煙霧。接著，他拿火柴去點燃提燈燈芯。

「我忙了一天。」他說道，把冰涼的玻璃杯貼在額頭上，用眼角餘光打量那人。

對方在突來的燈火下眨了眨眼，嘴巴微微張開。他的膚色接近紅色，那是葛拉人的特徵，胖胖的臉龐和鬆弛、宛如女性般的身軀，顯示他在青春期前就遭到閹割。他剃了個光頭，臉上沒有任何體毛。

阿達瑪指著桌上一個杯子。「喝酒嗎？」

本來站在角落、雙手隱藏在長袍袖中的閹人緩緩上前。「你怎麼知道我在這裡？」他問道，聲音有點尖，像小孩一樣。

「我聽說過你的傳言，」阿達瑪說。「你是大業主的沉默殺手，據說來無影去無蹤。不過我當調查員很久了，就連最厲害的高手開鎖時都會留下刮痕。」

「好幾批人在跟蹤你。」閹人說。「有戰地元帥湯瑪士的，還有克雷蒙提閣下的人，你怎麼知道是我？」他聽起來是真的好奇。

克雷蒙提閣下的人？阿達瑪努力壓抑驚訝的表情。他就是維塔斯閣下的老闆？「湯瑪士要我調查叛徒案後，我就一直在等你上門。你遲早會來的。」

「你沒回答我的問題。」

阿達瑪舉起酒杯表示他聽到問題了，但並不想回答。

閹人走向辦公桌，打量著那杯白蘭地，並沒有喝。此時索史密斯穿睡衣加晨袍走進來，然後猛地停步。阿達瑪注意到他捏緊拳頭，不過這是他對閹人出現在這裡的唯一反應。

「哈囉，索史密斯。」閹人說，光頭向拳擊手偏了偏。「你已經好一陣子沒去格鬥場了，我們在想你什麼時候才要回來。」

索史密斯嗤之以鼻，反應彷彿熊發現附近有蛇般。「等大業主不想殺我了再說。」他說。

「喝一杯吧，我的朋友。」阿達瑪對索史密斯說。

索史密斯拿起他的酒杯，退回門口，擋住唯一的出口。閹人似乎對此毫不在意。

「我想你是為了我的調查而來？」阿達瑪問。

閹人換上談生意的正經表情。「我的主人指示我在合理範圍內回答你所有問題，盡可能讓你相信他不是你要找的叛徒。」

阿達瑪思索了一會兒。他已經知道大業主為什麼支持湯瑪士了，因為協議的條文包括凱斯會派遣警力過來，而那將會大幅改變艾鐸佩斯特黑社會的現況。協議裡特別指出要把大業主的頭裝在籃子裡。他們知道他在黑社會權勢滔天，絕對留不得。不管有沒有隱瞞身分，凱斯都會把艾鐸佩斯特翻過來，直到找出他為止。

既然協議的危險解除了，大業主就有可能會想除掉湯瑪士，把水攪得更渾。然而，大業主和其他議會成員都會面臨同樣的問題：如果湯瑪士死了，凱斯就可能會打贏戰爭，而他們阻止協議簽署想要預防的情況就會再度出現，甚至更為嚴重。

「為什麼這麼坦白直接？」阿達瑪問。

「我的主人不希望你調查他的生意——他聽說你是堅持到底、死纏爛打的人。然而，湯瑪士明白表示殺了你會引起他的震怒，最簡單的解決方式就是盡快解決一切。」

「很務實。」阿達瑪嘀咕。到底是大業主真的這麼實際，還是他想操弄阿達瑪的調查方向？阿達瑪又拿白蘭地酒杯滾過自己的眉心。「大業主知道是誰暗殺湯瑪士嗎？」

「不知道。」閹人毫不遲疑地說。「他有私下調查，但是一無所獲。不管叛徒是誰，他都沒有利用艾卓的中間人，否則我的主人會知道。」

「那就表示叛徒是直接和凱斯聯絡。」阿達瑪說。

「不是總管大臣。」閹人說。「大業主嚴密監視著掌管全城金流的人物。也不是溫史雷夫女士，我們在她家裡安排了一些間諜。」

「她有個旅長涉案。」阿達瑪說。

「就一個。」閹人說。「巴瑞特旅長缺乏其他旅長的忠誠和正義感。」

「大學校長呢？」

閹人遲疑。「校長，普蘭·雷克特，和布魯德一樣高深莫測。」

布魯德，布魯丹尼亞的雙面聖徒。這個舉例聽起來有點奇怪。

阿達瑪等他進一步說明，但閹人已經說完了。總管大臣也提過校長很可疑。

「你是說，」阿達瑪說。「普蘭・雷克特，就和理卡・譚伯勒及大主教一樣老奸巨猾？他可是赫赫有名的大學校長。」

「我是說，」闍人輕聲道。「他沒有表面上那麼簡單。」

阿達瑪深深抽了一口煙斗。假設闍人說的是實話——這是非常危險的假設——理卡・譚伯勒便最有可能是叛徒。大主教很腐敗，渴望權力，但他沒有理由看著湯瑪士死去，而理卡為了工會什麼都肯幹，他很可能和凱斯暗地裡達成協議。

阿達瑪再度考慮是否該冒險暗中搜索查爾曼的別墅，在他公開指控理卡前，似乎就只剩下這件事了。當然，阿達瑪還是得調查大學校長。

「謝謝你，」阿達瑪對闍人說。「你幫了大忙。告訴你家主人，可能的話，我會避免打探他的生意。」

闍人對阿達瑪微微一笑。「他會很高興。」

「索史密斯，請送我們的客人到門口。」

幾分鐘後，索史密斯回來，在沙發上坐下。「我起雞皮疙瘩了。」他說。

「我也是。」阿達瑪深吸口氣，享受菸草的氣味，是櫻桃口味，這讓鼻子和喉嚨都很舒暢，也會在舌頭上留下淡淡清香。這種菸很紓壓。

「你覺得他說的是實話嗎？」阿達瑪問。

索史密斯嘟噥一聲。「據說他不說假話。」

阿達瑪好奇地看著索史密斯。「當真？我聽說不能相信闇人。」

「倒不是闇人本身。」索史密斯說。「闇人提到大業主的時候，他絕不說謊。」

「看來我得相信你的話了。」阿達瑪說，不過他暗自決定要調查大業主的生意，希望不會深入到害死自己的地步。

阿達瑪在辦公桌後度過接下來的一個小時，閱讀當天的報紙，索史密斯則在沙發上打盹。直到他準備上床，屋內十分寧靜。

阿達瑪走上樓梯，陷入沉思，索史密斯跟在後面。兩人來到樓上，阿達瑪看向漆黑的走廊。

「你上來時沒點燈嗎？」

有些本能遠比條件反射更深刻地刻在骨子裡。阿達瑪讓自己往後摔下樓梯，幾乎沒聽見索史密斯發出抗議，就感覺有道涼風劃過喉嚨。索史密斯大聲咒罵，接著，耳邊傳來槍響。

阿達瑪平躺在樓梯上，耳朵嗡嗡作響。槍聲來自樓上的走廊。阿達瑪不認為自己有中槍，但他不敢問索史密斯。他伸手摸了摸喉嚨，有血，剃刀只是如微風般擦過，幾乎沒有劃破皮膚。

阿達瑪仔細聆聽。索史密斯整個人摔下樓，躺在平台上。他要不是知道不能吭聲，不然就是被當場擊斃了。阿達瑪期望是前者。

阿達瑪深吸一口氣。攻擊他的人等在樓梯上面，走廊沒有任何動靜——那些木板一旦有人經過就會發出非常吵的聲響。殺手此刻還在上面等著，他肯定知道那一槍沒有幹掉阿達瑪和索史密斯兩人。阿達瑪豎起耳朵，瞪大雙眼凝視著黑暗，想弄清楚殺手有幾人。他們是趁他看報時進屋的，八成是從樓上窗戶進來。

阿達瑪緩緩爬起來，避開會發出聲音的台階中央，手膝並用，慢慢往上爬了幾階，直到手指能摸到二樓地板。

他繼續往前伸，沿著地板摸索，直到摸到東西。他以輕如羽毛的動作摸出一隻皮鞋的外型，然後是另一隻，最後弄清楚殺手的位置。他想像殺手的姿勢。對方大概將手舉起來，拿著剃刀或匕首。阿達瑪無從得知是哪一隻手，他得賭這一局。

阿達瑪猛地往上衝，左手扣住殺手的右手腕，前臂抵住對方喉嚨。殺手驚呼一聲，阿達瑪感覺有利刃劃過耳邊。猜錯手了！

阿達瑪把對方的右手往下扯，逼他轉身，試圖猜測他會怎麼揮動左手的剃刀。他右手肘壓在對方肩膀上，引起那人一聲悶哼。又是一下槍響，發出的閃光令阿達瑪瞬間盲目。阿達瑪感覺殺手抽搐了一下便癱軟了，顯然殺手被本來瞄準自己的子彈擊中。

看來殺手至少有兩人，搞不好還更多。阿達瑪撲向前去。手槍是在走廊上射擊的，接近他臥室門口的方位。他盲目摸索，抓住一根火熱的槍管，另一手伸進口袋找他的筆刀，然後感覺有兩隻手掌擊中他胸口。他被推往後方樓梯的方向，腳跟撞上東西——那是第一個殺手的屍體——隨即滾下樓梯。

他摔在前門旁，耳朵嗡鳴，頭昏眼花，但沒有摔斷任何骨頭。

樓梯上傳來腳步聲，兩道身影步入前窗灑落的月光下，其中一人把手槍扔在地上，從腰帶拔出某樣東西。阿達瑪聽見喀啦一聲，陰暗中有東西反射光芒。

他連忙爬起身，沿著走廊退向廚房，讓他們沒辦法從上方展開攻擊。那兩人追了過來，其中一人閃入書房，另一人迅速逼近。

阿達瑪握緊筆刀。殺手繼續前進，只聽到腳下的地板嘎吱作響。阿達瑪感覺有滴汗水滑落額頭，流過他的眼睛。

有人點燃了書房的油燈。阿達瑪瞥見殺手的輪廓，對方中等身材，蹲得很低，雙腿拉開站得很穩。見鬼了，阿達瑪心想。另外那個殺手繞過轉角，手裡拿著有燈罩的提燈，燈光照向阿達瑪，亮得他睜不開眼，讓殺手能夠仔細打量獵物。阿達瑪撲向前，盲目攻擊。

他在有人大叫時感覺到胸口有一陣冰冷的刺痛感。他拿著筆刀後退，握刀的手臂被人一把抓住。他使勁掙扎，等待致命傷對他造成的熟悉虛弱感來襲。有人的手肘撞上他的胸口，引發另一陣劇痛。

走廊後方傳來騷動。火光遠離了阿達瑪的眼睛，他隱約看見索史密斯揮動粗壯的手臂抓住拿提燈的人。阿達瑪耳邊響起槍響，震耳欲聾。

他設法讓拿刀的手臂掙脫出來，與他搏鬥的男子手持剃刀，仍在向他逼近。阿達瑪心頭一跳，奮力刺出一刀，希望這一擊正中目標。他縮手後再度刺出，然後又刺，直到對方大聲討饒，癱倒在地。

阿達瑪靠著後門坐倒，看向走廊，留意任何動靜。他試圖控制急促的呼吸，傾聽屋內還有沒有其他殺手。

「都解決了？」索史密斯喃喃問道。

阿達瑪再吸幾口氣，然後回答。「我想是的，一個死在樓梯上，兩個在這裡。你受傷了？」

「槍傷。」索史密斯說。「中了兩槍。你呢？」

阿達瑪皺眉。「我不知道。」

他用腳尖踢了踢腳下的人，對方低聲呻吟。阿達瑪跌跌撞撞走入書房，胸口疼痛難忍。他一手捂住胸口，感覺上面沾滿了鮮血。他忍著一吋一吋襲來的痛苦，彎腰去撿剛摔在地上的提燈。蠟燭居然沒有熄滅。他拿開燈罩。

走廊亂七八糟的，地板上的血泊上漂著碎泥灰。一共有三具屍體。阿達瑪無視他們，走向索史密斯。老拳擊手坐在樓梯底部，一手塞在上衣裡，身體前側全都是血。

阿達瑪嚥了嚥喉嚨裡的硬塊。「我再弄亮點。」

他點燃走廊提燈，脫掉索史密斯的上衣，從一具屍體手裡借了把剃刀。有顆子彈劃過索史密斯左臂，打掉了一塊手指大小的肉，另一顆子彈打進腹部，阿達瑪看見傷口時差點嗆到。

「很糟嗎？」索史密斯頭靠牆壁休息，額頭和臉頰上都是汗珠。他伸手擦汗，結果反而抹了一臉血。

「你腹部中彈，看不出來有沒有射中內臟。我們要找醫生幫忙。你用手壓住這裡試著止血，我去找人幫忙。」

他不用跑太遠，很多鄰居都聽見槍聲，拿著提燈和手槍站在街上。他們目瞪口呆地看著阿達瑪，伸長脖子想瞧瞧他家裡的情況。

「誰幫我去找醫生。」他有氣無力地詢問。「找個男孩去通知貴族議院，我有口信要帶給戰地元帥湯瑪士，確保他收到訊息。告訴他……黑街理髮幫的人來暗殺阿達瑪。」沒人跑離街頭，也沒人去招馬車。有些人緊張兮兮地後退，光是提到那個街頭幫派就讓他們害怕。「拜託。」阿達瑪說，聽見自己語氣中的絕望。

有個鄰居上前，是一名老紳士，葛拉戰爭的老兵，蓄著長長的灰鬍鬚，睡衣外套了一件黑外套。他手裡拿著一把陳舊的喇叭槍，阿達瑪記得他名叫圖沃德。

「我有一些戰場上的手術經驗。」圖沃德說，轉身往自己家的方向大喊。「麥莉！叫兒子出來，立刻！」他轉向圍觀眾人。「各位回家去，快走吧！」

阿達瑪對圖沃德點頭道謝，帶人回家。

「你受傷了嗎？」圖沃德問。阿達瑪指向索史密斯。「他更嚴重，腹部中槍。」

圖沃德皺眉，用經驗豐富的目光查看屍體，然後跨越它們，走向索史密斯。

阿達瑪嘆氣，靠著牆跌坐下去。他花了點時間打量屋內的慘況，其中一個殺手還沒死，躺在書房入口，但阿達瑪對他眼中的懇求視而不見。樓梯上有具屍體，側躺著死在自己夥伴的槍下，子彈擊中臉頰，當場死亡，鮮血順著樓梯滴落下來。

牆邊還有一具站著的屍體，頭卡在牆壁裡。阿達瑪走過去仔細查看，是剛剛拿提燈的那個。

索史密斯抓住他的臉，把他整顆腦袋塞進泥灰和磚塊裡。

圖沃德蹲在索史密斯身旁，低聲和他說話，手指順著肚子摸。阿達瑪走到還沒死絕的殺手身邊，脫去對方的外套，盡量避免造成不必要的痛楚。對方發出呻吟。

「我是想幫忙……」阿達瑪看著對方的臉，僵住了。這是他第一次仔細看對方。「柯爾。」他說，是理卡在碼頭那個瘦巴巴的助手。阿達瑪顫抖著吸氣。

他脫掉柯爾的外套。剛剛情急之下，他至少用筆刀刺了柯爾胸口十幾下，傷口不深，但失血很快。他捲起柯爾的衣袖，證實了他的懷疑。沒錯，正如他所想的那樣，柯爾前臂上有個理髮師剃刀的刺青。

湯瑪士的士兵抵達時，柯爾早就死了。屋子裡擠滿了人，阿達瑪終於不用擔心理髮幫繼續派人來解決他。一群醫生把索史密斯抬進客廳，索史密斯大吼大叫，表示他們正在移除他體內的子彈。阿達瑪坐在樓梯上，目光空洞地看著眾人在他家前門進進出出。

「你的傷可能也要縫幾針。」

阿達瑪抬頭。湯瑪士站在樓梯底下，一手扶著欄杆，重心靠在拐杖上。他渾身都是火藥味，朝阿達瑪的胸口點了點頭。

阿達瑪低頭看，傷口很淺，但痛得好像有人往裡面擠檸檬一樣，而且還在流血。

「等他們處理完索史密斯，就會輪到我。」阿達瑪停頓。「你沒必要親自來。」

湯瑪士打量他一會兒。「黑街理髮幫不該接其他工作的。明天早上他們會面對後果。你非常幸運，我見過理髮幫是怎麼辦事的。」湯瑪士將目光移開，轉向地上的一灘血跡。「可惜他們全都死了。」

「對。」阿達瑪說。「我在黑暗中被人拿剃刀追殺的時候，就不會考慮得太周全。」他抬手摸喉嚨，那裡被劃出一條血痕。他的手在抖，突然有股衝動想把一切都告訴湯瑪士——維塔斯閣下還有他家人的事。或許湯瑪士早就知道了，他不是會被愚弄的人。但如果湯瑪士認為阿達瑪的忠誠出了問題，就不會讓他繼續調查。阿達瑪感覺到臉在漲紅。

湯瑪士似乎沒注意到。「你認為是誰要殺你？」他問。

答案很明顯不是嗎？「黑街理髮幫是理卡．譚伯勒的人。」他朝被推到走廊邊的柯爾屍體點頭。「我一個月前去找理卡時，這傢伙幫理卡送酒進去。」

「證據確鑿。」湯瑪士說。「理卡有其他理由想要殺你嗎？」

「沒有。」阿達瑪語氣悲傷。他記得十五年前理卡為了組織工會被捕入獄的情形，當時阿達瑪已經樹立了誠實的名聲，曾出庭為理卡的人格作證，這讓他第二天就被釋放了。

那之後兩年，阿達瑪窮到沒錢給小孩買聖亞頓節禮物，理卡帶著價值超過阿達瑪半年薪水的禮物出現在他家門口。這些年來，他們相互扶持，阿達瑪難以相信他們的友誼會如此收場。

「我這就派兵去逮捕他。」湯瑪士說著，轉向一名士兵。

「等等。」阿達瑪說。

湯瑪士頓住，扭過頭去。

阿達瑪閉上雙眼。「再給我點時間，我們不能肯定是理卡。」

湯瑪士揚起眉毛。「黑街理髮幫辦事絕不手軟，調查員。這可不是在兒戲，他們是理卡的手下。等我解決掉他們，世上就沒有理髮幫了。」

「他們收錢辦事。」阿達瑪說。這論點站不住腳，就連他也這麼認為。「我上週給了理卡機會殺我，但他沒動手。」

湯瑪士凝視阿達瑪。「再等幾個小時，他就會聽說殺手失敗的事，然後他會在天亮前登上前往凱斯的船。」

「等我到中午。」阿達瑪說。

「我不能浪費時間。」湯瑪士語氣帶了點憤怒。「如果叛徒逃走，我將無力掌握議會，他們就會開始對付我。」

「派一隊人馬，」阿達瑪說。「叫他們監視理卡。他若企圖逃跑，就立刻逮捕他，代表他肯定有罪。但如果此刻弄錯，你不但抓不到叛徒，還會與高貴勞工戰士為敵。」

湯瑪士似乎有些猶豫。

阿達瑪說：「等我到中午，我想我可以查出真相。」

「怎麼查？」

阿達瑪吞嚥口水。「我得向你借個火藥法師，我要去找黑街理髮幫。」

34

黑街理髮幫是艾鐸佩斯特最古老的幫派之一，他們自稱有一百五十年到三百年的歷史——端看這個問題問的是誰，還有他們喝得有多醉。他們總部位於傑費斯噴泉附近一排破爛公寓，當地警方推測成員約七十五人。

阿達瑪在安全距離外監視那些公寓。就外觀而言，他們之前的日子顯然過得比較好。那棟房子是搖搖欲墜的廢墟，兩層樓高，全都用品質不佳的泥磚搭建，年久失修，安全堪慮。二樓是寢室，一樓看起來像個大酒吧。樓前的陽光下擺了幾張椅子，幾名理髮幫成員待在附近，一邊在地上丟骰子，一邊等待來剃頭的碼頭工人。

「我不喜歡和理髮幫扯上關係。」索史密斯說。

阿達瑪看了他朋友一眼。索史密斯身穿短黑外套，衣袖捲起，倚靠一間廢棄煤炭工廠的牆，盯著理髮幫總部看。他額頭冒汗，眼中隱現痛楚，除此之外完全看不出他昨晚中了兩槍還動過手術。他們成功挖出卡在他體內的子彈，不夠剽悍的人此刻就得仰賴鴉片止痛。

「我叫你別跟來。」

「你有付我錢。」索史密斯說。「不能一個人進去。」

阿達瑪哼了一聲，他根本不是一個人，索史密斯只是想要再把一顆理髮幫成員的腦袋塞到牆壁裡。阿達瑪揉揉胸口，努力忍著不去摳湯瑪士的醫生為他縫合的線頭。

他看著三隊士兵擠滿街道，隔絕兩側往來的行人車輛，另外兩隊人馬神不知鬼不覺地繞到理髮幫總部後面。其中一個擲骰子的理髮師抬頭，拍拍朋友肩膀，伸手一指，然後快步進屋。

「該進去了。」阿達瑪說。他離開牆邊，大步走上街。湯瑪士的戴利芙人副官薩邦從一隊士兵中走來，他的藍制服一塵不染，烏黑的腦袋剃得乾乾淨淨，腰間佩帶手槍，另外一側掛了把短劍。他朝阿達瑪點頭。

「別讓他們靠太近，」阿達瑪說。「他們很會耍剃刀。」他停下來等索史密斯跟上，光是走到街上就讓老拳擊手臉色發白，流汗流得彷彿時值盛夏。阿達瑪想開口叫他別跟了，但想想還是算了。如果索史密斯想跟，他就一定會跟。

阿達瑪摸摸長外套下的手槍，為自己增添一點安全感。接著他一手緊握手杖，走向前門，沒理會胸口的疼痛。

他踢開前門，門整個脫離鉸鍊倒下，鐵鏽散了一地。裡面的房間照明充足，東側窗戶打開，窗前擺了一排理髮椅，磚地上有鐵鏽的污漬。房間另外一側有個長吧檯，後方牆上放滿酒瓶和酒杯。吧檯末端有個大酒桶，半徑和成人的身高差不多。

一群男人交換眼色，然後從吧檯走向阿達瑪。這些人都一副身染傳染病的模樣，瘦成皮包骨、病懨懨的，身穿白上衣和圍裙。阿達瑪對前排一個人說話。

「哈囉，提夫。」

對方一邊將目光鎖定在阿達瑪的臉上，一邊要從口袋抽出剃刀。他瞪大雙眼，摸索著剃刀，差點讓刀掉到地上。阿達瑪揮出手杖擊中提夫的手腕，剃刀飛了出去。

他的夥伴不認得阿達瑪，紛紛抽出剃刀，伸出慘白的手揮向阿達瑪，刀片往前送。阿達瑪退縮了。

槍聲響起時，提夫身邊的三人反應一模一樣，他們的剃刀都脫手而出。他們一臉驚訝，隨即轉為痛楚，摀住流血的手腕。有人在沒拔槍的情況下發射了三發子彈，貫穿三人手腕。阿達瑪用杖頭打了提夫臉頰一下，然後抵住理髮師脖子。阿達瑪回頭看，索史密斯站在門口，閉著眼睛，靠牆而立。薩邦一聲不吭地站在旁邊，目光掃過理髮店內部，輕鬆得彷彿在逛街，只有他面前的硝煙顯示他剛剛做了什麼。

「這是在幹嘛？」提夫聲音沙啞地提問。「你們在幹嘛？剁了他們！」他看向夥伴，目瞪口呆。「怎麼了……」他嘴巴彷彿離水的魚般亂動。他看著薩邦，逐漸明白剛才發生了什麼。阿達瑪用杖頭壓住提夫的喉嚨。

「剁了他們，嗯？」阿達瑪問。「你昨晚就是這樣吩咐柯爾和另外兩個來殺我的傢伙？」

「我發誓不是私人恩怨，阿達瑪。」提夫雙手舉在面前，緊張地看著阿達瑪和薩邦中間，目光停留在阿達瑪肩膀後方。「喔，狗屎。」

「他們沒告訴你索史密斯是我的保鏢，是吧？」阿達瑪問。他看著提夫驚慌的眼神微笑。「他把你一個手下的頭塞到磚牆裡，我花了好幾個小時才把我家前廳的血擦乾淨。現在告訴我，提夫，是誰雇用你的？」

「我發誓我也不想，但——」

「錢很多，我知道，肯定是一大筆錢。告訴我，你成為黑街理髮幫老大前，還只是個擅長用刀但時運不濟的蠢小子時，我放過你多少次？提夫，我不喜歡有人這樣償還人情。」他手上使力，在提夫企圖後退時搖頭。理髮師瑟瑟發抖。

「人都到哪去了？」他突然尖叫。「救命！」

阿達瑪對提夫長嘆一聲。「提夫，湯瑪士派了五支精英小隊來對付你的手下。剃刀很適合近身肉搏，但應付不了上刺刀的老兵。」屋外傳來槍聲，彷彿在呼應阿達瑪的話。樓上傳來急促的腳步聲，接著是人體倒地的撞擊聲。

提夫握緊拳頭，但仍然保持在身前。「我們會大幹一場，」他翹起嘴唇說道。「如果我們全員到齊，就會讓你們死得很難看。」

「當然。」阿達瑪說。「是誰雇你來殺我的？」

提夫嘴巴緊閉。

阿達瑪深吸口氣，他沒時間來這套。

阿達瑪感覺有人輕輕推開自己。他壓低手杖，看著索史密斯走向提夫。拳擊手至少比提夫高出一個頭，身軀比他寬兩倍。阿達瑪忍著不吭聲。索史密斯渾身冒汗，忍痛咬牙，伸手抓住提夫的一隻手。

「我先扭斷這隻。」索史密斯聲音低沉。

「理卡。」提夫說。這個名字聽起來像是受驚時脫口而出的髒話。

「這答案不夠好。」阿達瑪說。

他聽見啪的一聲，索史密斯把提夫的手指往後扭到足以碰觸手腕，令提夫痛得大叫。一名理髮師起身朝提夫出手，結果被索史密斯一腳踢中胸口。阿達瑪連忙伸手去扶站立不穩的索史密斯。索史密斯恢復平衡後，開始扭轉提夫的手腕。

理髮師摔在地上，大聲慘叫。阿達瑪用手杖拍拍索史密斯肩膀，拳擊手後退。

「誰雇用你的？」阿達瑪問。

「大業主！」提夫罵了一連串髒話。「他跑來說要取你人頭！」

「說謊至少要讓人聽起來可信。」阿達瑪出杖敲打提夫的手腕，在提夫再次慘叫時感到一陣同情，但強迫自己不予理會。提夫派人去阿達瑪家，去他妻小睡覺的地方企圖暗殺他，如果當時家人也在，他們早就死在床上了，一個也不剩。阿達瑪知道理髮幫的手段，他們和維塔斯閣下一樣殘酷無情。阿達瑪揚起手杖，準備狠狠揮下。

「是一個牧師。」

阿達瑪停手。「牧師？少來了。」

「真的是牧師。」提夫說。他斷斷續續吸氣，講話時胸口起伏，淚流滿面。「他昨天早上跑來的，從頭到尾都在哭，一直祈求克雷希米爾的寬恕。」

「他長怎樣？」阿達瑪問。

「就一個牧師，穿白袍和涼鞋，金髮，比你高一點，右臉上有痣。他不敢直視我的眼睛。」是席蒙。阿達瑪覺得口乾舌燥。

「多少錢？」

「五十萬克倫納。」

阿達瑪差點放脫手杖。「什麼？就為了殺我？」

提夫邊喘邊笑。「兩個目標，你值一萬五。」

「那剩下的錢要殺誰？」阿達瑪環顧四周。他本來以為這裡只剩這幾個理髮師是運氣好，如今才察覺為什麼人這麼少——原來他們都出門辦事了。這個想法令他不寒而慄，表示這個工作至少出動了四十名理髮師，甚至更多。

薩邦上前抓住提夫的上衣，把他提離地面。「是湯瑪士嗎？」薩邦問，搖晃理髮師。「你這個大叛徒！是不是他？」

「見鬼，才不是！」提夫說。「付我多少錢都不會去殺他。」

「那目標是誰？」

「一個主廚。」提夫說。「負責慶典的大胖子，我的雇主要我們當眾處決他。我們通常不接這種案子，但既然他付這麼多錢……」提夫越說越小聲。

薩邦放下他。提夫企圖站穩，痛得大叫。薩邦神情厭惡地看他。「你犯下大錯。」他說著，看向阿達瑪。「把他們押到黑刺監獄。我得走了。」

薩邦沒再多言，匆忙離去。阿達瑪發現現場就只剩下他和索史密斯，還有四名理髮師。索史密斯聳肩。阿達瑪用杖頭挑起提夫下巴。「一個主廚有什麼重要的？」米哈理，他記得那個主廚的名字。難道大主教記得米哈理在湯瑪士面前毆打自己的事？如此報仇也未免花太多錢了。

提夫搖頭。阿達瑪移動手杖威脅他，提夫搖得更用力了。「我不知道，克雷希米爾詛咒你！這只是份工作！」

「而你完全不知道錢是從哪來的？」想必是查爾曼。除了他，席蒙不會為其他人幹髒活。查爾曼一直都在陷害理卡。

提夫遲疑了一下。

「我建議你繼續保持無知，」阿達瑪說。「不然你的命運會比現在更慘。」湯瑪士會殺了提夫。阿達瑪差點要同情理髮幫了，就差一點。他在一隊士兵進屋時拋下提夫。「把他們押去黑刺監獄。」阿達瑪說。「全部。我得去找戰地元帥。」

「城內在舉行慶典，押去監獄得花好幾個小時。」索史密斯在他身後叫道。

阿達瑪衝出房子，幾乎沒聽見他在叫什麼。他得在一切太遲之前把查爾曼的事告訴湯瑪士。

35

坦尼爾胸口起伏，雙腳痠痛。過去兩天，他們就只在日出前睡上短短幾個小時，他完全是靠火藥狀態才能撐著繼續趕路，但每次都會發現自己越過同伴走到了最前面。兩個守山人累得不支倒地，被他們留在後方，其他人繼續趕路。那些人會自己找路下山。

這次上山比坦尼爾之前那次輕鬆。有些雪已經融了，剩下的雪都被守山人清理過。入冬之後，守山人送補給品上山到諾維棲息修道院，補給車隊的紮營火堆和馬糞都還在路上。

坦尼爾並不在乎那些東西，他在乎的是近期有人行過的痕跡。他們還沒追上凱斯人，但找到了兩個營地。從對方匆忙留下的足跡來看，起碼有一百人外加馱獸。照理說，那麼多人不可能溜過守山人上山，但事實擺在眼前。

他們上午找到第三座營地。營地離主山道很遠，在一座瀑布旁，即使已經快到夏天，依然有半道瀑布結冰。坦尼爾檢查營火灰燼，還是溫的。

他觀察了一下營地的情況。這裡讓他想起在法特拉斯塔時和當地居民一起追蹤凱斯營地、伏擊敵軍的往事，差別在於當年他們不是在高山上，而且那些巡邏隊中也沒有那麼多榮寵法師，外加勇衛法師。

他踢到一樣東西，胸口突然一涼。他撿起來在手上反覆研究，那是一顆拳頭大小的金屬球，是勇衛法師空氣來福槍的儲氣槽。

「距離還有多遠？」包在其他人跟上坦尼爾時詢問。他的臉色越來越難看，臉頰深陷，眼下有很深的眼袋。如此趕路超出他的負荷。

「幾個小時。」坦尼爾說，把儲氣槽丟給包。「早該料到了。」

「有凱斯榮寵法師的地方就有勇衛法師。」包說。

他將金屬球扔開，卡波卻過來撿起那顆球。她仔細檢查，然後塞到背包裡。

「我們快追上他們了。」坦尼爾說。

「也快到山頂了。」包回應。「距離諾維棲息修道院不遠。」

「大家都休息過了？」坦尼爾問費斯尼克，年輕守山人剛剛晃去瀑布裝水。

費斯尼克呻吟。「見鬼，才沒有。我們爬得這麼累，還要和他們打？」

「還得打贏。」坦尼爾說，用腳尖踢了踢費斯尼克。

「是，好吧。」費斯尼克說著，爬起身來。「來吧，」他喊來其他人。「我們繼續前進。」

坦尼爾看著他們回到主山道上。這些人都是硬漢，是守山人，但就連他自己也爬得疲憊不堪，更何況是沒有火藥優勢的他們。他們遇上祖蘭和其他榮寵法師能怎麼辦？他們有什麼機會能打贏這場仗？

坦尼爾放慢腳步，和卡波並肩而行。她手裡拿著無臉娃娃，用手指在蠟上塑形。

「妳在幹嘛？」他問。

她把娃娃夾在腋下。坦尼爾以為他得用手語解釋自己的問題，於是湊了過去，結果被她一拳捶在肩膀上。

「噢！」

她揮手趕走他，然後繼續忙她的。他又退到包身邊。

包看起來憂心忡忡。

「你似乎很開心。」坦尼爾說。包的表情沒變，彷彿沒聽見這句諷刺的玩笑。

「我們可能太遲了。」包說。

「我們已經比預期還快了。」

「我們得在夏至時抵達。」

「別擔心，」坦尼爾說。「我們會趕上的。」坦尼爾看見天上有煙，他抓了一下包的肩膀，伸手一指。

「那裡是山頂嗎？」坦尼爾問。他不記得上次來時能不能從這裡看見冒煙的火山口。

包臉色發白。「不是，」他說。「太近了，那裡是諾維棲息修道院。」

消息傳出去後，眾人加緊趕路，一小時內趕到修道院。

山道終點的修道院圍牆被砸碎了，看起來就像是山壁上走出一個巨人，直接動手拍碎牆壁。

有些古老岩石還留在和山壁相連接的位置，剩下的全都墜入深淵，消失在極深的峽谷中。修道院就像半邊娃娃屋一樣，內部走廊和樓梯都直接暴露在外。

廢墟宛如冒煙的動物屍體，斷折的木材好像斷骨般插出石堆。有些部分的岩石整個融化，無形的拳頭摧毀了修道院大部分區域，同時也摧毀了一大片懸崖。原先連接修道院兩端的走廊，如今多了條二十步寬的裂縫。

「我們可以往回走，爬上其中一條走廊。」費斯尼克說。「山壁裡有很多石室，算是修道院剩下的部分，應該幾分鐘就夠了。」他的聲音很輕，堪稱恭敬虔誠。他哀傷地環顧四周，坦尼爾這才意識到守山人必定認識這些僧侶。

他們在費斯尼克說的地方找到走廊。進入山壁之後，煙變得更濃，他們穿越錯綜複雜的走廊時幾乎難以呼吸。麗娜的狗發出哀鳴，不管她如何訓斥也不停止。坦尼爾停在一面牆旁，注意到那裡有灘血。牆上有塊奇特的凹痕，他用手指觸摸，是子彈造成的凹痕，肯定是。

「沒有屍體。」坦尼爾輕聲道。這話是對他自己說的，不過他驚訝地發現卡波離他很近，正專心地檢視廢墟。坦尼爾說：「肯定有倖存者，濃煙會把他們逼出來。他們一定在另外一側。」他對自己點頭。「沒錯。」坦尼爾感到噁心。

卡波的眼神似乎在表示懷疑。

他們走到裂縫另一端的走廊上。他看見修道院和山壁交會處，還有通往後方出口的階梯，沒看到任何人。

「拜託。」有人說。

坦尼爾一躍而起，身子一轉，來不及思考就先掏出手槍，但又立即壓低槍管。

一個僧侶自他面前退開，是個女人，遠比他想像得年輕。

「我很抱歉。」他說，她的模樣讓他雙手發抖。她臉上有被人毆打的瘀傷，僧袍上有血跡。

「還有人活著嗎？」

女人指著眾多走廊的其中一條。走進去三十步，遠離室外寒風之處，他們找到一群一身狼狽的僧侶。這裡煙沒那麼濃，坦尼爾看到有七個人還站著，地上則躺了很多用麻布裹起來的屍體。他心情沉重地數著屍體，數到四十就數不下去了，而他還沒數到一半。

費斯尼克正在和其中一名僧侶交談，是名老人，僧袍又破又髒，眉毛都被燒掉。坦尼爾走了過去。

「我們盡力反抗。」老人說著，甩動他的拐杖。「他們突然冒出來，我們應該要好好備戰，要不是因為那麼多……」

坦尼爾知道修道院還是會被摧毀。一群僧侶怎麼可能對付得了半個凱斯法師團，再加上一個祖蘭？她強力突襲，肆意屠殺，坦尼爾和包要怎麼對付她？

男人繼續說：「那是兩小時前的事，一切發生得很快，很殘暴，我從未見過那種景象，有些年輕人甚至覺得難以置信。」他指著坐在牆邊的一名年輕僧侶，那人雙手抱著自己，受驚過度，兩眼無神。「戴爾從事發至今都沒開過口。儘管如此，我們還是好好地跟他們算了帳。」

坦尼爾臉上的困惑難以掩飾。「跟他們算帳？」

老僧侶的臉色嚴肅中帶有驕傲。「嗯，沒錯，這裡的屍體有一半是他們的人。」

坦尼爾環顧四周，注意到之前沒發現的東西——角落堆了一堆空氣來福槍。他發現很多屍體都很巨大，比正常人類體型還大，十五個，二十個，都是勇衛法師。接著，他在僧侶取暖的火堆旁看見破爛的榮寵法師手套和凱斯制服。坦尼爾難以置信，這一小群僧侶不光是抵抗凱斯法師團的攻擊，還幹掉不少人。

此地肯定經歷過魔法大戰，而且是很猛烈的魔法，但現在已了無痕跡。他懷疑修道院深處還有沒有僧侶——不，應該沒有，看來就這樣了，只有幾名倖存者，但他們撐過了勇衛法師和榮寵法師的攻擊。

「他們為什麼放過你們？」坦尼爾以最柔和的語氣問。

老人拉緊手腕上的繃帶。「似乎在趕時間。」

「夏至。」包說著，站到坦尼爾身邊。

僧侶眼睛都沒眨一下，表情沒有透露任何情緒。「世上存在著一些古老魔法。」他輕聲說。

「他們領頭的是個女人嗎？」坦尼爾問。「很有威嚴，外表看起來約三十五歲，臉上有條很大的疤痕。」

「女人？」僧侶說。「不，是一頭大洞穴獅，會使魔法。」

「那是她偏好的外型。」包陰鬱地說。

「我們要去追他們。」坦尼爾說。「你知道他們還剩多少人嗎？」

老人一臉惱怒地看著坦尼爾。「我們忙著收屍，沒空去數。」

「抱歉。」坦尼爾低聲道。這裡有很多屍體，他們已經除掉不少凱斯人了，似乎大部分都是勇衛法師。他看了包一眼，包遊走在倖存者間，檢查裹起來的屍體。他的手指在手套中抽動，想知道這些僧侶隱藏了什麼樣的魔法。坦尼爾猜，就連皇家法師團也不知道所有古老的祕密。

包回到年老的僧侶面前。「當初建造這座修道院是為了守護某樣東西。」

僧侶依然不動聲色。

「阻止克雷希米爾再臨？」

「神再次降臨大地絕非好事。」老人說。「但這座山裡還有更可怕的東西。」他頓了一下。「對，我們是克雷辛克佳的守門人，普戴伊人回來了，我們的使命便是阻止他們。」他高傲的神色產生一絲動搖。「可是失敗了。」

「我們會盡力而為。」包說。

坦尼爾希望自己點頭時充滿自信。

他們從年老僧侶身邊離開，湊在一起討論。

「他有事瞞著我們。」包說。

「我們沒時間審問他。」

包搓揉戴手套的手。「我會速戰速決，這可能是很寶貴的情報。」他眼裡閃爍著好奇，臉色比坦尼爾過去幾週所見都還要好。

「不行。」坦尼爾說。「看看這裡，他想要祖蘭的命，所以會對我們吐露所有他知道的事。天啊，他們真的要你出賣靈魂才能加入皇家法師團，是不是？」

「權宜之計。」

「我們得走了。」坦尼爾說。「夏至是？」

「今天。」

「到山峰還要多久？」

「夏至前趕不到。」

「我們得趕到。」坦尼爾說。「有計畫嗎？」

包皺眉。「這些屍體裡有很多榮寵法師，她需要魔力才能召喚克雷希米爾，得搭建一條能跨越遙遠距離的橋才能把他帶回來。」包似乎在思考自己有哪些選項。「盡可能多除掉一點榮寵法師，別管祖蘭。」

「一旦激怒她，要不管她很難。」

包嘆氣。「碰到了再說。」

坦尼爾回到年老僧侶面前，老人跪在戴爾身旁，輕聲在他耳邊說話。老人抬起頭。

「你們入城後需要嚮導，」他說。「上面的路很危險，那裡戴爾最熟，我在勸他上山……」

包推開坦尼爾，跪在男人身邊。他伸出戴手套的手指觸摸男人額頭，舉起另一隻手，輕輕接觸空氣——宛如單手演奏的鋼琴師。

「好。」戴爾突然說，聲音幾乎細不可聞。「我去。」這兩個字說得有些沙啞。他雙眼重新聚焦，宛如熄滅的爐火再度燃起。

「你沒事吧？」包問。

「水。」

「給他拿點水來。」坦尼爾對年老僧侶說。老人很快就帶水回來，他們餵戴爾喝水，然後扶他起身。

「我不會有事的。」戴爾說。「我去。你……你說你能阻止他們？」

「我們盡力而為。」包說。

「我們得在夏至前抵達克雷辛克佳。」

「你知道他們會在哪裡嗎？」坦尼爾問。

戴爾皺眉看著天空。「那裡有座競技場，是克雷希米爾建造的，那座競技場能凝聚魔法。我認為那裡最有可能。」

「很好。」坦尼爾說著，把包拉到一邊。「你怎麼喚醒他的？」

「什麼都沒做。」包說。「我本來打算觸碰他內心，看看那裡面有沒有什麼情報，結果他就先醒了。」

「有嚮導是好事。」

包同意。

坦尼爾退開。兩名守山人從煙霧瀰漫的走廊上拖了具屍體回來——一個老女人。她身上沒有傷痕，可能因為距離太遠沒聽見打鬥聲，直接被煙嗆死在床上。守山人把她的屍體留給僧侶，然後回去繼續搜索。

「我們必須走了。」坦尼爾表示。他盡量壓低音量，但足夠讓眾人聽清。「費斯尼克，」他說。「集合大家。」

費斯尼克在幫忙包裹屍體。他起身，一臉疲憊地打量四周，似乎瞭解了他們要對付的是什麼樣的力量。此行不是一場冒險，是對抗力量遠比他們強大的對手，是直奔死亡的旅程。

坦尼爾回頭時，包正在和年老的僧侶爭論。

「你不可能把他們全部埋葬。」包說。

「這是我們的做法。」年老僧侶回答，還是和之前一樣面無表情。

「如果你不能把他們放在冰裡幾週，就埋葬自己人，然後把凱斯人丟下山崖。你們得下山告知加瑞爾出了什麼事。」

「我們會派人下去。」老僧侶說。

包神色輕蔑。「那你們該如何活下去？修道院毀了，夜晚冷到足以凍結室外所有事物，這裡不再是你們的家了！」他開始提高音量，比出的手勢令坦尼爾緊張。

「包。」坦尼爾說。

「幹嘛？」包猛然轉身。

「該走了。」

包深吸口氣，克制自己。「保重。」他語帶諷刺地對年老僧侶說。「固執的混蛋。」他在路過坦尼爾時喃喃說道。

「你的朋友很累了。」年老僧侶說。

「他這個月過得很不順。」

「他沒剩多少力氣了。」

坦尼爾皺眉。這些僧侶是一團謎，不知道他們施展了什麼魔法，竟然能和祖蘭和凱斯法師團隊對抗？他沒見到這些人手上戴著榮寵法師手套。他開啟第三眼，強忍著噁心感，又以最快的速度閉上，努力甩開艾爾斯刺眼的魔光。這裡的魔法濃到什麼都看不清。

「我知道。」坦尼爾說。「找個地方躲起來。」

「祝好運。」年老僧侶說，擠出笑容。坦尼爾發現自己對此十分感激。「我們已經重創了他們，」老僧侶說。「他們變弱了，別讓我們的努力白費。」

坦尼爾想，如果這些老人能夠對抗祖蘭，那他也可以。他深吸口氣，握緊拳頭。該是向她開戰的時候了。

坦尼爾和老僧侶握手，然後走向正在等候的守山人。他們已經盡量幫助倖存下來的僧侶了，有些守山人留下他們的口糧和備用毯——不過坦尼爾希望僧侶能在煙散去後從廢墟裡找到更多能用的東西。

坦尼爾點算人數，注意到麗娜和狗不在。

他們在修道院後面找到她，麗娜蹲在坍塌的牆外，檢視通往山峰的路。她在他們走近時轉身面對他們，她的狗邊叫邊扯牽繩。她開口要狗兒們安靜，但只安靜了一下子。

「山上有別的東西。」她說。

坦尼爾忍著不發抖。「什麼意思？」

「洞穴獅。」她比了比地上，指著坦尼爾隱約可見的足跡。「我們之前獵過洞穴獅，狗認得牠們的氣味。」

坦尼爾覺得鬆了口氣，她剛剛那種語氣聽起來很恐怖。他發現自己的手在顫抖。「噢，」他說。「山上都有獅子，甚至可能是祖蘭——僧侶說她攻擊他們時就是變形成洞穴獅。」

「我認為不是。」

坦尼爾感到心跳加速。「波！」他大叫。「回來！」

女孩自顧自走到距離約三十步外的地方，蹲在山道上，在地上亂摸，不理會他的叫喚。

「不是？」坦尼爾問麗娜。「妳怎麼知道？」

麗娜攤開雙手，柔聲說道：「因為至少有五十隻。」

坦尼爾聽見不止一個守山人罵髒話，包氣急敗壞地伸手凌空比畫防禦手勢。

「什麼？」坦尼爾說。這個詞說得比他預期得要大聲。

麗娜說：「在更高處，卡波後面，山道變寬的地方，洞穴獅衝下山坡，尾隨凱斯人而去。」

坦尼爾看著包。「她能召喚洞穴獅嗎？」他問。「我聽說有些榮寵法師可以——」

他被麗娜的笑聲打斷。

「牠們和凱斯不是一夥的。」她說。「洞穴獅在獵殺他們。」她輕柔的聲音中透露出歇斯底里的瘋狂。「等我們上去，牠們也會獵殺我們。克雷希米爾在上，牠們會獵殺我們的。」她把狗拉近，觀察地上的足跡。

「洞穴獅不會群起狩獵。」其中一名守山人說。

他們似乎全都轉過去看著包。包回應他們的目光，神色疲憊憔悴。他用戴手套的手觸碰空氣，宛如醫生摸皮下的斷骨，一股溫暖的魔力觸動了坦尼爾的感知。

他只說：「這座山不對勁。」

妮拉從洗衣間弄了台推車，是一個來參加慶典的工人幫她用洗衣盆和四輪小販車底座拼湊出來的。她不能請守衛幫忙，雖然他們很可能會無條件幫助她。她拒絕歐蘭的消息已經傳開，士兵對她還是很有禮貌，但是沒有之前那麼拘謹了。

她過去三天都用這輛新推車收衣服，好讓守衛習慣這輛車。這很合理——她要做的工作比平時更多，因為貴族議院的員工有一半都溜出去參加米哈理的宴會了。由於缺乏幫手，她經常必須獨自待在地下室洗衣服。不過這也讓她有機會更動之前的行進路線，好經過雅各房間。

妮拉很快就發現，晚上要夾帶雅各出去最困難。走廊上沒人，想藏起他可不容易。相反地，白天貴族議院裡的人多到快擠不下，外面的宴會讓他們無法弄清有哪些人來來去去，只要能離開議院，就可以輕易融入群眾中。

宴會最後一天早上，她推著洗衣車走過貴族議院的走廊。她在幾個往常會停的點停留，收集足以遮住小孩的衣服，然後轉向雅各房間所在的走廊。她路過男男女女、士兵和書記，對所有人點頭微笑。

守衛不在崗位上。妮拉輕嘆一聲，默禱感謝克雷希米爾。如今只剩下保姆能阻止她釋放小男孩了。

妮拉檢查推車，確認她的棍子在裡面。她不想拿出來用，但如果保姆阻擋，她就非用不可。她突然停下腳步。雅各房門是開著的，但那扇門從來沒開過。她強迫自己繼續前進，推車路過門口，故作輕鬆地往裡偷看。

屋裡沒人。沒有保姆，沒有雅各。她弄錯了嗎？他們今天早上把雅各移到其他房間，甚至送出國了嗎？

她確認走廊上沒有士兵後，進入進房。

床沒整理過。床頭櫃上有玩具，衣櫥裡掛有小孩的衣服。看來他才剛離開。是去上廁所嗎？她得離開，以免他和守衛一起回來。

「你是誰？」一個男人的聲音問道。

妮拉立刻轉身，心臟跳到喉嚨。門口站了兩個男人，說話的看起來像碼頭工人，頭戴平頂圓帽，身穿羊毛外套，手肘處有補丁，裡面是髒兮兮的棕色背心。另一位顯然是名紳士，身穿黑外套，裡面是絨布背心、白襯衫、黑褲，還有黑色的亮面鞋。他拿著手杖，戴大禮帽。

「我是洗衣工。」妮拉說著，吞了口水。這兩個男的是誰？他們為什麼在雅各房裡？

碼頭工人皺眉看她，然後回頭瞥向走廊上的洗衣推車。「晚點再回來。」他說。

「有什麼我能效勞的嗎？」妮拉問。她從碼頭工人的口音聽出他是本地人，或許是高貴勞工戰士的會員。紳士保持沉默，但那道沉穩的目光令妮拉緊張。

「我們只是回來拿小孩的衣服和玩具，」碼頭工人說。「一下子就好了。」

「我正要拿衣服去洗，可以洗好衣服再送過去。」

「沒必要。」紳士終於開口，聲音很穩重，聽起來受過教育。「去吧。」他對碼頭工人說。

碼頭工人禮貌但堅決地推開妮拉，開始把衣櫥和抽屜裡的東西扔到床上。他把木頭火車和兩個錫玩具兵丟上去，然後全部用床單包起來，試圖從上面打結。

「我確定他有外出袋……」妮拉開口。

「沒必要。」紳士又說。「妳可以拿其他寢具去洗。」他離開房間。

碼頭工人把整張床單包起來的東西甩到肩上揹出走廊。妮拉跟著他，目送他跟隨紳士穿越走廊，確定他們都沒回頭看她後，連忙推著推車跟上去。

她在一定距離外跟著他們穿過主廊，轉入側廊，最後進入走廊盡頭的一個房間——這棟建築中眾多辦公室的其中之一。妮拉丟下推車，慢慢走向門口，探頭偷看。

一隻手粗魯地抓住她肩膀，將她拉入房內，重重壓在牆上。她的下巴被人抓住，她發現自己正對著那名紳士毫無憐憫的雙眼。

「妳和那男孩是什麼關係？」他的聲音依然冷靜克制，手上的力道卻幾乎要把妮拉抓瘀青。

受到驚嚇的妮拉說話含糊，也不確定該說什麼。這傢伙是誰？為什麼要這樣對她？他怎麼知道雅各和她有關？

「妳，」紳士說，每說一個字就用力扭妮拉的臉。「和那男孩是什麼關係？」

「沒有關係，我是洗衣工。」

「我擁有能知道別人在說謊的天賦，」他說。「我給妳五秒說出實話，不然就勒死妳。」

妮拉感覺到他的手指扣住自己的喉嚨。她瞪著他的雙眼，她曾在死人的眼中看過更多生氣。

她在腦中倒數，他越抓越用力。

「我以前是……」她開口，感覺喉嚨緊縮。他微微鬆手。「我在大肅清之前是他家的洗衣工，從他出生起就認識他。我想要幫他逃離湯瑪士的魔爪。」

對方放開手。「算妳走運，」紳士說。「他的保姆不肯乖乖就範，妳代替她跟我們走。」

「我不……」

他抓起她的後頸，像抓淘氣小孩一樣拖著她穿越房間。他打開一個衣櫃，強迫她往裡面看。妮拉記得歐蘭帶她去看雅各時那個照顧他的保姆，是個年紀較大的胖女人，此刻她躺在衣櫃底部，姿勢很不自然，雙眼睜大無神。妮拉想要後退，紳士扣住她後頸的手阻止了她。

「她會落得這個下場，」紳士說。「就是因為她起了疑心。如果妳也有疑慮……如果妳敢不聽我的話……我會毫不遲疑地親手殺了妳。我叫維塔斯閣下，我現在是妳的主人。跟我來。」

他關上衣櫃門，領著她走向走廊。碼頭工人扛著雅各的衣物出現。維塔斯指著妮拉。「她是那個男孩的新保姆，帶她一起走。我還有事要去其他地方。」

維塔斯快步離開。妮拉忍不住一直看著他。她心臟狂跳，雙腳痠軟。她從未有過這種感覺，連歐蘭從意圖強暴她的士兵手中救下她時都沒有，小時候差點在艾德海溺水時也沒有。那個男人是邪惡的化身。

碼頭工人聳肩，一手拉起妮拉手臂，領著她走過一條走廊，從側門出去，前往等在街上的馬車。貴族議院後面也是人潮洶湧。妮拉抬頭看著碼頭工人，他沒有抓得很緊，她可以踢他然後逃走，消失在人群中。

他們逐漸接近馬車，內心深處有股恐懼感告訴她，一旦上了那輛馬車，她就再也逃不出維塔斯閣下的魔爪。她找尋機會，繃緊身體，撩起裙襬準備逃跑。

「妮拉女士？」雅各出現在馬車門口。他頭髮蓬亂、衣衫不整，但看起來沒有受傷。「妮拉女士！我不知道妳在這裡！」

妮拉放開裙襬。她牽起雅各的手上了馬車。「別擔心。」妮拉說。「我是來照顧你的。」

36

湯瑪士靠在椅子上，一條腿放在跪墊上，親眼目睹米哈理的宴會吸引了將近半個城的人來享用遲來的早餐。廣場擠滿了人，外圍街道也全是排隊等吃飯的隊伍。有些人趁等待時觀看雜耍藝人表演，數千人擠在廣場中央的舞台旁，一邊站著吃粥，一邊看劇團表演低俗喜劇。今天是慶典最後一天，他們不惜花大錢為民眾安排餘興節目。

一把大陽傘為湯瑪士遮蔽日正當中的陽光，他坐在貴族議院的正門台階上，慢慢享受米哈理一小時前留給他的一籃捲餅，覺得幾個月來身體都沒這麼好過。

「你的腳傷成這樣，應該要待在床上。」溫史雷夫女士說。「你確定你的身體狀況適合待在外面嗎？」

他上下打量她，注意到她膚色蒼白，考慮要不要問她同樣的問題。

「當然，女士，我感覺從來沒這麼好過。」這話可能說得太滿了，但他的腳確實有好轉，幾乎能感覺到腳在癒合，力量返回體內。他知道他有工作要做，但該死的那些事似乎都不重要了。打從他妻子去世後，這是他第一次覺得自己是個完整的人。

就連溫史雷夫女士似乎也比較有精神了。儘管最近發生了巴瑞特旅長的醜聞，她還是公開面對群眾。她沒有負責慶典事宜——如今已經完全交給米哈理——但至少她來了。

「你認為大家都會來嗎？」她問。

湯瑪士看向群眾。「我想全城的人都來了，女士。」

「我是指議會。」她開玩笑地打了一下他的手臂。

「理卡六點半就來了，」湯瑪士說。「與他的勞工一起發放食物和酒。」而且受到嚴密的監視，直到阿達瑪帶著他有罪或無罪的證據回來為止。工會會長完全沒有透露任何知道阿達瑪暗殺事件的跡象。

「是嗎？」她似乎有點驚訝。「真不可思議。」

「昂卓斯在附近，對他的書記大吼大叫。」湯瑪士說。「歐蘭說他一小時前有看到闇人。至於查爾曼，我就沒見到了。看那邊——」他手一指。「校長在那裡。」

湯瑪士看著普蘭．雷克特穿越群眾而來，他臉上的蛛紋胎記看起來顏色比平常深。校長路過餐桌時看了看那些食物，但他心裡似乎還有更重要的事。他在湯瑪士保鏢的注視下停步片刻，然後走到大陽傘下，朝溫史雷夫女士輕輕點了點帽子。

「坐？」湯瑪士問，朝一名守衛比手勢。

「麻煩。」普蘭說。他趁等椅子的時間觀察慶典，然後在湯瑪士身邊坐下。「你的心情似乎很好。」

「有嗎？」湯瑪士說。「我才說不到兩個字。」

普蘭清清喉嚨。「我感覺得出來，那股開心瀰漫在空氣中，像是心知自己會是教授寵兒的一年級新學生，令人討厭。」普蘭再度環顧四周。他一直看著餐桌，看主廚助手把碗盤端出來。

湯瑪士睨了校長一眼。「你感覺不到嗎？」他說。「不光是我，全城的人都一樣，就是……這個。」他指著宴會上數以萬計不顧一切大快朵頤的人。「富人和窮人，貴族和平民同桌共食，我從未見過這種畫面。」

普蘭耐著性子掃視了宴會一圈。「你不會信這種鬼話吧？」他問。「關於主廚是神的這種鬼話？」他的目光停留在一鍋粥上。

湯瑪士遲疑，試著理解普蘭的語氣，他的話聽起來不對勁，雖然語帶不屑，卻彷彿希望湯瑪士回答相信。

「哈！神？不，他是個力量強大的技能師，或許有點瘋，但不會傷害人。」湯瑪士說。「話說回來……」他豎起一根手指，在鼻子旁邊神祕兮兮地比了個手勢。「神長什麼樣子？神會做什麼？我看到神時該怎麼分辨？」他看著普蘭氣急敗壞的模樣，笑著搖頭。「米哈理擁有天賦，而且天賦異稟，不過我不認為他是神。你呢？你應該是最有資格判斷這些的人，你熟知九國所有歷史。歷史上有人提過亞頓嗎？」

「我很久以前就意識到克雷希米爾永遠不會重返。」普蘭陷入沉默。湯瑪士忽然發現自己並不知道校長年紀多大。

「那亞頓……」湯瑪士問。

「亞頓熱愛食物。」普蘭承認道。「他會成為主廚的守護神不是沒有原因的。他是個胖子，孔武有力，而且——」他在米哈理一名助手端著一盤填餡水鳥路過時盯著對方瞧。「他很受女人歡迎，娶了超過四百名妻子，每一個都愛，從各方面而言都是真愛。」

「四百個？」湯瑪士問。「我連一個都應付不來。」他哽了一下，連忙清清喉嚨。「你說得好像真的認識他一樣。」

普蘭不說話。

「聽起來米哈理很符合你的描述。」

「其中隱含太多問題。」普蘭說。「已經非常多年沒有神下凡了。克雷希米爾離開這裡，回去繼續他的宇宙探索之旅，諾維和布魯德幾天之後也跟著離開，剩下的都走了，或一聲不響地消失。傳說有一、兩位神留在我們的世界……」他越說越小聲。

湯瑪士和溫史雷夫女士好奇地對看一眼。

「你還好嗎？」湯瑪士問。

普蘭看他一眼。「如果我說米哈理是個天賦異稟的法師，」他說。「你會相信嗎？」

「毫不懷疑。不過不是榮寵法師，他是個技能師。」

普蘭嗤之以鼻。「技能師個鬼。如果我本來是要說『全世界最強大的法師』呢？如果我說所有的神都是——法力無邊的法師？」

「假設？」湯瑪士問，顯露出他的懷疑。

「從古至今最強大的法師？」

「你在開玩笑吧。」

「只是問問。」普蘭說。

「如果他是又怎樣？」

「當你用邏輯思考問題時，可能會得出一個結論，即使你本來不想相信這個結論。」普蘭接著問道。「你感應米哈理的時候，有何感覺？」

「我說過了，感覺是技能師。他身上那種柔光比榮寵法師還要黯淡許多。」

「你確定？」

湯瑪士嘆氣。他開啟第三眼，看向米哈理。在這麼多人的場合肯定有很多技能師，但米哈理很容易辨認，他有種鶴立雞群的特質，但他的魔光並不特別顯眼。

「確定。」湯瑪士說。他看著普蘭的臉，老人皺眉看向米哈理。「你認為不可能，對吧？難不成他真的是神？」

普蘭閉上雙眼，沉默了幾分鐘。湯瑪士正要開始懷疑這老頭是不是睡著時，他又睜開眼。

「太多問題了。」他又說。

「你提到其他神，」湯瑪士說。「我以為克雷希米爾是唯一真神。」

普蘭換了個坐姿，看著一名臨時被招來當服務員的書記小心翼翼地將一桶小麥滾下台階。

「那並非事實。」普蘭說。

「那是教義。」湯瑪士說。「查爾曼前兩天才提醒過我。」

「某樣東西是教會教義，並不表示它就是真的。」

「的確，」湯瑪士說。「任何受過教育的人……」他在眉頭深鎖的普蘭面前越說越小聲。

「受過教育的人，」普蘭說。「嘖！世上一共有十位神，不是一位神和九位聖徒。克雷希米爾第一個抵達，接著要求他的弟弟妹妹建立九國。」

「共有十位神？」湯瑪士問。他努力回想歷史課。「我一直以為凱斯把克雷希米爾當成他們的守護神，那第十位是誰？」

普蘭搖頭。「問錯問題了，你該問的是：如果米哈理是神，他為什麼現在出現在這裡？」

兩人同時轉向隱藏在貴族議院後方的南矛山方位。湯瑪士回想包和坦尼爾傳來的警告——遠古法師企圖召喚神。那種說法很古典，彷彿來自故事書，是幾個月的戰場壓力累積出來的恐懼。不過湯瑪士回想，他們第一次提出警告是在圍城開始之前。湯瑪士抓了抓受傷的腳，腳開始痛了，好不容易遺忘的痛楚再度出現。

「你聽說過克雷希米爾的承諾嗎？」

「鬼扯。」普蘭說。

「鬼扯？你聽說過？我聽說那是法師團的祕密，只有國王和他們的榮寵法師知道。」

「沒錯。」普蘭拿手帕擦額頭。

湯瑪士打算繼續追問，卻聽見有人在尖叫。

緊接著尖叫此起彼落，零散的叫聲頃刻間轉變成怒吼，恐懼宛如漣漪般在人群中散播開來。人們紛紛站起來，忘記食物，想弄清楚騷動的源頭。

「怎麼了？」湯瑪士拿起拐杖，奮力起身，一邊吩咐守衛。「去看看情況。」接著對普蘭說。「進去。」湯瑪士看向爬上桌子想觀察局勢的米哈理，儘管肚子很大，身手還是很靈巧。「守衛，帶溫史雷夫女士進屋。」

「冷靜點！」米哈理大叫，強而有力的聲音穿透人群。「拜託，回到位子上。」眾人停下動作，有些起身到一半，不確定該怎麼做。排隊的人似乎有些遲疑，不願意離開隊伍，但又擔心會出事。所有人都記得選舉日的重裝騎兵。

湯瑪士還是什麼都看不見。騷動似乎來自宴會餐桌的另外一端，有些人在跑，和想要過去弄清楚狀況的人產生推擠。

「我的手槍。」湯瑪士說。他注意到普蘭站起來，伸長脖子觀察情況，溫史雷夫女士和她的保鏢等在貴族議院門口。

「進去。」湯瑪士又說。「我不要你們死在被恐懼驅使的暴民手上。」

普蘭不理他。

「隨便你。」湯瑪士吼道，從守衛手中接過他的一把決鬥槍，確認火藥和子彈都裝填好了，這才開始掃視人群。

「那裡。」普蘭邊說邊伸手去指。

湯瑪士看見數百步外有個男人，人群自他身旁退開，他手上似乎拿了什麼東西。湯瑪士咬開火藥條，在火藥狀態的威力來襲時身體搖晃。他淺淺地吸了幾口氣，抬頭挺胸，強化視覺注視著那個人。

對方做理髮師打扮，穿著白襯衫、黑褲子、白圍裙，圍裙上有血漬。他腳邊有具屍體，一頭金髮，是個女人。他用圍裙擦了擦血，接著衝向人群。

「黑街理髮幫。」湯瑪士緩緩說道。「這是怎麼回事……」

出現更多尖叫聲。湯瑪士擴大視線範圍，看到幾十名理髮師，他們衝入會場，撞翻食物，肆意砍殺男女老幼，剃刀宛如大師畫筆在描繪血腥畫作。

「開火！」湯瑪士大聲下令。他第一槍擊中數百步外一名理髮師的眉心，這槍根本不必施展魔力。「你會裝填彈藥嗎？」湯瑪士邊問邊把手槍丟給普蘭。「子彈！」一名在瞄準的守衛停下動作，給了他一把彈丸和一把火藥條。湯瑪士把一顆子彈拋入空中，動念點燃火藥條。又一名理髮師倒地，然後再一個。

「你還要槍做什麼？」普蘭問，把裝填好的手槍交給他。

「比較準。」湯瑪士說，沒想到這個老學究裝填子彈這麼快。人們開始成群移動，在槍聲下宛如驚慌失措的牲畜。湯瑪士神情冷酷地看著其中有些人轉向貴族議院開啟的大門。

「把門關起來。」他對一名守衛說，舉起手槍。「確認溫史雷夫女士在裡面。」

「那裡！」普蘭說。老人把湯瑪士的槍口推向米哈理。湯瑪士看見有理名髮師衝出群眾，往主廚逼近。湯瑪士扣下扳機，對方如石頭般栽了下去。

「諾維的冰凍腳趾！」湯瑪士說。「薩邦應該要解決掉理髮幫才對。米哈理！離開那裡！」

主廚沒聽見，依然站在桌上揮手大叫，似乎沒注意到有理髮師死在附近。

「又一個，」普蘭指向某處。「他們是來殺米哈理的。」

「為什麼？」湯瑪士問。他把手槍交給普蘭，拋出一顆子彈。那一槍擦過理髮師肩膀，射入人群，有個男人摀住身側。湯瑪士皺眉。「我們離太遠了，彈藥不夠，我幫不了他。」他在口袋裡翻找，沒子彈了。「狗屎！不管是神還是瘋子，他現在得靠自己了。給我拿彈藥來！」

「不。」普蘭緩緩搖頭。「我們不能丟下他不管。」

「我們非丟下他不可，我們擠不過去。」人群開始移動，他們逃跑的速度很慢，似乎受到米哈理的影響變得較為冷靜，但他的叫聲沒辦法安撫恐懼到極點的暴民。

「我們得採取行動。」普蘭說。「來吧，帶你的守衛來。」他抓住湯瑪士的手臂。

溫史雷夫女士出現在他另一側。湯瑪士很想罵人。「女士，妳得進屋！」

「我不會把我的手下丟在外面。」溫史雷夫女士說著，緊握拳頭。「給我來福槍，我們殺到主廚那裡去，然後——」

普蘭的驚呼聲嚇了湯瑪士一跳。「是他，開啟你的第三眼！」

「你怎麼……」湯瑪士沒必要開第三眼，他感覺到魔法宛如潮浪般來襲。

「亞頓。」普蘭說。「他除去偽裝了。」

「他在做什麼？」湯瑪士感到既麻木又無助，他從未感受過這種魔法。如果榮寵法師的魔法像燭火，如今他就像處在鐵匠的火爐裡。

「他在傳送魔力！」

「我不懂。」

「傳送魔力！法師施法需要時間從艾爾斯中取用靈氣，他不是要搞垮房屋或摧毀軍營，他一整個禮拜都在傳送魔力！這些食物和人民全都是魔法的一部分，他把靈氣編入這座城市裡，如果理髮師殺了他，就會摧毀他所努力的一切！」

「你怎麼知道？」

「我們沒時間了！」普蘭在群眾往他們逼近時放開湯瑪士的手。一名湯瑪士的守衛摔在地上，要不是被同伴立即拖開，差點讓人踩死。群眾宛如動物般扭動，無論是不是守衛，他們都會被群眾捲走。士兵處理不了眼前的情況。

「我們得進去，長官。」歐蘭出現在湯瑪士身邊，手持來福槍。事情發生時他在餐桌區。

湯瑪士看向歐蘭和普蘭。他們必須先撤退，讓群眾不再恐慌。他晚一點再來處理理髮幫。那幫人完蛋了。他後退一步，抓住拐杖。普蘭到底在說什麼？汲取魔法？有這種事的話，湯瑪士肯定早就感應到了。「封住議院大門，我不要暴民闖進去。」

「長官？」

「我們去救米哈理。」

「那是自殺，長官。」

「部隊，列隊！」

他的保鏢把他團團圍起，貴族議院的士兵也擁上來，他轉眼之間聚集了三十人，但三十人在十萬暴民之前根本發揮不了作用。

「女士，妳該進屋去了。」湯瑪士最後又說一次。

有人給了溫史雷夫女士一把來福槍，她看起來像是會用的樣子，眼中毫無懼色。對此湯瑪士深感佩服。

「弟兄們，別上刺刀，」湯瑪士下令。「用槍托推。普蘭呢？」

「在那裡。」歐蘭說。

湯瑪士轉頭。普蘭站在他手下外圍數呎處，大批暴民離他的外套只有幾根手指的距離。「誰去拉他過來！」湯瑪士叫道。「那老混蛋會害死自己。」

有個士兵脫隊衝向大學校長，抓住普蘭的外套。老人甩開他，力量大得出奇。

米哈理依然站在桌上。他不再吼叫，眉頭深鎖面對暴民。儘管人潮洶湧，還是沒人接近到他的桌子十步以內。

直到有名理髮師衝出人群。

「我的手槍，」湯瑪士說。「快！」

另一名理髮師跌出人群，進入米哈理周圍的平靜圈。他搖了搖頭，彷彿十分困惑，接著和同伴交換眼色。第三名理髮加入他們，開始朝米哈理逼近。

「武器！」湯瑪士吼道。

剛剛那名士兵沒能成功把普蘭拖向議院，湯瑪士眼角瞥見老校長，普蘭肩膀下垂，慢慢將手伸進口袋裡，拿出一雙繪有紅金符文的白手套。他戴上手套，高舉雙手。

湯瑪士震驚地看著大學校長。那個戴眼鏡、體重過重的歷史教授居然是榮寵法師？他怎麼可能不知道？普蘭在空中扭動手指，宛如管弦樂團指揮。只聽見唰的一聲，人群一分為二，一股看不見的力量擠開群眾。有些人像在拍打玻璃牆，其他人則像小船壓上岩石般擠成一團。

「帶你的手下過去。」普蘭回頭吩咐。

湯瑪士遲疑。「去吧。」他片刻後說。湯瑪士一瘸一拐地走向校長，一把抓走士兵手中的來福槍，瞄準一名理髮師。他只有一發子彈，沒有多餘的火藥條。距離太遠了，不能反彈子彈，他的手下也不可能及時趕到。他瞄準體格最壯、看起來最危險的理髮師，扣下扳機。

理髮師氣化了，子彈穿越一團紅霧，射中一名女子肩膀。湯瑪士感覺自己雙眼瞪大。他槍口上舉，打量槍管。沒有什麼不尋常的地方。他回頭看向米哈理。

第二名理髮師停下腳步，看著本來是他同伴的那團紅霧，嘴巴微微張開。紅霧宛如煙斗的煙被風吹散般消失殆盡。第三名理髮師衝向米哈理，揮出剃刀。湯瑪士依稀聽見啪的一聲，然後那名理髮師也消失了。沒有衣服，沒有金屬刀刃，只剩下一團紅霧，轉眼被風吹散。第二名理髮師轉身要逃，接著在啪的一聲中——不是幻聽——當場消失。湯瑪士在耳中不斷聽見啪的聲響時搖頭。有人慘叫。

廣場開始淨空，只剩米哈理一人雙手抱胸站在桌上。他嚴肅地看著最後幾名群眾沿著大馬路逃命，滿地都是食物，桌椅翻倒，杯碗瓢盆散落一地。有個大鍋翻了，粥慢慢流到地上，無辜路人的屍體橫屍現場，有個女人痛楚呻吟。

「去幫她。」湯瑪士指著女人對一名士兵說。

他身後貴族議院的門突然打開，士兵蜂擁而出。

「長官，出了什麼事？」芙蘿拉問，衝到他身邊。

「黑街理髮幫。」湯瑪士啐道。「阿達瑪和薩邦沒有做好他們的工作。」

「理髮幫人呢？」

「我射中兩個，他們……」湯瑪士住口。受傷的理髮師都不見了，他眨了眨眼，剛剛的紅霧有出現在他們的位置上嗎？「我看到很多理髮師，他們肯定混入人群中逃跑了。」他走過歐蘭身邊，搖搖晃晃走下台階，停在校長旁。普蘭手插口袋，心有餘悸地打量空蕩蕩的廣場。

「你是什麼人？」湯瑪士問。他的手在發抖，不久前湧過他身邊的魔法消失了，再度深藏不露。那股力量顯然發自米哈理，但是大學校長又是怎麼回事？他從頭到尾都是榮寵法師？湯瑪士早該發現才對。

普蘭雙手離開口袋，用手指敲敲肚子，脫掉他的榮寵法師手套。

「你是他們的一員。」湯瑪士在普蘭顯然不會回答他的問題時說。「你是普戴伊人，和祖蘭一樣。」是真的，全都是真的，湯瑪士體內浮現恐慌。「不要亂跑。」湯瑪士朝米哈理走去。

胖主廚已經爬下桌子，正在整理椅子。他走到一個翻倒的大粥鍋旁，手掌輕輕抵住鍋緣，皺起眉頭。

湯瑪士在離米哈理十餘步外停步。那些粥在他眼前消失，就和雨水在陽光曝曬的磚頭上消失一樣。米哈理彎下腰輕鬆地抓起大鍋兩側手把，將它放回大鐵架上，那口鍋起碼有二十石重。

湯瑪士開啟第三眼，驅退暈眩感。世界開始發光，在湯瑪士的心眼前，剛剛撒滿粥的地面呈現粉紅色，那道色彩環繞在米哈理身邊，宛如某種慶典飾帶，不過始終沒有碰到主廚本身。

米哈理坐上一張椅子，手肘放在膝蓋上，手掌托著下巴。他看見湯瑪士。

「謝謝你保護我。」米哈理說。

「我離太遠，沒幫上什麼。」湯瑪士說。

米哈理淺淺一笑。「別這麼說，我在這具軀體中很虛弱。」

「他們毀了你的宴會。」湯瑪士說。

「人們會回來。」米哈理伸手擦了擦額頭。他一個助手走來，手掌輕輕放在他背上。他伸出粗壯的手臂把她拉近，親吻她的額頭。「會來更多人。」他嘆氣。「我的努力沒有被毀掉，只是延遲了一點，但沒有受到損害。」

「普蘭說你在傳送魔力。」湯瑪士說。

米哈理看向湯瑪士身後的大學校長。「觀察很敏銳。」他抓住助手的手臂一會，然後叫她離開。「我想起你了，」他在普蘭走近時說。「好久不見。」

「十四個世紀左右了。」普蘭說。「所以真的是你?我不相信……我本來不想相信。」他邊顫抖邊吸氣。「我認為過了太久，久到克雷希米爾永遠不會回來。我相信改變的時刻到了，我以為羅莎莉雅是在瞎操心，祖蘭只是活在過去，我以為只剩下我們了。」

「我始終和我的人民同在。」米哈理說。「我的兄弟姊妹或許離開了，但我沒走。」

「你把那些理髮師怎麼了?」湯瑪士問。

米哈理看起來不太高興。「他們不存在了。」他的聲音很陰沉，聽起來像是做了什麼違反意願的事。「我發脾氣了。」他說。「我不喜歡……」他停頓，聲音哽咽。「他們不會感到痛苦，我不喜歡傷人。」

湯瑪士看著主廚一會，心中湧現上千個問題，但他不知為何問不出口。

「長官，」歐蘭說著，來到他身旁。「找不到理髮師。一個都找不到。」

湯瑪士說：「找不到的。」他深吸口氣。「他是神，歐蘭，貨真價實的神。」承認此事讓他高興不起來。他頭很痛，感到噁心。「這下不妙了。」

歐蘭看著米哈理，彷彿在思考要不要相信此事。「為什麼不妙?我是說，如果他是神，那不是件好事嗎?」

湯瑪士仰頭望天。天晴氣朗，溫暖又不炎熱，微風輕輕吹拂，陽光舒服地灑在臉上。「因為，」湯瑪士說。「米哈理不是唯一的神，還有克雷希米爾，這表示克雷希米爾是可以召喚回來的，也表示克雷希米爾會來找我。這說明包的警告不是空穴來風，那可不妙。」他感覺有個壯漢來到他身邊，一隻大手搭上他肩膀。米哈理來了。

「實際情況更糟。」米哈理說。「如果只有你，我會很抱歉，但……」

湯瑪士很不舒服，他的腳又開始抽痛了。他轉移重心，感到一陣刺痛，強忍著不要吐出來。

「什麼意思？」

「他會摧毀整個國家。」米哈理說。「所有男人、女人和小孩，每一植物和動物，他會夷平這裡的一切。」

「為什麼？」

「我哥哥不是……仁慈的神。」米哈理說。「他認為重新開始比較容易。」

湯瑪士握拳。神，他要怎麼對付那種存在？他能怎麼辦？「那他為什麼還沒動手？」

米哈理凝望南矛山。「我哥哥，他踏上了一段漫長的旅途。我不認為他真的有打算要回來，但他會回應召喚。有些人打定主意要召喚他，也有人打定主意要阻止此事。」米哈理轉向湯瑪士。「你此刻想影響戰局已經太遲了，我會努力在他的力量之前保護艾卓，但你得清理門戶。」

「那個叛徒。」湯瑪士低聲道。

「如果再發生這種事——」他指向四周。「如果有更多人來擾亂我……」

「但我不知道叛徒是誰。」湯瑪士說。

「他或許知道。」歐蘭指著廣場對面。

湯瑪士轉身看見薩邦和阿達瑪奔向他們。

37

選舉廣場一片狼藉。士兵走在翻倒的桌椅、滿地食物和雜物之間收拾殘局，彷彿經歷了一場大戰。阿達瑪抵達時，看到有些市民被用擔架抬走，還有一群人聚集在貴族議院台階下。

阿達瑪看著薩邦搶先走向那群人，於是放慢腳步，左顧右盼，想弄清楚是怎麼回事。他們太遲了嗎？很明顯人們正在驚慌逃命，但究竟發生了什麼事？阿達瑪沒看見理髮師或士兵的屍體，躺在地上的人都沒穿制服，只是在交戰中傷亡的平民百姓。他看見有人慘遭割喉，血濺石板地，甚至還有幾道槍傷。家屬聚集在死去的家族成員身邊，女人痛哭失聲。

阿達瑪走到那群士兵身旁，鬆了一大口氣。湯瑪士也在，還有校長和大主廚——米哈理。湯瑪士身邊的保鏢正皺著眉打量主廚，溫史雷夫女士站在附近，理卡・譚伯勒和總管大臣昂卓斯穿越廣場而來，而湯瑪士的士兵則散開去幫助傷患。

薩邦搖頭回應湯瑪士的提問，他們同時期盼地轉向阿達瑪。

湯瑪士張口欲言。

「查爾曼。」阿達瑪說。「是大主教。」

湯瑪士面露憤怒。他和情緒交戰片刻，然後克制自己。他咬牙問道：「你怎麼知道？」

阿達瑪迅速解釋牧師席蒙和提夫認罪的事。「肯定是查爾曼。」阿達瑪說。「提夫描述的牧師和席蒙太像了，絕不可能是巧合。」

「這個牧師，」湯瑪士說。「他不可能是為其他人辦事嗎？」

「不可能。」有可能，當然有可能，從來沒有絕對肯定的事，但可能性不高，而阿達瑪得肯定自己的看法。

湯瑪士的保鏢走過來。「我們去逮捕他。」歐蘭說。「我們知道犯人，也有人證，我們不能遲疑。」

「同意。」薩邦說。

湯瑪士閉上雙眼。

「非動手不可。」薩邦說。

阿達瑪看著戰地元帥，發現湯瑪士怕了。查爾曼是議會中唯一有實力壓垮他的人，湯瑪士可以不理他，等待下一次暗殺行動，也可以主動出擊，冒險招惹教會。阿達瑪並不羨慕要做這個決定的湯瑪士。

湯瑪士緩緩研究周圍人的表情，最後將目光停留在主廚臉上。米哈理朝湯瑪士輕輕點頭。這兩人之間有種阿達瑪錯過的默契。「他為什麼要殺你？」湯瑪士問主廚。

米哈理神情放空了一會兒，皺起眉頭。「朦朧難明。」他說。「祖蘭是普戴伊人，她知道我占據了凡人的身體，或許她警告過他，又或許有其他勢力加入這場衝突。」

湯瑪士等著理卡．譚伯勒和昂卓斯過來。等他們走到後，他說：「查爾曼背叛了我們的使命，我不會容忍這種事。我不知道他背叛我們是否是教會的意思，但我不在乎。誰支持我？」

「我。」理卡上前一步。

「我支持。」溫史雷夫女士說。

普蘭．雷克特點頭。

「當然。」昂卓斯哼聲說。

湯瑪士說：「備馬和車，把能調動的兵力都調過來，我要去逮捕大主教。」

「去抓他？」薩邦問。「何不召開議會？等他一來，我們就逮捕他。」

「我們得強迫他攤牌。」湯瑪士說。「他的間諜會告訴他暗殺米哈理的行動失敗，他的身分已經曝光。如果他逃跑，我們就能坐實他的罪名，如果他留下，我們就去和他對質。無論如何，我不會讓他逃脫。開始行動！」

士兵紛紛動起來，阿達瑪覺得自己變成局外人。湯瑪士站在他身邊，重心撐在拐杖上，一手搭著他的肩。「幹得好。」他說。「回家，收拾行李。」他壓低音量。「安排你家人出國。如果事情順利，我還有用得到你和你的專長的地方。」

他在說笑嗎？阿達瑪端詳湯瑪士的臉。不，他很認真，太認真了。湯瑪士離開了，走路像提線木偶般一瘸一拐，拐杖在石板地上喀喀作響。

隨著坦尼爾一行人接近山峰，洞穴獅的足跡越來越多。狗不顧麗娜指令拚命拉扯牽繩，牠們有一半時間想去追獵物，另一半則低聲哀鳴，拉著麗娜想下山。

坦尼爾覺得自己也開始神經緊繃了。在他心裡，每座山丘後都有洞穴獅，或躲在每顆大石頭後面，隨時可能會跳出來。從他夥伴瞪大的眼睛來看，大家想法都差不多。不過並沒有洞穴獅在追蹤他們，種種跡象都顯示成群洞穴獅在他們前方追殺凱斯人。從足跡來看，至少有七十隻洞穴獅，而且數量還在持續增加。

他們發現的第一具屍體被吃了一半，拖到山道邊，被撕扯得支離破碎，血染紅了白雪，但仍一眼就能認出是隻洞穴獅。卡波蹲在屍體旁，手指在雪裡摸索。坦尼爾依稀看見她放了樣東西到背包裡。他走到她身旁。

「死因？」他問。他已經很確定答案了。

卡波模仿發射來福槍的動作。

他點頭。「所以凱斯人知道他們被跟蹤了，而這些動物，牠們會吃自己的夥伴。」他在包走過來時問。「離山頂還有多遠？」

「我想不遠了。」包說。「這麼高的地方我只來過一次。」他轉向僧侶。「戴爾？」

他們的嚮導被洞穴獅屍體嚇得臉色發白，緩緩舉起顫抖的手指向前方。「那裡。」

坦尼爾順著他的目光看向山道盡頭的高地。「那麼近？」坦尼爾皺眉。「古城在哪裡？」

「那裡。」戴爾又說。

「到時候你就懂了。」包說。

他們前進不到半小時就抵達戴爾所指的高地。他們爬上一道陡丘，坦尼爾停下來喘了口氣，卻發現下方的景象讓他喘不過氣來。

他站在一個大火山口邊緣，直徑起碼有數十哩，深達數百呎。

坦尼爾身形一晃，連忙站穩腳步。

下面有樹，是在這種高度絕不可能生長的品種。這些樹環繞火山口內緣而生，十分高大，他幾乎伸手就能摸到最近的樹頂。但這些樹很久以前就死了，樹身一片焦黑，樹枝光禿扭曲。這裡曾經是片遼闊的樹林，如今看起來像是詛咒之地的墓園。

樹林過去就是一座大城市的遺跡。火山口大部分都被建築物占據——遠比艾鐸佩斯特的建築還多，而且還有很多更高。如今它們就是一堆石殼，外牆都和樹一樣焦黑，沒有窗葉的窗戶宛如千眼骷髏的漆黑眼洞般凝視外界。這片景象令坦尼爾不寒而慄。

「克雷辛火山口。」戴爾聲音顫抖。

包一臉嚴肅。「克雷希米爾的保護力量隨著歲月逐漸消退，火山的酸性和高溫殺死了樹木，烤焦房舍，沒有東西能在這裡存活。」

「除了洞穴獅。」坦尼爾說。「不知道牠們怎麼辦到的。」

「有什麼東西保住了牠們的命。」包說。

坦尼爾看見火山口中央有湖，周圍有大片樹林、池塘、小圓丘，在克雷希米爾年代曾是小孩遊玩的綠地。坦尼爾想像火山口裡的水曾經清澈美麗，不過此刻從他的位置看下去，湖水是十分混濁的棕色，湖面冒出氣泡並噴氣，濃重的蒸氣和煙霧從湖心飄起。

坦尼爾聽見遠方傳來洞穴獅的吼叫聲。

「上刺刀。」他說。他聽見身後守山人裝備武器，準備應戰。

他們散開，進入火山口。

坦尼爾走在包和戴爾中間。「競技場在哪裡？」他問。

戴爾沒有回答，坦尼爾覺得自己聽見對方在輕聲啜泣，但也可能是狗的聲音。進入火山口後，牠們就再無聲息。

「克雷希米爾降世時，南矛山本來有座正常山峰。」包眉頭深鎖。「據說當他降臨時，他腳下的地面坍塌，火山開始爆發，朝天空噴出煤灰和酸氣，足以覆蓋全艾卓。普戴伊人勉強存活下來。塵埃落定後，火山口已經成形，克雷希米爾站在矛湖湖畔。」他指著火山口中央。

「競技場就在那裡？」

戴爾點頭。

「我要能夠射擊競技場的位置，離越遠越好，但視線必須清楚。」

戴爾思索了一會兒，說道：「克雷希米爾的宮殿。跟我來，我能帶大家過去。」

他們默默穿越死亡森林最深處，腳步聲在石板地上迴盪，坦尼爾突然發現這裡沒有積雪，地面光禿禿的，就連最能撐的矮樹和灌木都已死去多時。他注意到氣溫開始上升，不知道是因為克雷希米爾守護聖城殘留下來的魔法，還是來自火山地熱？他們有辦法抵達矛湖嗎？他們缺乏祖蘭和凱斯法師團的防禦魔法，可能無法穿越難以承受的高溫和毒氣。坦尼爾看了包一眼，他臉色越來越難看，坦尼爾懷疑他連一隻蒼蠅都保護不了，更別說是一群人。

他們在樹林邊緣一座小山丘附近找到一堆屍體。坦尼爾發現這裡躺著的不止洞穴獅。有個勇衛法師被撕成碎片，躺在至少六、七隻洞穴獅屍體當中。他骨肉分離的手依然扣在一隻死去洞穴獅的喉嚨上。坦尼爾用手帕遮住鼻子抵擋臭味。勇衛法師的屍體應該還沒開始腐爛，但獅子已經腐爛了，屍臭在這寒意消失又沒有風的地方顯得特別強烈。

卡波再度上前。她在山丘另一側停下，但還在眾人視線範圍內，對大家揮手。坦尼爾很高興能夠遠離那些屍體。

離開沒多久，他走到卡波身旁站定，嚥下一口膽汁。他聽見身後有人把早餐吐出來了。他回頭看了一眼，吐的人是包。

雙方在此地正面開戰，勇衛法師在一片小綠地中對抗洞穴獅——可能是為了讓祖蘭和凱斯法師團逃入古城內。這裡死了十幾名勇衛法師，還有三倍數量的洞穴獅，屍體散落在曾經的綠地上。附近有名勇衛法師一手攤在石板凳上，內臟散了一地，洞穴獅匆匆吃了幾口。

「這些怪物很餓。」麗娜說。狗縮在她腳邊，不願意離開主人。「牠們宛如在狩獵般狂奔，彷彿牠們的攻擊和殺戮有目的，但是一殺死獵物就會停下來吃幾口。牠們餓慌了。」

坦尼爾吞嚥口水。「餓慌了？牠們是為了食物追殺凱斯人嗎？」相較於有超自然力量或智慧在引導洞穴獅，出於飢餓殺人就好處理多了，不過還是一樣危險。

麗娜聳肩。「有可能，但洞穴獅並不群起狩獵，就算是最艱困的情況下也不會這麼做。牠們是獨居動物。」

「山上怎麼可能有這麼多隻洞穴獅？」包問。「這裡根本沒有食物。據我所知，這座山上應該只有一、兩隻而已。」

沒人知道答案。

坦尼爾一一檢查他的手槍和來福槍，確保都妥善裝填好子彈，然後吸了一口火藥。他的手在抖，身體本能地希望他多吸一點火藥。他需要火藥，但抗拒那股衝動，繼續吸下去他就會進入火藥癮的狀態。但是話說回來，不吸的話，他就會死。他又吸了一口。

屠殺的痕跡一路穿越綠地，延伸到一條似乎通往古城中心的林蔭大道。在洞穴獅追趕凱斯榮寵法師的途中，勇衛法師和洞穴獅的血跡和殘軀都被拖了出來。

進入古城後，坦尼爾一直隨時留意兩側建築物。那裡完全沒有傳出任何聲響，但應該要有風聲，或小動物的移動聲。一片死寂，古城徹底死亡，就連自然元素都死了，這種情況令坦尼爾從靈魂深處感到寒冷。

有人伸手搭上坦尼爾的肩，嚇得他轉身舉起來福槍，刺刀差點劃開戴爾。坦尼爾努力冷靜下來。「抱歉。」他說。

「宮殿，」戴爾說。「就在那個方向。」他指向古城中心。

他們根據戴爾的指示轉變路線。儘管古城令他不安，坦尼爾還是很慶幸能遠離洞穴獅和榮寵法師的足跡。他會找到克雷希米爾的宮殿，然後待在安全距離外削減榮寵法師的人數，讓他們沒有足夠的法力召喚克雷希米爾。

⚔

阿達瑪在回家的路上聽到有關選舉廣場大屠殺的種種謠言。大部分市民都在遠離廣場，消息傳得很快，到處都有人在比畫聖繩手勢，欲抵擋壞運和惡兆。在聖亞頓節慶典期間發生大屠殺已經夠糟糕了，足以讓很多人待在家裡。

他希望能盡快雇馬車前往歐芬戴爾。他會接到家人，送他們出國，然後……

「索史密斯！」阿達瑪邊掛外套邊叫喚，接著猛地住口。衣架上多掛了三件外套。他閉上雙眼。別又來了。

「你就不能放過我……」阿達瑪步入客廳，當場僵住。

維塔斯閣下和他的兩名手下站在客廳對面，艾絲翠在他們中間，維塔斯閣下枯瘦的手搭在她肩上，她看起來像是受困蛛網中的無助蒼蠅。看到自己的小女兒差點讓阿達瑪心跳停止。知道她有危險是一回事，看到維塔斯閣下抓住她又是另外一回事。

索史密斯坐在沙發上。他從理髮師那邊直接回來，臉色蒼白，滿臉都是汗。他呼吸吃力，一手摀住傷口。

「抱歉，」索史密斯虛弱地說。「他們比我先到。」

「索史密斯說你們去找理髮幫。」維塔斯閣的聲音毫無情緒，沒有任何同情或憐憫。「躲過三次暗殺，厲害。」

「放她走。」阿達瑪語氣疲憊。過去兩天的重擔突然壓在他身上，令人難以承受。他一心只想坐回他最喜愛的椅子上呼呼大睡，看來他沒機會這麼做了。

「回報狀況。」維塔斯閣下說。「提夫怎麼樣？」

「在黑刺監獄裡腐爛。」阿達瑪說。「克雷蒙提閣下怎麼樣？」

維塔斯閣下臉上的驚訝神色稍縱即逝，彷彿根本沒出現過。

阿達瑪輕聲道：「艾絲翠，妳還好嗎？」

小女孩點頭。她臉上有塵土，太陽裙被睡得縐巴巴的，不過她看起來毫髮無傷。「我沒事，爸爸。」她說。

「妳害怕嗎？」

她咬緊牙關，搖一搖頭。

「好孩子。他們有沒有傷害妳？」

她又搖頭。

「提夫為什麼會被關進黑刺監獄？」維塔斯閣下問。

「因為他和湯瑪士談好條件，暗殺我就違反了他們的約定。」

維塔斯閣下皺眉。「你為什麼沒告訴我他和湯瑪士有約定？」

「我不知道。」

「真的？」維塔斯閣下捏了捏艾絲翠肩膀。她想要甩開，但他抓得很緊。

「可惡，是真的，我不知道，我發誓。」

維塔斯閣下鬆手。「我想你查出叛徒是誰了？湯瑪士正要去逮捕理卡·譚伯勒？」

維塔斯閣下沒有理由認為理卡是叛徒，除非他一直都在幫忙陷害他。「克雷蒙提閣下為什麼要管這些？」阿達瑪問。「為什麼在乎艾卓的政局？他甚至不是艾卓人。」

「克雷蒙提閣下是為了布魯丹尼亞—葛拉貿易公司的利益著想。」維塔斯閣下說。「而他們的財富來自九國全境。」

「他的立場是？」

「中立。」維塔斯閣下說。「這邊拉一下，那裡推一把。你只要知道這些就夠了。現在，告訴我湯瑪士什麼時候要去逮捕理卡．譚伯勒？」

「永遠不會。」

「為什麼？」

「他要去逮捕查爾曼，真正的叛徒。」

艾絲翠在維塔斯閣下用力扭她肩膀時大叫。「所有證據都指向理卡，」維塔斯說。「你為什麼認為是查爾曼？」

「有人在湯瑪士的火藥法師面前將他供出來，我又能怎麼辦？」阿達瑪上前一步。

「退下！」維塔斯閣下叫道。他的手下提高警覺，神色不善地看著阿達瑪。

「敢傷害她，你就死定了。」

「你的家人會陪葬。」維塔斯閣下說。

「維塔斯，」阿達瑪說。「如果你傷害我女兒，我對九國發誓，我會摧毀你和你的家族，我會把克雷蒙提當成街上的狗踢。」他感到體內浮現一股冷酷之情。

維塔斯閣下深吸口氣，鬆開艾絲翠的肩膀。女孩立刻推開他。阿達瑪一手抱住艾絲翠，將她拉到身後。

一個煤礦工惡棍拔出匕首，另一個拔槍。維塔斯閣下抬手攔住他們。「事情還有轉圜餘地。你太有價值了，阿達瑪。我們不會殺你……暫時不會。逮捕行動什麼時候展開？」

「等湯瑪士召集好人馬。」維塔斯打算警告查爾曼嗎？

「哪裡？」

「他的別墅。」阿達瑪說。

「你最好沒有說謊。」維塔斯閣下說。「卡爾。」他說。

煤礦工轉頭。

「趕去別墅，警告大主教，告訴他你是瘋子派來的。如果那位好公爵還在那裡，他們應該可以輕輕鬆鬆弄個陷阱對付湯瑪士。」

煤礦工點一點頭。他以眼神警告阿達瑪，推開他，拔腿跑出正門。

「克雷蒙提為什麼要和大主教聯手？」阿達瑪問。「既然聯手了，查爾曼又為什麼要派人殺我？我應該也是在幫克雷蒙提辦事才對。」

維塔斯冷冷打量他。「左手不知道右手在幹什麼——這種策略有缺點，而你差點為此付出代價。查爾曼的任務純粹是要殺了那個假神米哈理，而他變得太過狂熱。你得搞清楚，查爾曼只是一隻手，克雷蒙提利用那種人來幫他辦事。」

「沒人能利用大主教。」

「克雷蒙提就能。」

「有何目的？」

「說了你也不會懂。」維塔斯閣下說。「你令我失望，阿達瑪。我本來帶你女兒來是為了表達善意，作為你忠心辦事的禮物。但是現在，她要跟我回去，我有手下很喜歡這種調調。」他上前，朝拿槍的手下比了個手勢。

阿達瑪捏緊拳頭。「好吧！」他說。

維塔斯閣下停步。

「他們不會在別墅逮捕大主教。他人在大教堂主持午後禱告會。拜託，把我女兒留在這。」

維塔斯閣下眸光一閃。「你騙我？」

「這次是真的，我發誓！」

「見鬼！你——」他向另一個惡棍示意。「待在這裡。如果他們想逃，先殺了阿達瑪，然後輪到拳擊手和小女孩。」

維塔斯閣下衝出客廳，路過時用力推開阿達瑪。阿達瑪嘟噥一聲。維塔斯閣下在街上狂奔，外套尾端飄在身後。阿達瑪透過窗口看著他消失在視線外，鬆了一大口氣。

「你沒事吧，爸爸？」艾絲翠問。

「沒事，我很高興妳安然無恙。媽媽怎麼樣？」

「很擔心。他們抓走我時，她大吼大叫。」

「他們有傷害她嗎？妳哥哥還好嗎？」

「他們切斷喬瑟的手指。他沒有叫。」

「他很勇敢。」

「現在怎麼辦，爸爸？」

「我不知道。」他說。

維塔斯回來時，阿達瑪可不能還在這裡，不然他們全都會死。索史密斯看來要走都很難，而艾絲翠還是個小女孩，但阿達瑪得警告湯瑪士。

「待在這裡。」他低聲對艾絲翠說。

「嘿！」惡棍在阿達瑪走向客廳另一側時說。

阿達瑪停步，舉起雙手。惡棍槍口在索史密斯和阿達瑪之間來回移動。索史密斯閉著眼睛，雙手摀住傷口，呼吸很急促。惡棍認定索史密斯比較不具威脅性，於是槍口轉向阿達瑪。

「我只是想倒杯酒。」阿達瑪說。

惡棍瞇起雙眼。

「拜託。」阿達瑪說著，伸出顫抖的手讓對方看。

「好，」惡棍說。「我會盯著你，以免你藏武器。」

「什麼？」阿達瑪說。「在酒櫃裡放有上膛的槍？你瘋了。如果你認為我會拔匕首出來，你可以站在那裡。」他比向沙發。

惡棍慢慢離開阿達瑪，來到沙發旁。「我會盯著你。」

很好。阿達瑪從酒櫃裡拿出一瓶酒。「紅酒？」

惡棍搖頭。

阿達瑪用開酒器開酒，然後花點時間扭開軟木塞，把塞子丟到一個架子上。他倒了兩杯酒，由於手抖的關係，酒瓶不斷撞擊杯緣。他朝惡棍走了一步。「你確定不來點嗎？」

「你先喝。」惡棍說。「我知道這種把戲。」

「沒玩把戲。」阿達瑪搖頭。「你以為我會在兩百克倫納一瓶的酒裡下毒？再說，毒藥發作速度不夠快，你死前還是有時間開槍殺我。索史密斯，來點紅酒？」

拳擊手虛弱點頭。

「不好意思。」阿達瑪說著，舉起兩個酒杯，讓對方知道自己只是要經過他旁邊。

就在那個瞬間，他鬆手放開兩個杯子，一手推開惡棍的手槍，一手用開瓶器戳向他脖子。手槍擊發，震耳欲聾，窗戶粉碎，艾絲翠尖叫。阿達瑪一手抓住惡棍，另一手用力推他，兩人一起摔在索史密斯身上。

拳擊手哀鳴一聲。他粗壯的胳臂繞到惡棍頭上，把他固定在原位。阿達瑪壓住惡棍，直到他停止掙扎很久。他抓住對方衣領，把惡棍從索史密斯身上提起扔在地板上。索史密斯呻吟，在沙發上扭動。

「你可以先給個提醒。」他摸著自己的傷說。「我又流血了。」

「你這個巨嬰。」阿達瑪說。他先確認惡棍已死亡，接著抬起頭對站在走廊上看他的艾絲翠說：「回房去。」

艾絲翠站在原地搖頭。

阿達瑪站起身，脫掉血淋淋的外套丟在地上。他抱起艾絲翠。「很抱歉讓妳目睹那一幕。」他說。「妳還好嗎？」

「還好，爸爸。」她的聲音顫抖。

「好孩子。我要妳堅強一點，親愛的。我要妳和索史密斯走，妳得和他找地方躲起來。」

索史密斯從沙發上慢慢爬起，表情吃痛。「我不當奶媽。」他說。「你要去哪？」

「我得去警告湯瑪士。」

「不行。」索史密斯咕噥。「我去……」他跌了一跤，撐住沙發扶手。

「帶艾絲翠走。」湯瑪士說。他領著小女孩到索史密斯身邊，把她的手交給他牽。「拜託你了，躲起來保護她。」他深吸口氣。「如果我失敗，你很快就會知道的。總之……別讓維塔斯閣下帶走她。」

索史密斯深深地看了阿達瑪一眼，然後點頭。

「謝謝你，我的朋友。」

「你付的錢不夠多。」索史密斯喃喃說道。

「你的犧牲將會流傳下去。」阿達瑪說。他走進辦公室，打開角落一個樸素的長箱子。他從劍鞘中拔出他的短劍，檢查劍身和劍柄。這把劍沒什麼特別的，是成為調查員前部隊配給的裝備。劍本身毫無裝飾，劍柄上有個橄欖狀的劍衛，看起來狀況不錯。他聽見身後傳來腳步聲。

「我已經十年沒碰過這把劍了，」他說。「看起來還不錯。」

「最好如此。」索史密斯說。

阿達瑪轉過身去。

索史密斯拿出一把手槍，還有額外的子彈和火藥條。「祝你好運。」

他們握手，阿達瑪出門。

38

「你要怎麼向教會解釋？」歐蘭問。

「簡單。」湯瑪士的語氣中流露出他自己都感覺不到的自信。「教會和我們一樣不喜歡被人耍。查爾曼會為我們提供讓教會驅逐他的證據。他是個虛有其表的傢伙，在我們的刑求者面前撐不了幾個小時。」

馬車在他們抵達查爾曼的葡萄園時劇烈晃動。湯瑪士看向歐蘭。他是名徹頭徹尾的軍人，會執行湯瑪士的命令，但他可不蠢。歐蘭想要確定他不是在盲目送死。

「刑求大主教？」歐蘭問。他清理完湯瑪士的長管手槍，也裝填好彈藥。湯瑪士很高興他沒有在火藥附近抽菸。歐蘭交還湯瑪士的武器，然後開始弄自己的武器。「你真的認為他會供出我們要的證據？」

「對。」湯瑪士說，希望語氣聽起來夠自信。逮捕大主教是極度冒險的舉動，如果阿達瑪的證據不夠充分，如果教會決定忽視證據，如果教會見鬼的不在乎，湯瑪士的世界就會分崩離析。沒有人，包括凱斯的間諜和殺手大軍，有辦法像教會那樣徹底摧毀一個人。

馬車突然停下。湯瑪士看出窗外，一名重裝騎兵騎過來，然後又是一名。薩邦來到車窗外。

「我們攻下大門哨，別墅裡沒有動靜。」

「很好。」湯瑪士說。他舉起手槍，用槍管對薩邦敬禮。「我們進去。」

馬車開始前進，穿越別墅的大柵門。兩名身穿紫金教會制服的守衛站在兩名湯瑪士的士兵中間，雙手抱頭，眼睜睜看著馬車通過。

「我希望你會明理到讓我們先攻進去，長官。」歐蘭說。

「你要我錯過你宣告罪名時查爾曼臉上的表情？見鬼了，不可能。我會和你們一起攻上前門台階。」

「他或許會反抗。」歐蘭說。

湯瑪士摸摸手槍。「我希望他會。」

「你不擔心他的保鏢有空氣來福槍嗎？」歐蘭問。「只要一把就夠了。」

「你摧毀了我的樂趣，歐蘭。我說真的。」

馬車幾分鐘後再度停下。薩邦打開車門。「房子和庭院都圍起來了。我們的人在檢查禮拜堂和外圍建築。他的馬車在馬車棚裡，人應該在屋內。」

薩邦看來不太高興。

「還有？」湯瑪士問。

「完全沒看見任何工人。今天天氣很好，他們應該在葡萄園工作，放馬出來跑。這地方是座鬼城。我——」

薩邦下一個字被一顆進入他左腦側的子彈打斷。他無聲倒地，鮮血噴入馬車內。

空氣來福槍擊發的聲響伴隨遭遇伏擊的士兵慘叫聲而來。一顆子彈打穿馬車，掠過湯瑪士頭頂，他衝向車門，聽到有馬在叫。

「不，長官。」歐蘭說著，抓住他外套。

湯瑪士推開歐蘭，探頭出去。薩邦躺在泥地裡，雙眼了無生氣。

「去他的。」湯瑪士跳出車門，迅速環顧別墅一圈，房屋正面的白灰泥潔白無瑕，狹長的高窗加上傳統厚磚設計為防禦者提供優勢。別墅正面起碼有五十道窗戶，空氣來福槍可能位於任何一道窗後——搞不好全部都有。湯瑪士瞥見一把空氣來福槍的槍管，立刻朝那扇窗口開火。他退回車內，身邊隨即響起許多子彈撞擊和反彈的聲響。他開始裝填彈藥。「這算什麼……？」

歐蘭跳出馬車，轉身抓住湯瑪士的外套，將人拉出來，扛在肩上，然後奔向葡萄園。

「下地獄吧！」湯瑪士怒吼。他被摔到地上，小腿劇痛，忍不住悶哼一聲。歐蘭蹲在他旁邊大口喘氣，手持來福槍。他們現在正處於壕溝中，湯瑪士腳下都是泥巴。他的腳讓他痛不欲生。湯瑪士從口袋裡拿出一條火藥條，扯開，把裡面的火藥通通倒入嘴裡。他趴下，憤怒咀嚼，不去管火藥味和牙痛。

「怎麼回事？」湯瑪士問。

歐蘭頭探出壕溝。「我們下車後，馬車又被射中七、八槍。」

湯瑪士沒有回應。火藥狀態迅速來襲，世界頃刻間天旋地轉，他抓緊雜草防止摔倒。他的感官自動調整。他聽見來福槍響，知道他的手下開始反擊。黑火藥煙味伴隨槍聲而來。湯瑪士吸入那些煙，強化火藥狀態，驅走腳上的疼痛。

「他們有很多空氣來福槍。」歐蘭說。他探頭到壕溝外偷看，然後舉起來福槍，瞄準，發射。「至少二十把。可能更多。」他又躲回來。「還有勇衛法師。」

「你確定？」

「剛剛看到窗後有個很醜的壯漢。」

湯瑪士裝填完畢，腳痛開始沉入心靈深處。「勇衛法師。」他說。「我討厭勇衛法師。」他望向山丘。別墅正面看起來很正常，但窗戶全都打開，露出槍管。他看見勇衛法師的畸形身影、來福槍口，還有查爾曼鮮豔制服的保鏢。他擊發手槍，燒掉半條火藥條，讓子彈依照他的意思前進射擊目標。一把來福槍掉下來。

「誰通知他們的？」湯瑪士怒吼。「我自己人裡面有間諜。我的精英部隊！」

「我們該擔心的是帶來的人夠不夠。」歐蘭說。「我們的人數不到一百，如果裡面有很多勇衛法師，加上他自己的保鏢，我們就有麻煩了。」

芙蘿拉突然跳進壕溝。「長官，」她報告。「我們得撤退。我們損失慘重。我那一車的人光是找掩護就損失兩人。」

「該死。」湯瑪士罵道。他們的人數不夠拿下查爾曼，但如果他們撤退，那傢伙會在一小時內消失。他們不可能在短時間內帶足夠的人回來。「我們封死他，讓他不能出來。他們不知道我們來了一百人還是一千人。芙蘿拉，我要妳趕回軍營。不，去溫史雷夫女士家，那裡比較近。我要亞當之翼一小時內派兩千人過來。」

「長官，我派人去。」

「不，妳自己去。」湯瑪士瞇起雙眼，再度想起薩邦頭部中彈的畫面。他今天絕不能再失去朋友。他拍她肩膀。「這是命令，士兵。去！」

芙蘿拉轉身就跑。湯瑪士又冒險看了別墅一眼。

一輛馬車在傷馬掙扎時翻覆。那匹馬已經被人割斷輓具跑了，如今四名士兵躲在馬車後面，緊張迫切地裝填彈藥。「那個位置很糟糕。」湯瑪士說。「我們得掩護他們，讓他們退入壕溝或葡萄園中。」

話才剛說完，魔法已經擊中翻覆的馬車。他轉身，看見魔光刺眼，士兵慘叫。馬車一分為二，碎片飛向兩側，彷彿被神的手拋開。士兵支離破碎，像絲帶一樣被拋到空中。其中一個落在湯瑪士的壕溝附近。

湯瑪士丟下手槍，翻過土堤。

「長官！」

在火藥灌入血管的情況下，湯瑪士幾乎沒感覺到膝蓋撞擊石板地。他匍匐前進，瞬間趕到士兵身邊。他抓住士兵的腳，頭上傳來來福槍擊發的聲響。歐蘭站在他身旁，咬緊牙關，充當目標，企圖引走火力。他彎腰，一把抓住湯瑪士的外套，把湯瑪士和士兵一起拉回壕溝裡。

「搞什麼鬼，長官！」歐蘭說。「你想死嗎？」

「他怎麼樣？」湯瑪士這時也看出該名士兵直接被魔法射穿。他的胸口血肉模糊，完全看不出原本的制服。歐蘭側耳貼在對方嘴前，然後搖頭。

魔法再度出擊。葡萄園裡傳來慘叫聲，那裡藏有一群士兵。湯瑪士咬牙。「一定是尼克史勞斯。」他裝填彈藥，探頭出去。「你在哪裡，婊子養的自大混蛋？」他開啟第三眼，以憤怒驅趕暈眩，掃視別墅。

「在那裡。」他說。一團鮮艷色彩顯示法師躲在距離前門不遠處的房間裡，蹲在一扇窗戶下方。湯瑪士咬牙。牆磚會擋下子彈，但無法阻擋跳彈。他拿出火藥條，一根手指扣住扳機，接著看見一道閃光。

「鏡子。」他說。「見鬼了，他用鏡子。他躲在法師箱裡。」

「什麼？」歐蘭問。

「一個鋼甲箱，把法師塞進去，給他一個針孔和一組助他瞄準目標的鏡子，他就能在不怕火藥法師的情況下摧毀敵軍。裡面又熱又擠，但能讓他們在混戰中活下來。查爾曼早有準備。」

「你不能直接射爛鏡子嗎？」

湯瑪士已經在瞄準了。「他會有備用鏡子。」說完，他手中來福槍一抖，子彈將那面鏡子打爛。「但或許能爭取點時間。」

「長官。」歐蘭拉拉他的外套，提醒道。「他們停止射擊了。」

他自己士兵的火藥來福槍聲聽起來零零落落，相距甚遠，空氣來福槍則完全停止射擊。他斷斷續續嘆了口氣。已經折損多少人了？

「湯瑪士！」別墅裡有人叫道。

「他可能在確定你的位置，長官。」歐蘭說。

「湯瑪士，我們談談！」

「談談如何執行你的死刑。」湯瑪士喃喃說道。

「長官。」歐蘭語帶警告。「小心點，我們的人不多了。我們或許應該聽聽他要講什麼。」

「湯瑪士！」查爾曼繼續大叫。「我這裡有勇衛法師和榮寵法師，我們會在你有機會撤退前殺光你的手下。」

湯瑪士深吸口氣，努力壓抑怒氣。薩邦的屍體在石板道上嘲笑他。「我會聽他說。」

歐蘭在湯瑪士起身時伸手搭他肩膀。「讓我去，長官。」他沿著壕溝匍匐前進五、六呎。「不要開槍！」他吼叫，然後起身。

「你的主人在哪裡？」查爾曼叫。

「你想怎樣？」歐蘭問。

對方停頓片刻。「想談談。我們一定可以達成某種協議。湯瑪士，我和你停火會面。」

「他為什麼要相信你？」歐蘭問。

「你質疑我，小鬼？」大主教吼道。

歐蘭神色挑釁地瞪著別墅。

「我對聖袍起誓，他在我的別墅裡不會受到傷害。」

「出來談。」歐蘭說。

「出去吃子彈嗎？我很清楚湯瑪士的作風。我是聖繩的僕人。」

湯瑪士會用聖繩絞死查爾曼。

他對歐蘭打信號。歐蘭趴回地上，朝湯瑪士靠近。

「那是自殺，長官。」他說。「我不信任他。」

「我們的兵力沒辦法拿下他。」湯瑪士說。「他能靠尼克史勞斯殺光我們，我們卻沒辦法射中法師。」

「你能做什麼？」

「去找援軍，找齊火藥法師團。只要我能和他談到安卓亞、瓦戴史雷夫和芙蘿拉趕來……」

「援軍要幾個小時才趕得到。」歐蘭說。

「無論如何……」湯瑪士看著別墅，還是沒有查爾曼的影蹤。勇衛法師和凱斯榮寵法師的出現顯然表示他們沒有判斷錯誤，查爾曼就是叛徒。他想靠一張嘴脫身？還是只是想拿湯瑪士當盾牌？他對著聖繩發誓，然而對這種人來說，誓言算得了什麼？

「下令去找援軍。」湯瑪士說。

歐蘭迅速朝附近的弟兄移動。他片刻後回來。「好了。」

「湯瑪士！」查爾曼又叫道。「我不會等一整天。我們要繼續吼叫，還是你要聽我解釋？講理一點！」

「講理，」湯瑪士啐道。「這混蛋背叛我，然後還想講理。他會說什麼？他是為了拯救艾卓才和凱斯交易的嗎？」

「他什麼話都說得出口，長官。」歐蘭說。「任何整天和美女廝混的人都不值得信任，更別說是牧師。」

「至理名言。」

「你要進去，是不是？」歐蘭問。

「沒錯。」

「我陪你去。」

湯瑪士正要開口。

「塞到你屁股裡，長官。我陪你去。」歐蘭站起身來，並對旁邊的士兵比手勢吩咐道。「別讓他們離開這裡。」他說。「就算戰地元帥落在他們手上也一樣。不留活口。」

克雷希米爾的皇宮很大。坦尼爾從未見過如此大的宮殿，不管是在艾鐸佩斯特、凱斯，還是法特拉斯塔都沒有。他低頭俯視街道，完全看不到盡頭。和克雷辛克佳其他建築不同，這裡的石塊沒有被煤灰熏黑。皇宮看似出自火山，彷彿火山口噴出的一大塊熔岩，然後冷卻，側面被磨光到足以讓他看見自己的倒影。坦尼爾完全找不到裂縫，也看不出工匠的斧鑿痕跡。

「皇宮很大。」戴爾在他們搜尋入口時解釋。「是克雷希米爾在大地上的家園。他和普戴伊人在這裡住了幾十年。」

「沒錯。」包說，沿著巨牆摸索。「我讀過關於此地的記載。但我們要怎麼進去？魔法？」

「有入口。」戴爾說。

「獅子！」

叫聲來自隊伍最後方。戴爾再度開始發抖，緊緊貼在牆上。坦尼爾抓著他往前推。「移動！跑！」他說。

他看見第一隻洞穴獅出現在他們剛剛通過的街道上。牠繞過街角，後腳掌的肉球撞擊地面，前爪抓過石板地。牠的體型比狗大三倍，牙齒鋒利，下顎有血。

他們拔腿就跑，尋找皇宮入口。

「追祖蘭太無聊了?」坦尼爾邊跑邊問包。

「說不定是她嚇跑牠們。」包喘著氣回答,吸氣十分吃力。坦尼爾抓住他的肩膀,拉著他前進。更多獅子跟著第一隻跑來,總共六隻。

「波!」坦尼爾說。「如果妳有辦法對付這些獅子,快動手!」

卡波衝向前方,在她和其他人之間拉開一段距離,然後突然停步,從背包裡拿出一組娃娃。這些娃娃和之前見過的人形娃娃不同,她抓住兩隻娃娃的腳,用力摔到火山岩建築上。

其中一隻獅子大叫,摔倒在地,雙爪抱頭。卡波又丟下一個娃娃,一腳踩扁。倒地的獅子爆開,彷彿被隱形巨手擠爆般血濺當場。

卡波把其他娃娃塞回包包裡。

洞穴獅撲到倒地的夥伴身上,牙爪齊出。其中一隻只吃了一口肉,立刻又展開追逐,在身後留下血痕,衝向坦尼爾和守山人。

「等等,太大聲了!」坦尼爾說。

太遲了。費斯尼克已經扣下扳機。那一槍擦過獅子腦袋,嚇得牠倏地止步。槍聲迴盪,劃破漫長的寂靜。費斯尼克頭上冒出一團硝煙。其他洞穴獅停止進食,轉向他們。坦尼爾吞嚥口水。突襲的優勢就這麼沒了。

一陣低沉的哨音貫穿槍聲過後的死寂。坦尼爾左顧右盼,尋找聲音源頭。

麗娜拿著骨笛放在嘴前。笛音變高,然後消失,她的狗豎起耳朵。

「去。」她說。

她放開牽繩，三條大狗衝向進食中的洞穴獅。洞穴獅似乎不把牠們放在眼裡，回頭繼續吃牠們的夥伴。其中一隻洞穴獅在克雷辛撞上牠身側時驚叫一聲。獒犬毫不浪費時間地瞄準獅子喉嚨，雙方撕咬成一團。

儘管洞穴獅體型龐大、爪子鋒利，獒犬卻出其不意。牠們佔了上風，以坦尼爾意想不到的速度幹掉三隻洞穴獅，接著聯手進攻另外兩隻，但是又有更多洞穴獅衝入街道。

「跑！」坦尼爾喊。

「這裡。」包在一段距離外出聲，惱火地對眾人比畫。他們趕到他身邊，發現有扇門鑿入皇宮堅硬的牆面。兩個人費了九牛二虎之力才把門推開，既要應付年久失修的門，還要承受石頭本身的重量。

所有人都進去後，他們把門關上。門內沒有門閂或門鎖。

「麗娜呢？」包問。

他們又將門打開。麗娜站在街上，手持手槍。她渾身顫抖，看著洞穴獅撲向她的狗。

「快點！」坦尼爾叫道。

「我不能丟下牠們。」她溫柔的聲音清楚傳來。

包往外走。他揚起一隻戴手套的手掌，抖抖指頭，好像在敲玻璃。

街上颳起一陣強風。麗娜在帽子飛天時及時出手抓住它。激鬥中的動物分開，腹部染滿鮮血，但是三條狗奇蹟似地都還健在。所有動物都警戒地盯著包，強風在牠們身邊呼嘯而過。三條狗穿越強風而來，丟下洞穴獅不管。牠們撞上麗娜，把她一起往回帶。包退回門內，狗和女人緊跟在後，門砰地關上，留下一片黑暗中。

有東西在撞門。坦尼爾背貼著門，其他人立刻照做。外面隱約傳來洞穴獅的咆哮聲。

有人點燃火柴。

包、狗和麗娜躺在地上，亂成一團。其中一條狗在哀鳴，包和麗娜則昏迷不醒。在坦尼爾看來，他們搞不好已經死了。坦尼爾透過火柴的光打量他的夥伴們。他們滿臉大汗，面露恐懼，還覆蓋一層……是灰燼嗎？哪裡來的？坦尼爾打量地板。地上有一層堆到腳掌高的遠古灰燼，皇宮裡肯定發生過火災，將裡面的一切摧毀，只剩下個空殼。他凝視夥伴恐懼的表情。他們大老遠跑來，為了什麼？在死城中被洞穴獅當作獵物獵殺？

坦尼爾感覺到失敗的可怖壓力。「戴爾在哪裡？」他問。他沒看見僧侶。坦尼爾喊他名字。沒有回應。有組腳印通往皇宮內部。

坦尼爾聽見門上傳來撞擊和抓搔的聲音。

坦尼爾依然背抵在門上，吸了一口火藥。他以感官找出所有光源，藉由高處的小針孔看清所處環境。他們身處一個開闊空間中，好似一個漆黑的容器，比較像礦坑，而非建築物。他深吸口氣，試圖保持冷靜。「這裡看起來不像皇宮。」

「坦尼爾！」

這個聲音在他們四周迴盪。

「戴爾？」坦尼爾問。

「過來，坦尼爾。快！」

「包受傷了。」他說。

「沒時間了，你得過來。」

門又被撞了一下，外面有洞穴獅的哀鳴聲。

「你們撐得住嗎？」坦尼爾問。

「去吧。」費斯尼克回答。「交給我們。去開槍。」

「待在這裡。」坦尼爾對卡波說。「幫他們守住這扇門。」

他不管她反對的手勢，轉身就跑。地板光滑又平坦，灰燼之下可能是大理石。他遠離火柴的光源，試著追隨戴爾的聲音。但他很快便放棄了，低頭看著灰燼上的腳印。高處的細微光源讓他剛好能在火藥狀態中視物。

他在一道類似皇宮宴會廳的巨大樓梯前找到戴爾。樓梯沒有欄杆，肯定是用與皇宮牆壁同樣的石材打造的，才能在許久前摧毀此地的那場大火中保存下來。

「這裡看起來不像皇宮。」坦尼爾說。

戴爾在劇烈顫抖，似乎快要站不起來了。他雙手伸向坦尼爾，彷彿在哀求。「這裡曾經壯麗輝煌。」他說。「幾千幾萬個房間，滿滿都是黃金、頂級木材和地毯。如果有燈火，你會看見灰燼。只有外殼是用最堅硬的岩石建構，是克雷希米爾的傑作。皇宮內部是人類所建，用木材和工具。如今全都焚毀，全都消失了。」他的聲音迴盪耳邊，令人毛骨悚然。

「沒有窗戶？」

「來。」戴爾說，指向樓梯。「我們要夠高才看得見競技場。夏至快要到了。」

⚔

歐蘭扶起湯瑪士走出壕溝。湯瑪士拉直外套，拍拍膝蓋，調整皮帶。「我的劍。」他說。他們走向馬車，湯瑪士背對別墅，在薩邦屍體前彎下腰去。「很抱歉，我的朋友。」他低語。「我的自大讓我們步入陷阱，我即將要走進另外一個陷阱。原諒我。」

「長官。」歐蘭把劍交給他，偷偷塞了一袋火藥條過去，足夠殺死一連人馬。

「子彈呢？」湯瑪士問。

歐蘭拍拍他的制服口袋。

湯瑪士繫好他的劍，轉向別墅。他一手拿拐杖，另外一手搭著歐蘭肩膀，一步一步慢慢走過去。就讓他們認為他很虛弱吧。他確實虛弱，但他們會以為他比實際上更弱。每跨出一步，湯瑪士都在等空氣來福槍射擊的聲響，或是魔法的彩色閃光，直到他抵達前門。

「還沒死。」他說。

歐蘭看他一眼。「我可沒覺得有多安心。」

別墅開了扇雙扇門。一名勇衛法師手夾空氣來福槍站在門口。歐蘭扶湯瑪士走上台階進屋。他在門口停步，讓眼睛適應室內的光線。他看見四名勇衛法師和三名教會守衛，全都拿著空氣來福槍指著他。

門廳陳設簡單，由白大理石所建，兩側牆前都有固定的長凳。門廳中央的圓柱台座上陳列查爾曼的半身像，這是他自負的證明。極簡風格的門廳絕不能以表面價值衡量。湯瑪士能夠看見其後許多照明充足的房間，擺滿色彩鮮艷的金框和紫框畫像。

「門不要關，必須讓我的手下看見我安然無恙。」湯瑪士對身邊的勇衛法師說。勇衛法師嗤之以鼻。

查爾曼從旁邊的房間進入門廳。「抓起來。」他說。

有人關上湯瑪士身後的門。湯瑪士伸手拔劍，但手腕被一名勇衛法師抓住。另一名勇衛法師捶擊歐蘭腹部。歐蘭悶哼一聲，跪倒在地。少了歐蘭的攙扶，湯瑪士身體一晃，腳痛蓋過了火藥狀態。

「你說這叫和平談判？」湯瑪士吼道。

「我說這叫你是白痴。」查爾曼說。「再說，我沒說謊。你在我手裡時不會受到傷害，但我可不保證等你到達南矛山會怎麼樣。」

「南矛山？」

查爾曼伸出一手拉平他的決鬥服。「對。」

「你說南矛山是什麼意思？」歐蘭問。他開始起身。

「叫那條狗閉嘴。」查爾曼說。

一名勇衛法師拿空氣來福槍打歐蘭的臉。歐蘭摔倒在地，額頭冒血。

湯瑪士緊握拳頭，阻止自己現在就點燃火藥。他得等到尼克史勞斯也到場才行。「你最好希望他沒事。」

「我想知道你那話是什麼意思，大主教閣下。」尼克史勞斯進入前廳，擦拭額頭上的汗水。他的凱斯制服在法師箱裡擠得又髒又縐。「湯瑪士沒有要去南矛山。他要跟我走，去凱斯。」

查爾曼轉向尼克史勞斯。「現在不是了。克雷希米爾今天就會降世，要防止艾卓毀滅的唯一希望就是獻上這個出身低賤的豬玀。」

尼克史勞斯拉拉他的榮寵法師手套。「我不相信你的迷信，大主教閣下，我也不是教會的人。我效忠我的國王，而他要把湯瑪士的頭吊街示眾。」

「如果不安撫克雷希米爾，就不會有艾卓留下來讓我們瓜分。」查爾曼說。

尼克史勞斯雙手握拳。「少了我，你不可能離開這個國家。」

「你少了我也一樣。」

歐蘭在湯瑪士腳邊扭動。湯瑪士靠著拐杖彎腰，讓歐蘭扶他的肩膀起身。「你站得住嗎？」

歐蘭的額頭被打破了。他擦掉眼中的血，輕輕觸摸腦側。「送他們下地獄，長官。」

湯瑪士站直身子，雙手放在拐杖上。尼克史勞斯感應到危機，轉身面對他。法師瞇起雙眼。

湯瑪士感覺到尼克史勞斯開啟第三眼。

「他能用魔法！」尼克史勞斯伸出雙手，扭動手指施法。

湯瑪士點燃火藥。歐蘭把子彈袋拋向空中，湯瑪士把能量專注在那上面。袋子爆開，碎片落地。軀體癱倒，空氣來福槍掉在一塵不染的大理石上，血則濺在牆壁上。子彈擊中尼克史勞斯臨時架設的防禦空氣力場，爆出陣陣閃光。

「逃！」尼克史勞斯大叫，手指迅速動作。

查爾曼凝視湯瑪士片刻，然後轉身逃跑。

「別讓他逃走。」湯瑪士說。他的目光無法離開尼克史勞斯。稍有不慎，湯瑪士就會死，他得讓尼克史勞斯的手閒不下來。湯瑪士點燃火藥，取用最小的能量，讓十幾顆子彈飄在空中旋轉。他對尼克史勞斯釋放子彈。尼克史勞斯的手指靈巧舞動。湯瑪士透過第三眼看出子彈擊中隱形護盾時的彩色閃光，他點燃更多火藥加強子彈的力道。

歐蘭爬起身來，持劍奔過尼克史勞斯，結果被五名衝進來的教會守衛擋住。他們看了一眼正在無聲作戰的尼克史勞斯和湯瑪士，然後轉向歐蘭。

湯瑪士握住杖頭。他的子彈隨著尼克史勞斯的魔法防禦逐漸減弱而持續逼近。尼克史勞斯抵擋子彈的速度就只能這麼快，而湯瑪士不能給他時間建構更強的魔法力場。湯瑪士看了歐蘭一眼。士兵已經打倒一個敵人，但對手實在太多了，他逐漸被逼退，幾乎和尼克史勞斯平行。

湯瑪士的火藥快沒了。查爾曼要逃走了。

尼克史勞斯伸手搔過鼻子，讓湯瑪士有時間朝歐蘭的對手發射一把子彈。子彈貫穿眼睛和嘴巴，中彈者瞬間倒地。歐蘭拔腿就跑，跳過地上的屍體，追趕查爾曼而去。

尼克史勞斯又搔了一下鼻子。

湯瑪士冷笑。「過敏？」

尼克史勞斯後退一步。湯瑪士撐著拐杖，上前一步。尼克史勞斯咬牙切齒，再度後退。湯瑪士杖頭敲在大理石上。

尼克史勞斯瘋狂舞動手指，在湯瑪士朝他發射更多子彈時額頭冒汗，但依然擋開每顆子彈。

湯瑪士的火藥快耗盡了。他深吸口氣，硝煙的味道令他血脈賁張。他深陷火藥狀態中。

尼克史勞斯大動作甩手，放聲嘶吼。

湯瑪士大叫一聲，摔倒在地，無法集中注意力。他盯著分成兩段的拐杖，然後抬頭看向尼克史勞斯。榮寵法師走到他面前，摀住手指，彷彿手指快斷了一般。他的上衣被汗水浸濕，頭髮亂糟糟的。他低頭看著湯瑪士。「你這個老笨蛋。」

「你贏了。」湯瑪士說，點燃一抹火藥。

尼克史勞斯發出慘叫。他握住左手，向後跌開，撞上查爾曼的半身像。石像墜地，撞碎大理石磚，尼克史勞斯則被台座絆倒，摔倒在地。

湯瑪士撐起自己，無視腳上的劇痛，倚著較長的斷杖站穩，然後跳向尼克史勞斯，又點燃一些火藥。尼克史勞斯再度慘叫，一顆子彈貫穿他的右手，扯爛榮寵法師手套上的魔法符文。尼克史勞斯瞪著自己的雙手，兩個手掌上各有一個彈孔，白手套染滿鮮血，遮蔽剩下的符文。

「現在你知道失去力量的感覺了。」湯瑪士說道。他拔出劍，在尼克史勞斯身邊蹲下，拉起法師的一隻手掌，脫掉手套。尼克史勞斯哀鳴。

「好纖細的手指。」湯瑪士說。

39

阿達瑪在別墅大門外喊停他雇來的馬。他的馬甩了甩頭，腦袋兩側都是長途狂奔後的汗水。阿達瑪擦了擦額頭上的汗，拍拍馬腹。他能看見別墅的屋頂，還有朝別墅急駛而去的馬車。

「大主教不接見訪客。」這些是湯瑪士的手下，身穿銀邊深藍制服。其中一人用上刺刀的來福槍指向阿達瑪。「離開，」他說。「明天看你的報紙。」

阿達瑪調整了一下呼吸，他的馬則不停來回踏步。

「你看起來不常騎馬。」士兵咧嘴笑道。

「沒錯。」阿達瑪說。「我得警告戰地元帥。」

士兵立刻收起輕鬆的態度。他迎上前來，同伴繞到阿達瑪另外一邊。

「聽著，」阿達瑪的馬面對士兵有些退縮。他拉扯韁繩，說道。「我是阿達瑪，戰地元帥的調查員。湯瑪士即將步入陷阱。」

士兵瞪著阿達瑪。「我聽過這個名字。」他緩緩表示。「去吧，別讓自己出糗。」

阿達瑪匆忙點頭，繼續喘氣。他大學畢業後就沒有這樣騎馬了。

大門被推開，阿達瑪策馬進入。他用膝蓋讓那匹可憐的馬在鵝卵石鋪設的車道上極速奔馳。他彎腰伏在馬頸旁，握韁繩的指節發白。馬車已經駛到別墅前，繞著建築前方的噴泉轉了一圈。

來福槍聲響起，把馬嚇了一跳。馬一步踏錯，當場絆倒，側身栽入一條壕溝中。阿達瑪大叫一聲，飛身而起，越過壕溝重重摔在地上，連滾了好幾圈。一根葡萄園的木樁把他擋下，他四肢撐地，摀住身側疼痛部位。

「羅斯維的屁股！」他手上有血和小擦傷。他在外套上擦了擦血，爬起來檢查胸口和身側。骨頭沒斷，但是有十分嚴重的瘀青。他的馬側躺在壕溝裡，腹部劇烈起伏。「你沒辦法繼續載我了，是嗎？」

槍聲不斷，緊接而來的是慘叫聲。他太遲了，維塔斯的手下已經警告了大主教。阿達瑪閉上雙眼，他能怎麼做？這是他的錯。他沒有來福槍，只有手槍和劍。他回到路上，看向別墅。一輛馬車翻了，士兵散入葡萄園中，和看不見的敵人互相開火。別墅那邊沒有槍火或硝煙。湯瑪士的手下在射擊什麼？他搖頭，當然是空氣來福槍。可惡。

阿達瑪回頭跳過壕溝，跑進葡萄園。他繞過別墅，穿越葡萄園，來到一座馬廄後方。到處都有藍制服士兵伏在掩體後。來福槍聲變得稀稀落落，相距甚遠。看來情況不妙。

他越過一堆木柴，差點跌在艾卓士兵的身上。對方拿來福槍刺向阿達瑪，刺刀停在他面前。士兵很年輕，缺乏經驗，表情緊張。「姓名！」他聲音顫抖地問。

「別用槍指著我。」阿達瑪抓住槍管，推開來福槍。「我是阿達瑪。湯瑪士把這地方整個圍起來了嗎？」

士兵戒備地盯著他看，手在發抖，大概從未在訓練以外的地方見過實彈射擊。

阿達瑪從正面抓住士兵的制服。「你聽見那些槍聲了嗎？部隊最前線遭遇伏擊，那絕對是聲東擊西，查爾曼會趁機逃跑。」

士兵遲疑。「我不相信你。」他緩緩說道。

「老天，看！」阿達瑪指向別墅。

士兵轉身，阿達瑪手肘重擊對方頸部。「抱歉了。」他說，接手對方的來福槍。他把昏迷不醒的男孩靠著木柴堆放好，然後左顧右盼，尋找更多湯瑪士的士兵。他在別墅外圍看見一個，正偷偷摸摸往正門前進，心思都放在交火中的夥伴身上，完全沒留意有沒有人從後面逃走。

「可惡，我得一個人動手了。」阿達瑪矮身奔跑，終於抵達別墅後方。他停在一座小屋後，側耳傾聽。槍聲停了，他探頭偷看。別墅後門是開放式的門廊，有許多大洋傘和涼棚遮陰的日光花園。有輛馬車等在一條狹窄的碎石子維修道上，車夫是個很面熟的可憐人。阿達瑪左右查看有沒有守衛——沒有，他跑了過去。

「席蒙。」他喊道。車夫抬頭，年輕牧師滿臉愁容，他已經心煩意亂到忘記要避免直視阿達瑪了，但也只忘了一瞬間。

「你在這裡做什麼？」席蒙說著，別開目光。「出去，別讓大主教看見你。」

「你要幫他逃亡。」阿達瑪一把抓住轡頭。

「我非幫不可。」席蒙緊握韁繩。

「不，你不用幫他。他很邪惡，是叛徒，別幫他。」

「你以為我不知道？」席蒙語帶哽咽地說。「我一直都知道這件事，我很抱歉雇用那些人去殺你。請聽我說，我沒辦法反抗他，也無法擺脫他。我很高興你沒死，現在趁他沒來之前趕快離開，他會殺了你。」

阿達瑪深吸口氣。「席蒙。」他說著，上前一步。

「別再靠近了。」牧師警告他。

阿達瑪停步。「拜託，席蒙。」他身體微微向前傾。

「守衛！」席蒙大叫。「快點來。」

兩個人從別墅後方跑過來，他們身穿教會守衛的制服，一看到阿達瑪立刻拔劍。是牧光衛士，教會雇用的精英士兵，他們以性命守護大主教。如果他們接近阿達瑪，他絕對不是對手。阿達瑪後退，雙手舉起來福槍，希望槍裡有子彈。

他瞄準第一名守衛，扣下扳機，槍聲在花園中迴盪。對方又跑了幾步，跪倒在地。第二名守衛衝過同伴，迅速逼來。阿達瑪丟掉來福槍，拔出手槍，子彈正中守衛胸口。守衛悶哼一聲，沮喪地癱倒在地。這時第一名守衛搖搖晃晃地爬起身。阿達瑪拔劍迎上前去，對方招架了四、五下劍擊，然後被阿達瑪打到無力再戰。

「席蒙！」有人大叫。「我們走！」

阿達瑪轉身。查爾曼從別墅後門跑出來，一手拿斗篷，一手拿劍。

「走，」阿達瑪說。「別讓他上車！你辦得到，席蒙！」

牧師緊閉雙眼，開始禱告。阿達瑪咒罵一聲，轉身面對查爾曼。

「你！」大主教怒吼，一入花園立刻停步。他一臉厭惡地看著地上的守衛。

阿達瑪上前，站在查爾曼和馬車中間。他唯一的機會就是手槍。查爾曼是九國境內最強的劍客，他會把阿達瑪砍成肉醬。阿達瑪舉起劍，嚥了口口水。

查爾曼拉開脖子上的繫繩，扔開斗篷，拔出劍，丟下劍鞘。

他的攻擊速度遠超阿達瑪想像。阿達瑪只能靠本能格擋——他也算得上是不錯的劍客，但那是很多年前的事，後來他都只帶杖劍。阿達瑪在對方的強攻下頻頻後退，他連走帶跳，迅速撤退。大主教毫不容情，連刺帶砍，好幾次劍尖距離阿達瑪的臉和胸口都不到數吋。

「不錯的劍客」在查爾曼這種人面前沒有什麼意義。阿達瑪覺得自己很沒用，像是第一次上劍擊課的小孩，但他們用的可不是訓練木劍。查爾曼隨意出劍，他身上就見紅，一開始只是淺淺的傷口，但這種傷口累積太多，死亡的速度就和一劍穿心差不了多少。

查爾曼拍開阿達瑪的劍，跨步上前，又送出兩劍。阿達瑪為了閃躲連忙向後退。他站穩腳步後想舉起自己的劍，但手臂不聽使喚。他低頭一看，只見外套上的紅色血漬蔓延成兩大圈暗色圓圈，一處在他的心臟上方，另一處在肩膀上。阿達瑪感到渾身癱軟，因突然意識到離死亡不遠而動搖。

查爾曼從阿達瑪旁轉身，勉強避開一劍。湯瑪士的保鏢逼近大主教，攻勢凶猛。查爾曼飛快躲開阿達瑪和歐蘭的攻擊，踏上碎石道以便站穩腳步。歐蘭衝過去，而他的劍更快，不給查爾曼片刻喘息。

阿達瑪晃到花園一顆大石旁坐下，一手無力地握住劍，一手檢查傷勢，用拳頭使勁按壓兩處傷口中比較嚴重的那一處。他頭昏眼花，但不確定是因為失血過多，還是單純因為決鬥和面臨死亡的刺激所引起的。他自暈眩中振作起來緊盯著歐蘭。如果歐蘭倒下，查爾曼就會殺了他們兩人然後逃走。

歐蘭顯然比阿達瑪強，他一生都奉獻給了劍和槍，以拚死的勇氣衝向查爾曼。歐蘭的劍術不如大主教控制精準，也少了冷靜，但他以猛烈攻勢彌補了這一點。他咬牙切齒，目光閃爍著憤怒與決心，沒有拿劍的那隻手懸在空中謹慎地保持平衡。查爾曼又後退幾步，凶猛的攻勢令他措手不及，他重新站穩腳步後發動自己的攻勢。

阿達瑪發現查爾曼在分析歐蘭的劍招，仔細觀察對方每一個動作。查爾曼臉上缺乏歐蘭那股決心，卻有著學生在最喜愛的課堂上那種沉默的專注感，並且越來越能輕鬆擋下歐蘭的攻擊，使得歐蘭招架得越來越吃力。阿達瑪發現，查爾曼不只是在打鬥，還在打鬥的過程中學習，適應歐蘭的打法。這是劍術大師在決鬥時的戰鬥方式，阿達瑪從未見過這種情況。歐蘭節節敗退。

在阿達瑪眼中，這場決鬥彷彿經歷了好幾個小時，但他很清楚才過一下子而已。歐蘭繼續撤退，兩人經過阿達瑪身旁，朝馬車逼近。歐蘭在馬車前撐了幾秒，額頭上冒出大汗珠，目光迫切地尋找破綻。阿達瑪輕易讀懂了他的表情。他已經逐漸疲乏，而且焦慮。他不是查爾曼的對手。

好不容易歐蘭終於看出一個破綻，立刻撲上前去，劍在查爾曼側身閃避時劃破對方的身側。查爾曼左手拔出一把匕首，插入歐蘭肋骨之間。歐蘭瞪大雙眼，撒手任劍掉落。查爾曼後退一步，舉起劍準備給予對方最後一擊。

阿達瑪偏過頭。*我們完了。*

歐蘭咳嗽大笑，引起阿達瑪的注意。查爾曼停下動作。

「你還要應付比我更可怕的對手。」歐蘭說。

查爾曼朝別墅看了一眼。他丟下歐蘭，奔向馬車。「走！」他吩咐，跳上側板。

「不要！」阿達瑪阻止席蒙。

牧師縮在駕駛座上，手握韁繩。他的手臂在顫抖，但沒有動。

「快走！」查爾曼下令。

阿達瑪以為席蒙要拉韁繩了。牧師看向天空，又低頭看自己的手，嘴唇無聲抖動。

「白痴。」查爾曼罵道。他晃動側板，坐到席蒙身邊的座位上。

牧師自他身旁退開。「我辦不到！」他哭喊。

查爾曼把他推下車，席蒙大叫著摔下去，落地時發出甜瓜撞地的碎裂聲，之後便動也不動地躺在地上。

「懦夫。」

這話說得並不大聲，不過還是吸引了查爾曼和阿達瑪的目光。湯瑪士站在別墅後門的台階上，就在花園正上方，拄著一把空氣來福槍，槍口朝下，代替他的拐杖。他看起來老態畢露，疲憊困倦，軍服上染滿鮮血。阿達瑪記得天際王宮法師住所的情況，還有當晚湯瑪士身上的血跡。他不禁發抖。

查爾曼遲疑了。轠繩在他手裡，他很想抽動轠繩駕車逃命，卻有一股病態的好奇讓他忍住不這麼做。

阿達瑪強迫自己站起來。他踉踉蹌蹌了一下，疼得直發抖，頭感覺很輕。他抓住了馬的轠繩。「不。」他說。

查爾曼似乎沒注意到他，大主教的目光停在湯瑪士身上。

「看來你解決掉了好公爵。」查爾曼說。他站起來，拋開轠繩，從車夫長凳跳了下來，蹲在地上，又站起，抬頭挺胸。阿達瑪感覺自己心跳加速。

湯瑪士似乎毫不在意。「他還活著。」湯瑪士說。「他希望自己死了，但我為他安排了很多計畫。」湯瑪士倚靠空氣來福槍，緩緩走下進入花園的台階。「對你也是。」他說。

查爾曼拔劍。「你沒有火藥了。」他說。「要不然我們不會還在說話。你不怕我的頭銜，也不怕這麼做會招來的後果，不然你早在屋子裡就會一槍打爆我的頭。尼克史勞斯耗盡你所有的火藥了嗎？」

湯瑪士不為所動。

「如果你有任何一點榮譽感，」查爾曼說。「你現在就會趕往南矛山，把自己獻祭給克雷希米爾，拯救這個國家。」

「叛徒說這種話，」湯瑪士諷刺道。「還真有說服力。」

「湯瑪士，你想怎麼對付我？」查爾曼說。「你就算處於最佳狀態也不是我的對手。」查爾曼突然衝向湯瑪士，雙臂像猛禽翅膀般甩向後方。

湯瑪士任由夾在腋下的空氣來福槍落地。他拔劍出鞘，讓那條瘸腿往後一站，又痛得一縮。阿達瑪深吸口氣。湯瑪士那條被打碎的腿令他難以轉身。狀況好的話，他或許能和查爾曼打成平手，但現在的他絕不是查爾曼的對手。

查爾曼撲向前，在逼近湯瑪士時狠狠揮劍。湯瑪士出劍格擋，雙劍交鋒，查爾曼落在湯瑪士身後，在湯瑪士靠那條瘸腿轉過身前揮出了致命一劍。然而，查爾曼的勝利吶喊突然啞了，目光落在自己的劍上。

黑火藥的硝煙環繞在湯瑪士沒拿劍的那隻手周圍。他鬆開拳頭，讓火藥條燃燒的包裝紙飄落地面，緊挨著查爾曼的劍刃。查爾曼目光凶狠地看著自己手中的劍柄，臉部因憤怒而扭曲。他拋出劍柄，撲向緩緩轉身面對自己的湯瑪士。

查爾曼拋出的劍柄擊中湯瑪士額頭，留下淺淺的傷痕，他眨了眨眼，刺出一劍，另一手扠腰擺出鬥劍姿勢。查爾曼自身的衝力把他帶到了劍上。湯瑪士後退，再刺一劍，然後又一劍。查爾曼向後跌開，摀住傷口，一塵不染的制服上湧出鮮血。他踉蹌退去靠著馬車，伸手去抓，卻什麼也沒抓到，滑坐在碎石地上。

阿達瑪大口吞嚥口水。查爾曼的傷看起來並不致命，但是有好幾處傷口。他會慢慢失血，痛苦地死去——如果湯瑪士不管他的話。湯瑪士沒有上前幫忙，也沒有叫他的手下過來。他就這樣看著查爾曼顫抖的雙手努力止血，一邊拿查爾曼扔在一旁的斗篷擦拭劍上的血。

阿達瑪自己也身受重傷，但只要包紮妥當應該死不了。他拋開思緒，走過去蹲在席蒙的屍體旁。牧師的脖子摔斷了，兩眼無神地望向一片牧場，嘴巴張開，無聲吶喊。阿達瑪伸手合上他的雙眼，然後站起來，繞過馬車。

歐蘭和湯瑪士相互扶持，低聲交談。湯瑪士又把空氣來福槍當拐杖撐著。他們一起轉向阿達瑪。「歐蘭說你絆住查爾曼，撐到他趕來。」湯瑪士對他緩緩點頭。「謝謝你。」

阿達瑪舔了舔乾燥的嘴唇。他們倆都沒懷疑他，也沒想要指責他。為什麼不懷疑？正是因為阿達瑪對維塔斯閣下提出的警告，剛剛才置湯瑪士許多手下於死地，他們卻還沒意識到為什麼他會出現在這裡。

「先生，」阿達瑪說。「我很抱歉，但我家人……」

湯瑪士回到別墅裡。地上躺著許多勇衛法師和教會守衛，全都死了。他驚嘆於這些完美的擊殺成果——子彈都正中心臟或腦袋，在室內有限空間裡輕易命中目標。大理石地板因積了一層厚厚的鮮血而變得黏膩。他在前廳角落找到一把象牙洋傘充當拐杖，把空氣來福槍靠牆放好。

尼克史勞斯跑了。湯瑪士咬了咬自己的臉頰內側，壓抑越來越強烈的沮喪感。他任由榮寵法師留在地上痛苦扭動，一道血痕從那個位置通往旁邊一個房間。湯瑪士人手不足，沒辦法又照顧傷患又組織搜索隊。他閉上雙眼，一瘸一拐地追蹤血跡而去。

阿達瑪。湯瑪士該怎麼處置這名調查員？他承認自己背叛的事實，把湯瑪士和艾卓出賣給維塔斯閣下及他的主人——克雷蒙提閣下。湯瑪士還會樹立多少強大的敵人？阿達瑪就是薩邦之死的罪魁禍首，還是他其實才是凶手？根據阿達瑪的說法，查爾曼是在阿達瑪趕到之前收到警告的，只多了一點時間準備防禦。

火藥狀態逐漸消退，他的腳越來越痛。火藥狀態會過一段時間才會完全消退，在拐杖的幫助下，他還能繼續站立幾個小時，之後就會痛到幾乎站不起來。

佩屈克會大發雷霆。湯瑪士剛剛那樣作戰，或許已經把腳傷到無可救藥的地步。太蠢了。

血跡穿越兩個房間，裡面擺滿了王宮之外罕見的昂貴家具，構成兩個獨立世界。法特拉斯塔獸的獸角做成的乳白色骨椅，遠方叢林中的大貓皮和標本，一張用一整塊大黑曜石雕刻而成的矮桌，一具和馬一樣大的蜥蜴骸骨，還有來自世界各地的藝術品，包括比克雷希米爾年代更為久遠的雕像。

血跡通往一扇僕役門，門外是個小天井。湯瑪士仔細觀察這裡。他不知道勇衛法師是不是都死光了。他瞥見牧場對面有動靜，馬廄門打開了，兩匹馬衝出馬廄，繞過穀倉，離開別墅。湯瑪士在火藥狀態下看見尼克史勞斯兩手上的臨時繃帶，以及帶領他的馬逃走的勇衛法師身上扭動的肌肉。尼克史勞斯緊張兮兮地回頭看。湯瑪士一直注視他們，直到看不見那兩人為止。

如果祖蘭成功召喚克雷希米爾，這一切就都白費功夫。

「找不到尼克史勞斯。」歐蘭說。

湯瑪士轉身。士兵甚至沒有處理自己的傷，他盡可能站直身子，努力面對湯瑪士的目光，但沒能完全壓抑痛苦的表情，那表示他真的很痛。他在上衣外套中摸索捲菸紙和菸草，那些東西差點從他染血的手指上滑落。湯瑪士接過他的捲菸紙和菸草，幫歐蘭捲了根菸，然後從歐蘭胸前口袋拿出火柴點菸。歐蘭吸了一口，感激地微笑。

「去處理傷口。」湯瑪士說。「尼克史勞斯已經不構成威脅，先照顧你自己。你做得很好，我的朋友。」

「但尼克史勞斯……」歐蘭說。

「他繼續活下去就是我的復仇。」湯瑪士微微一笑，而他知道自己笑得有點殘酷。「那樣就夠了。」

40

爬了彷彿好幾個小時的樓梯後，坦尼爾才終於瞭解克雷希米爾宮殿的完整規模。正如戴爾所說，宮殿是個空殼，足以容納成千上萬個房間、廳堂、走廊的巨大空殼，如今只剩火山岩外殼，以及沿著內牆盤旋而上的巨大樓梯保存下來。隨著他們越爬越高，地上的灰燼厚度逐漸減少，腳步聲開始有了回音。坦尼爾很快就發現上方透出針孔般光線的位置其實是窗戶，他逼自己努力快速攀爬，不在乎戴爾有沒有跟上。

在近乎死寂的環境中，坦尼爾覺得時間好像凝止了。他似乎看見黑暗中有色彩忽隱忽現，宛如早已消逝魔法的殘魂，不時還有灰燼像幽靈一樣飄起。他在他們接近屋頂時看見窗戶——沒錯，但是窗戶離樓梯太遠，無法透過窗口射擊，而他也沒有工具可以爬上去。他繼續走，牆壁之間的距離越來越接近，樓梯也越來越窄，最後，他們抵達一座平台，照明充足，覆蓋煤灰，和宴會廳一樣寬敞。坦尼爾看見頭上的拱型屋頂和牆壁高處的窗口。

他斜靠在牆上，等戴爾跟上。

「在哪裡？」僧侶氣喘吁吁抵達時，坦尼爾問道。他上前抓住戴爾的袍緣。「在哪裡？你說我可以從這裡射擊，給我指個天殺的窗口出來！」他用力搖晃僧侶。

「那裡！」戴爾嚎啕大哭。他閉上雙眼，猛地一手伸向坦尼爾身後。

坦尼爾放開戴爾，轉過身去。他重新打量這個房間，開始感到一股寒意，彷彿有隻冰冷的手握住他的心臟。

這裡是克雷希米爾的王座廳。大廳對面有座高台，高台有十三級台階，上方放著一張漆黑的座椅。他看見那張椅子後面發出光芒。

坦尼爾快步走上台階，經過空蕩蕩的王座，看到一個沒門的拱道，他鼓起勇氣走進去。拱道另一頭的房間令他愣在當場，倒抽了一口涼氣，驚得目瞪口呆。這個房間光線充足，擺滿家具。牆上有掛毯，窗戶有玻璃，房間中央放了張四柱床，此外還有鋪了天鵝絨坐墊的椅子和鑲金邊的桌子。他絆了一下，蹭了點灰塵在白色地毯上，覺得自己彷彿從洞穴走進天際王宮。

「你沒把包帶過來？」一個女人的聲音問道。

坦尼爾感到一陣暈眩。祖蘭從陽台走進來。

「沒，女士。」戴爾出現在坦尼爾身旁。

「那個女孩呢？」祖蘭嘴角掛著一絲冷笑問道。

「在保護包。」戴爾站直身子，抬頭挺胸，不再發抖。他看起來不像戴爾了，臉上的稚嫩感褪去，留下了皺紋，坦尼爾眼睜睜看著假僧侶從口袋裡拿出一副榮寵法師手套戴上。

祖蘭大步走到坦尼爾面前，用一根手指抬起他的下巴，令他的頭昂起，並直視他的雙眼。他感覺很糟，心如死灰。

「我有預感你會追上來。」她說。「幸好我把傑凱爾留下來。他的計畫是什麼？」她問榮寵法師。

「射殺我們夠多的人，讓妳沒辦法召喚克雷希米爾。」傑凱爾說。

「這招搞不好真的有用。」祖蘭承認。「要把克雷希米爾拉過兩個世界之間的幽冥境界，需要大量的魔力。」

坦尼爾覺得自己身體在搖晃。他很想搶到一把槍，那樣應該至少能殺掉假僧侶，但手指卻不聽使喚。他明白自己輸了。

「為什麼？」坦尼爾吸了兩口氣，試圖發問。

「你問為什麼召喚克雷希米爾？」祖蘭翻了個白眼。

「不是，為什麼是這條狗？為什麼要搞這種花招？他只要等待機會就能殺光我們，為什麼不現在殺了我？」

祖蘭聳肩。「如果你父親在接下來的亂局中存活下來，我就能拿你當籌碼。他不聰明，但是很頑固。」

坦尼爾努力接受她的說法。「現在就殺了我。」他說。

她用長指甲輕觸他的脖子。「有必要的話，我會殺。」她舉起一隻手，坦尼爾閉上雙眼。片刻過後，他睜開眼睛，結果挨了一巴掌。他感覺到她的指甲劃破自己的皮膚。

「這是罰你把我丟下山崖。」說完，她轉身就走。

坦尼爾動了動手指，可以動。很好。那他能做什麼？「妳要去召喚克雷希米爾嗎？」他問。祖蘭輕笑。「已經召喚了。」她說。「我要看著他降世。有興趣一起來嗎？他上次降世時，半座山都塌了，你或許該躲在我的魔法力場裡。」

傑凱爾面露憂色，跟著祖蘭出去。坦尼爾眨眼，摸了摸手槍，也跟了上去。

陽台上擠滿了人，二十四名榮寵法師，或許更多，全都專注地仰望天空。坦尼爾身處這座巨大建築的頂峰——或是最接近頂峰的地方，他擠到榮寵法師中間，探頭望向一側。他發現湖邊真的有座競技場時，忍不住歇斯底里地笑起來。他可以從這個好位置直接看見競技場內部。

「好好觀賞。」有人在他耳邊低語。

說話的是傑凱爾，假僧侶對坦尼爾微笑。

「你令我作嘔，」傑凱爾說。「你和你的同類都是。克雷希米爾會徹底摧毀火藥法師，可惡的標記師。」

坦尼爾抓住傑凱爾的僧袍。傑凱爾哼了一聲，舉起戴手套的手。坦尼爾把他扔下陽台。對方慘叫聲持續了很久，甚至當他撞上宮殿的火山岩外殼滑落後依然持續迴盪。

「發生什麼事？」有人問。

「這傢伙是誰？」一個榮寵法師說。

坦尼爾拔出手槍，但不知道自己這麼做有什麼意義，又能造成什麼傷害。他用眼角餘光瞥見雲層中滲出一道亮光，感覺自己臉上的血色褪盡。他握緊手槍，至少可以帶幾個榮寵法師陪葬。

一名榮寵法師向坦尼爾舉起戴手套的雙手，手指抽動。坦尼爾舉起手槍，卻停住動作，因為那名榮寵法師突然間——顯然很高興地——自己從陽台躍下。

另一名榮寵法師跟著照做，接著第三名慘叫倒地，猛抓雙眼。坦尼爾轉向陽台入口。

卡波站在那裡，雙腳站開，雙手張開。鹿皮背心領口敞開，背包放在腳邊，一旁擺了很多娃娃。她火紅色的頭髮亂蓬蓬的，舉起一隻手。

娃娃——幾十個娃娃在她面前散開，就像占卜師面前的紙牌，被無形的手托起。祖蘭看見卡波，立刻尖叫。

所有事情都發生在一瞬間。榮寵法師連忙戴上手套，比畫防禦手勢。祖蘭僵在原地，彷彿陷入恐慌之中。卡波則展開攻擊。

火焰從她指尖蔓延開來，燒到了幾個娃娃，榮寵法師的身上也隨之起火。之後，卡波手裡出現一根針，她出手如風，用力戳向不同的娃娃，陽台上立刻充斥著痛苦的慘叫聲。

一名榮寵法師展開攻擊，對卡波發出一道魔光，但她毫不退縮，魔光轉彎擊中一個娃娃，坦尼爾右邊的榮寵法師當場化為灰燼，隨風飄散。

貓鼬發現了蛇的巢穴，而坦尼爾正處於混亂的中心。他舉起手槍，射中一個卡波忽略掉的榮寵法師，然後拋下手槍抓起第二把，子彈耗盡後，他把來福槍甩下肩膀。

祖蘭在卡波重挫榮寵法師時恢復行動能力，她握緊拳頭，大步走向卡波，滿臉怒容。坦尼爾感到恐懼，不過不是為了自己。卡波或許能用陌生的魔法對付凱斯法師團，但她應付不了祖蘭。

坦尼爾衝向祖蘭，刺出刺刀。她隨意揮了揮手，他便騰空而起。坦尼爾撞上陽台欄杆，壓碎了某樣東西，差點摔下陽台，他拚命想找東西抓，來福槍甩到陽台另一端。祖蘭身邊躺滿已死或將死的榮寵法師，她大步走向卡波。

卡波的娃娃會在榮寵法師死亡時融化。有些娃娃搖晃落地，有些則往旁邊飄開，她轉動雙手，剩下的娃娃開始轉圈。坦尼爾認出了祖蘭的娃娃。

祖蘭在卡波操弄娃娃上方的空氣時哈哈大笑。卡波張嘴。

「坦尼爾，快逃！」

這話出自祖蘭的口中，卻不是祖蘭的聲音。那是一個女孩的聲音，語氣帶有絕望。

「現在就離開！」

祖蘭似乎沒發現自己說了話。她低頭衝向卡波，指尖冒出火光，點燃所有觸碰到的東西——不管是石頭還是肉體。火焰燒掉了幾個娃娃，兩名榮寵法師痛苦慘叫。

坦尼爾在陽台角落撿起他的來福槍。剩下的榮寵法師似乎都沒注意到他，他們盡可能遠離卡波，然後散開，手忙腳亂地抵抗她的魔法。

不，他不會逃跑。他絕不會丟下卡波不管。

坦尼爾抓起來福槍，檢查槍管，剛剛落地時摔掉了子彈。他清理槍管，重新裝填子彈，然後再裝一枚，兩枚都是紅紋彈。他塞入棉絮，固定子彈。一名榮寵法師向他移動，高舉雙手。他將刺刀插入對方眼中。

他靠著欄杆，找了個位置開始瞄準。剛剛看見的那道光芒從天而降，看起來像一團雲，高速墜落，越來越近。

那團雲飛掠他們身邊，下降至競技場中央。坦尼爾舔舔嘴唇，清了清喉嚨，努力穩住雙手。一撮火藥幫助他清醒，讓雙眼更銳利。

競技場太遠了，至少還有六哩，他的射程絕不可能有那麼遠。他深吸口氣。雲接觸到地面。

一隻腳從雲裡伸出，然後是整個人。坦尼爾抵抗伴隨暈眩魔法而來的黑暗。

雲裡的男人遠比坦尼爾見過的任何人都要美麗。他的皮膚完美無瑕，一頭金色長髮光滑柔順。他身穿短袖束腰外衣，彷彿出自描述克雷希米爾年代的舞台劇。他從雲端走下，駐足片刻，完美的容顏被緊蹙眉頭所破壞。

坦尼爾眨眼擠出眼中的汗水，扣下扳機。槍聲在耳中迴盪，他隨即放下來福槍。與其說他看見，不如說感覺到兩顆子彈飛向克雷希米爾，飛得遠比它們理應落地的時間還長，而他單憑意志力讓子彈繼續飛行。他腦袋開始劇痛，雙手顫抖。為了讓子彈繼續飛，他燃盡火藥筒裡的火藥。頭痛欲裂，但他仍然堅持著。

一顆子彈射進克雷希米爾的右眼，另一顆擊中他的胸口射穿心臟。坦尼爾眼看著神的身體軟癱倒地。

坦尼爾感覺一陣啜泣湧至胸口。他殺了神。

他摔倒在陽台地上。

祖蘭的怒吼聲貫穿他的腦袋時，他已顧不了那麼多了。他聽見一聲巨響，接著整個世界開始猛烈震動。他抱著來福槍，讓自己蜷縮成胎兒姿勢。建築物開始倒塌。

我殺了神。

卡波。她還活著嗎？他踉蹌爬起，丟下來福槍。他沒看見卡波，祖蘭也不見了。宮殿在他腳下晃動崩裂。又有地震了？矛湖中央，一道巨大噴泉噴向空中。坦尼爾感覺到噴泉的高溫，他強迫自己進入室內。

卡波躺在通往王座廳的拱廊上，嘴角、鼻子，還有一邊眼角都在滲血。她凝望坦尼爾，手裡依然握著一個娃娃——很明顯是祖蘭娃娃，那娃娃的表情怒不可抑。

坦尼爾跪倒在卡波身邊。

「我沒辦法帶妳去安全的地方。」他說。「現在沒有安全的地方了。我殺了神。」

卡波眨眼。坦尼爾泣不成聲。

「波？」

她微笑，伸手抓住他後頸，拉到面前，力氣遠比坦尼爾想像得還大。

然後他感覺到他們下方的地板坍塌了。

尾聲

真是見鬼了。歐蘭在他們把屍體搬出來攤在湯瑪士面前時心想。

下雨了，一陣陣風吹拂他們頭上的帆布帳篷。那些聲音——並非發自凡人口中，宛如報喪女妖的呼喊——以及硫磺味，遮蔽了他的感官，讓他每隔幾分鐘就想吐。

他能透過搖曳的樹枝隱約看見南矛山。整座山——不，整片東南方天際，都像火堆旁的山坡般綻放火光。不管戰地元帥怎麼說，待在這麼近的地方都令他緊張。山已經變了，熟悉的火山口自南側崩塌，讓山裡憤怒的內臟流到凱斯平原上。

歐蘭希望岩漿淹沒整個可惡的凱斯大軍。

與艾卓面積一樣龐大的火山灰和黑煙飄在空中，和山裡流出的岩漿相映。灰燼如降雨般墜落，所有人都得用布遮臉。火山口南緣噴出一片火雲，繼而消失，衝向凱斯。歐蘭發了個寒顫。光是那片火雲大概就能覆蓋整座城市。

肩冠堡壘消失了，毀於山崩之中。最後一批撤離人員剛剛抵達湯瑪士的營地，看來他們即時撤出所有守山人。他們還帶來了山頂之戰的倖存者及足以撼動靈魂的傳言。

「他們死了嗎？」歐蘭問。他拿新捲的香菸去碰火盆，然後叼在嘴裡，享受香甜的香菸氣。佩屈克醫生瞪了歐蘭一眼，歐蘭做了個鬼臉。他應該要管好自己的嘴巴，畢竟他問的可是戰地元帥的兒子。

抬回來的有三個人，從頭到腳包得密不透風以隔絕火山灰。其中一個肯定還活著，是個中等身材的男人，形容憔悴，十分虛弱。他被人用擔架抬進來，手腳明顯都被繩子綁住。他的雙臂伸出，用十字形木棒架著，這樣能讓人隨時看見他赤裸的手掌。歐蘭猜他是榮寵法師包貝德，國王的皇家法師團最後一名成員。包打量房間，他嘴巴沒被堵住，但也沒有說話。

另外兩個倖存者是一對年輕男女。士兵拆開他們身上的遮布，讓佩屈克醫生檢查。那個女人，不，從體型看來是女孩，是皮膚上有雀斑的野人，頭髮如果沒被燒焦應該是火紅色的。歐蘭看不出來她是死是活。男孩則是坦尼爾，歐蘭認得他的長相，湯瑪士的所有士兵都認得。

歐蘭側身走到榮寵法師的擔架旁，拉了張板凳坐下。

「上面的情況很糟嗎？」歐蘭問，在胸口突然痛起來時皺眉。查爾曼造成的劍傷乾淨俐落，米哈理用歐蘭無法理解的魔法幫他治療。傷口是治好了，但肋骨之間還是會痛。

包瞪他一眼。

「抽菸嗎？」歐蘭捲了根菸放進包的嘴裡，用火柴點燃。包吸了一口後咳了起來。歐蘭拿開香菸一會兒，再重新放回包嘴裡。包輕輕點頭。

「我聽說所有人都撤了。」歐蘭說。「山崩前撤離的，很幸運。」

包沒說話。

「謠傳有個厲害的女法師在山上，與你和坦尼爾大打出手。她還活著嗎？」

「不知道。」這話幾乎是耳語，包嘴唇動得很輕，以免菸掉下來。

「太可惜了。」歐蘭說。「如果她活下來，希望她摔到凱斯那一側的山上。」

包沒有回應。

這時一個男人走進帳內，他的體型加上肩膀上的皮草，讓他看起來和熊差不多，背心上繡有守山人司令的徽記。歐蘭不認得他。

湯瑪士離開兒子身邊，向守山人司令打招呼。「賈可拉。」

「那孩子怎麼樣？」賈可拉問。

「還活著，奄奄一息。」

「真是奇蹟。」賈可拉說。「你要感謝那個女孩，把她當成坦尼爾一樣照顧。如果他活下來了，他就欠她一條命。見鬼了，據弟兄的說法，我們全都欠她一命。」

湯瑪士看向女野人。「她的狀況比坦尼爾還差，我不知道救不救得了她。」

「反正你得救她。」賈可拉說。「你手下的醫生不是只有這個老頭。」他走到湯瑪士的帆布床坐下，從外套口袋裡拿出一個酒瓶。

歐蘭皺眉。他應該要訓斥這傢伙嗎？他看起來比自己高壯三倍。就歐蘭所知，只有薩邦能在那樣和戰地元帥說話後，還可以全身而退。

「賈可拉，」歐蘭說。「這名字很耳熟。」

包輕輕搖頭。「我叫他加瑞爾。」

歐蘭將包口中的香菸拿出來，彈掉菸灰，然後又放回他嘴裡。「賈可拉。」歐蘭唸著。「賈可拉，賈可拉……嗯，等等，潘斯布魯的賈可拉！」他瞪大雙眼。「是他？」

「別問我。」包說。

歐蘭坐回板凳上，抽起自己的菸，努力回想部隊裡的謠言。據說賈可拉是湯瑪士最親密的朋友之一，有人說他是湯瑪士亡妻的哥哥。歐蘭不知道這些傳言是真是假，賈可拉早在歐蘭從軍之前就已經失蹤了。

湯瑪士一瘸一拐地走到包的擔架旁蹲下，他要確保坦尼爾抵達安全的地方後，才肯讓米哈理治療自己。他的腳狀況很糟，越來越糟，但他還是和從前一樣固執。

「我有問題要問你。」湯瑪士說。

歐蘭拿走包嘴裡的香菸，讓他回答。

「上面出了什麼事？」湯瑪士問。

包陰鬱地瞪著戰地元帥，看起來不像是會很快開口的樣子。

「我不會處決你。」湯瑪士說。「暫時還不會。這玩意兒——」他指向繩子。「只是預防措施。我猜你依然受到制約影響？」

包點頭。

「你和坦尼爾還沒找到解除制約的方法？」

「我們上個月都在對抗凱斯。」包說，聲音很沙啞。「我們沒時間。」

「制約法術什麼時候會殺死你？」湯瑪士問。

「我不知道。」

湯瑪士思考了一會。「你暫時就保持這樣吧，我們會想辦法讓你舒服點。我知道你想殺我不是你的錯。」

包看起來並不放心。

「上面出了什麼事？」湯瑪士又問。「坦尼爾真的對克雷希米爾開槍？」

「對。」包說。

「你看見了？」

「我感覺到了。」包說。「九國境內所有榮寵法師都感覺到了，貫穿了我的靈魂。你有感覺到嗎？」

湯瑪士搖頭。「歐蘭，你有感覺到嗎？」

「沒有，長官。」歐蘭說。他對包的菸吹氣，以免菸熄了。「不過或許我有。我開始吃乾糧之後就一直消化不良，我想念米哈理的伙食。」

「你該感覺到的。」包說。

湯瑪士向後一靠，痛得皺眉。「所以克雷希米爾死了。」他說，扶著擔架邊緣讓自己站穩。

歐蘭皺眉。「長官，你的拐杖呢？」

包開始輕笑，聲音很低沉且令人不安。他越笑越大聲。

「有什麼好笑的？」歐蘭問。

包搖頭。「不好笑。」他說。「湯瑪士，你不懂，神是殺不死的。」

湯瑪士坐在兒子身旁。坦尼爾奄奄一息，醫生說他陷入昏迷，不知道什麼時候會醒來，或醒不醒得過來。

湯瑪士應該堅持要米哈理跟來的。他吞嚥喉嚨裡的硬塊，希望坦尼爾能夠撐過趕回艾鐸佩斯特的旅程，神肯定能治好他。只要解決了這件事，他就會讓米哈理治療自己的腳。

「你做得很好。」湯瑪士說，一隻手放在坦尼爾額頭上，觸手滾燙。「現在，別給我死了，我不能失去你。我失去了你母親，絕不能再失去你。」

帳簾被推開，帳外有個壯得和山一樣的人投下巨大的陰影。

「你兒子是個剽悍的戰士。」

湯瑪士看著大舅子走入帳篷，坐到帳內唯一的另一張椅子上。「我該叫你賈可拉，還是加瑞爾？」湯瑪士問，一手掠過臉頰，希望對方沒看見他擦掉的眼淚。

「加瑞爾就好。」守山人司令說。

加瑞爾。自從湯瑪士和他暗殺凱斯國王失敗後，他就化名加瑞爾躲避伊派爾的追殺。那已經是很久以前的事了，彷彿是上輩子的事。後來加瑞爾就變成酒鬼，不過他此刻看起來很清醒。

「離開南矛山時，我們看見凱斯部隊西行。」加瑞爾說。「瓦賽爾之門。」

「他們打算進攻。」湯瑪士說。「大舉來犯，毫不喘息。」

「他們現在有神在撐腰了，假使如包所說，克雷希米爾沒死的話。」

「我們也有。」

「什麼？」

「亞頓，克雷希米爾的弟弟。」湯瑪士解釋。「不過，亞頓並非暴力之神，他不是克雷希米爾。就打仗而言，凱斯比較有利。」

加瑞爾伸長雙腳往後靠，然後在椅子嘎嘎作響時連忙調整姿勢。「神。」他輕聲道。「兩個神！還有遠古法師。這不是我們熟知的世界，湯瑪士。」

「我現在只關心這個。」湯瑪士指向兒子。

加瑞爾安靜片刻，然後繼續說。「我為了妹妹的死哀悼了十五年。」他說。「如果出現最糟糕的情況，我求你了，不要犯和我一樣的錯，也不要在他還沒死之前就開始哀悼。」

湯瑪士點頭。他還能說什麼呢？

「我聽說薩邦的事了。」加瑞爾說。「我很遺憾。」

「我的人裡有叛徒。」湯瑪士說。

加瑞爾皺眉。

「我信任的調查員幫我找出議會裡的叛徒。」湯瑪士深吸口氣。「他成功了，但因為家人淪為人質，自己也成了叛徒。他害死了薩邦。」

「你要怎麼處置他？」

「讓他付出代價。」

「別讓仇恨吞噬你。」加瑞爾警告。

「不是仇恨。」湯瑪士說。「是為了公平正義。」

加瑞爾說：「按照公平正義，克雷希米爾會燒光全艾卓。」

湯瑪士起身走向他的行李箱，每一步都痛得死去活來。他打開箱蓋，拿出坦尼爾送他的兩把赫魯斯奇手槍的其中一把。

「我兒子就躺在死亡之門外。」湯瑪士說著，坐回椅子上，把手槍放在腿上。「我的妻子早已去世，許多朋友也隨她而去。」他檢查槍管，拉開擊鎚，瞄準帳牆。「再沒什麼東西能激發我的同情心了。我會去瓦賽爾之門迎戰伊派爾的大軍，擊退他們，把他們趕回凱斯，一路燒到伊派爾門口。」湯瑪士扣下扳機，聽見擊鎚擊落。

「我會正面與克雷希米爾對峙，教他什麼叫公平正義。」

《火藥法師1 血之諾言》完

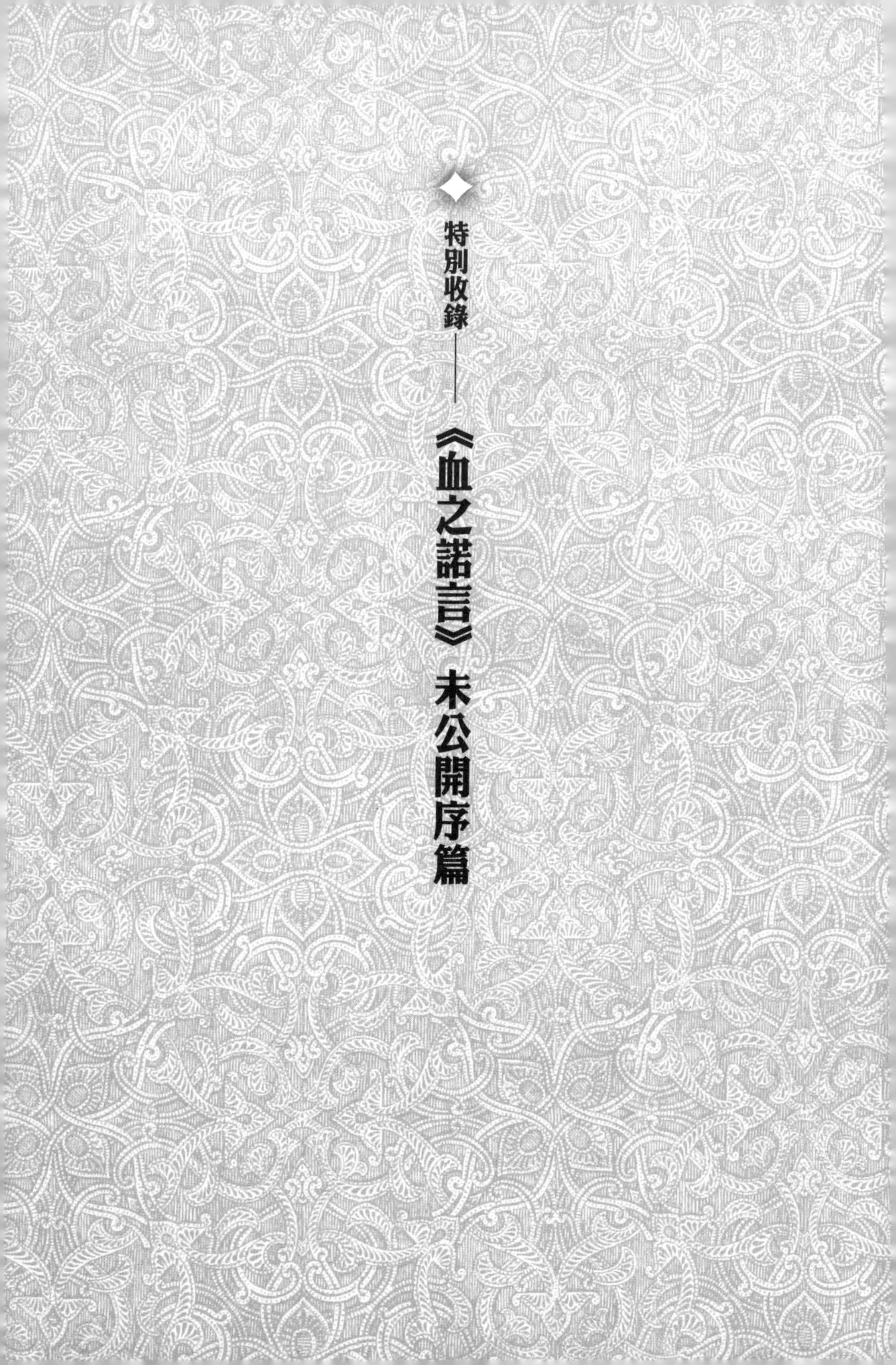

特別收錄——《血之諾言》未公開序篇

身為貧窮男爵的幼子，弗蘭莫並不期待自己能繼承什麼家產。他父親留下的東西都會落入弗蘭莫哥哥的手裡，而他哥也承認自己是個酒鬼。曾經有權有勢的艾卓男爵家族的最後一點財產，即將消失在艾鐸佩斯特的賭場裡。倒不是說弗蘭莫在乎貴族血統之類的事情。

一個叔叔安排弗蘭莫進入艾卓外籍軍團擔任隊長，但弗蘭莫真正的天賦和戰場毫無關聯，他為什麼要接受那種職務？

弗蘭莫坐在床上。他的腳碰到冰冷的木地板，寒意本來會把他趕回被窩裡，但他有種得立刻離開此地的預感。他鼓起勇氣，赤腳下地，穿上一件晨袍，看都不看床上的女人一眼就走向隔壁房間。他輕輕關上房門。

桌上有溫熱的早餐在等著他。他皺眉看著白鑞托盤上的粥和牛奶。就連桌布的線頭也綻開了。這是一頓平民早餐，大學房東很少會提供更豐盛的食物，但今天弗蘭莫不打算吃這些垃圾，他會在一小時內穿越半個城鎮，去某個地方用餐——更昂貴的地方。他用臉盆裡的水潑臉，伸手去拿毛巾。

「今天早上很冷。」

弗蘭莫轉身。他撞到臉盆，水灑了一地。一個男人坐在門邊的椅子上。弗蘭莫慌張地左顧右盼。那傢伙片刻之前並不在房裡。

「你他媽是什麼人？」弗蘭莫問。「你怎麼進來的？」他的劍和槍帶都掛在門邊，就在那陌生人的肩膀上方。

「你該記得要鎖門的，」男人說。「最近到處都是小偷和殺手。」

弗蘭莫四下找尋武器，手邊唯一拿得到的東西就只有臉盆，他的手摸上盆緣。「那你是小偷還是殺手？」

「我只是個軍人。」男人說。

那男人說自己是軍人，但他身上的法特拉斯塔鹿皮衣，弗蘭莫只見過有錢學生或年輕貴族會穿，那些人認為這種遙遠大陸邊境服飾隨時都可能帶起潮流。「軍人才不會穿……」弗蘭莫住了口。那件鹿皮衣並非出自裁縫店的全新鞣製皮衣。那件皮衣經歷日曬雨淋，呈現深棕色，手肘和膝蓋處都因為穿久了而磨得光滑。一個法特拉斯塔邊境士兵來這裡做什麼？

「先聲明，我是聲名遠播的鬥士，用劍和槍都很拿手。」弗蘭莫說。「你最好不要小看我。如果你想要錢，去找別人，我很窮。」

邊境士兵微笑。「你的槍和劍都在這裡。」他說著，摸了摸弗蘭莫的槍帶。「而且你的槍還沒上膛。錢？別說笑了，你向你一半的朋友吹噓別人付多少錢讓你色誘那個女人。」他朝臥房門點了點頭。

弗蘭莫心驚膽跳。這傢伙是什麼人？他來這裡做什麼？他散發出一種令弗蘭莫不安的氣息，這傢伙不是受雇的殺手或嫉妒的丈夫，殺手不會這麼多話，而所有妒火中燒的丈夫都只會說要決鬥，和弗蘭莫決鬥過的妒夫早就多到數不清了。

「兩萬克倫納。」弗蘭莫表示。「對，我很多朋友都知道。你打算要搶劫嗎？我錢還沒到手呢。」他語氣不屑。這傢伙是來勒索的，只有這種可能。「跟我來，我請你吃早餐，然後討論討論。」在公開場合能輕易叫來警察。

「她是戰地元帥的火藥法師。」邊境士兵問。「你不怕惹火他？」

「他能對我怎麼樣？」弗蘭莫兩手一攤。「我又沒有犯罪。」

「她還是湯瑪士未來的媳婦。」

弗蘭莫大笑。「對，而她未婚夫人在……法特拉斯塔。」弗蘭莫感覺自己的雙手開始顫抖。

邊境士兵舉起牛角火藥筒，用拇指轉開蓋子。他緩緩在手背上倒了一排火藥，目光始保持在弗蘭莫身上。他舉起手來，吸光火藥。

「雙槍坦尼爾。」弗蘭莫說。

對方露出狼一般的笑容。

弗蘭莫撲向他的劍，而坦尼爾動作更快，他從皮帶上抓下弗蘭莫的劍，穿越半個房間衝向弗蘭莫。弗蘭莫感覺對方手肘擊中他的胸口，使自己騰空而起摔向後方，背部狠狠撞上牆，力道之大，足以讓家具發出碰撞聲。對方那一劍滑入了他的肩膀，插進身後的木牆。他聽見槍聲，聞到火藥味，感覺劍刃震動，以人力難及的力道捅入牆內。弗蘭莫痛得大叫。

弗蘭莫感覺脖子上傳來坦尼爾火熱的氣息。坦尼爾的笑容變得猙獰，瞳孔縮小，一手掐住弗蘭莫的脖子，一手握著劍柄。

「你不敢。」弗蘭莫咬牙說道。他眼冒金星，想抬手推開坦尼爾，卻一點力氣都沒有。

坦尼爾哼了一聲，後退一步，搖頭說道：「你尿褲子了。」他說。「我殺過榮寵法師和貴族，但從未殺過自己同胞，我也不打算從現在開始殺，那種事交給我父親去做就好。」

交給他父親，弗蘭莫不明白。

「坦尼爾……？」

坦尼爾回頭一瞥。女人站在臥房門口，抓著床單遮住胸口。坦尼爾轉回去面對弗蘭莫，拍了劍柄一下。弗蘭莫痛得嗆到。

「那是她的。」說完，他轉身離開房間。

弗蘭莫奮力扭頭看向自己的肩膀。一枚在滴血的鑽戒套在肩膀和劍柄間的劍刃上。他仰頭喘氣。我不會死，我不會死的。他對自己說。他沒殺我，但是他們得砍斷我的劍才能放我下來。

致謝

實在有太多人，若少了他們，這本書就無法誕生。

首先我要感謝我超強的經紀人凱特琳・布拉斯戴爾，因為她看到我的潛力，拖著我又拳打腳踢又尖叫地進行繁瑣的編校過程，然後才讓編輯讀這本書。接著我要感謝我的編輯黛薇・皮賴。即使在我想大叫「不……拜託……別逼我改角色名！」時，她依然用富有感染力的熱忱讓我繼續往前走。

感謝我才華洋溢的妻子蜜雪兒，還有我們花在腦力激盪上的那些時間。書裡很多酷點子都是她想出來的。

我從高中時就意識到我想靠寫作維生。我要特別感謝瑪琳・納帕羅，她為了讓我好受一點而閱讀我的早期作品，儘管她本來預期會討厭那些故事。她是開啟這整段旅程的關鍵。威廉・普魯特教我熱愛歷史，而歷史是一切想像的根基。在大學時期，無數人讓我堅持下去，給我建議與鼓勵，其中最重要的是欣娜・彼得森和葛蘭・包茲・包斯威爾。

感謝南希・古德，她在我艱困的過渡時期贊助我，儘管當時毫無跡象顯示我將有所成就。

以撒・史都華、史帝夫・戴門和羅根・莫利茲反覆閱讀這本書和別本書的諸多版本，他們為朋友所做的付出實在難以言喻，提出了非常寶貴的意見。感謝查麗莎・普雷爾，她是第一位讀過我的作品就認定它有機會出版的陌生人。在我寫作與出版的艱辛過程中，數十人看過我的故事並提供意見，感謝他們！

謝謝蘇珊・伯恩斯和蘿倫・潘品托，以及歐比圖書（Orbit Books）的所有工作人員。那些源自我想像深處的故事，竟能讓別人覺得興奮，對此我依然感到吃驚。

我最欽佩也最感激的人是布蘭登・山德森，他不但教我寫作的技巧，還告訴我如何在整個業界航行。

當然，以上種種都比不過我對母親的感激之情，她讓我對很少會想到的東西產生興趣，也從不懷疑我有朝一日能夠成功。我還要感謝我父親，我母親逼我學任何東西時，都是他在繳學費。

最後，感謝所有鼓勵我追求夢想的家人。

作者訪談

一、你什麼時候開始寫作？

印象所及第一次是三年級時寫的短篇冒險故事，只有兩頁左右，但對一個小學三年級學生而言已經很長了。那個故事讓我最後贏了班上的寫作比賽。

我直到約十四歲時發現有人在網路上寫《時光之輪》的同人誌，才開始把寫作當成興趣。我發現我真的很享受寫作，然後很快就進入了全新的世界。

二、影響你最深的故事有哪些？

我最喜歡的幾本書對我造成很大的影響：《悲慘世界》、《基度山恩仇記》、《三劍客》、《納尼亞傳奇》、《亞瑟王傳說》，還有《蠻王科南》。說真的太多了。就經典故事而言，我向來喜歡冒險故事。我喜歡陰謀、決鬥和拚命逃亡的劇情。

三、《血之諾言》的構想從何而來？

自從我看過強尼·戴普的《頭號公敵》後，就一直在構思設定於一九三〇年代、有湯普森衝鋒槍和魔法的短篇故事。那個構想讓我開始思索魔法和先進科技搭配（或對立）會是什麼情況。沒過多久，我就和我妻子一起坐下來欣賞影集《夏普傳奇》第一集，還沒看到一半，我就知道我下一部作品要寫架空世界的拿破崙史詩奇幻了。那天晚上我們就開始研究魔法系統。

四、為什麼把魔法和火藥混搭？

老實講，當時火藥並不是重點，最令我著迷的是工業革命發生在魔法世界的構想。人民要如何適應？工業世界中會如何使用魔法？還有更棒的是，魔法會不會發生轉變，開始隨著科技持續發展？

五、家族忠誠的重要性是這本書一大隱性主題，不只是坦尼爾和湯瑪士，還有阿達瑪和他的家人。相對於政治權謀和戰爭，這個主題對於劇情發展的影響有多深？

我認為對不同的角色來說答案都不一樣。對湯瑪士而言，政變和緊接而來的戰爭是引導劇情的重點，畢竟他是整個故事的推手。

坦尼爾和阿達瑪都是隨著主線而走的角色，因為他們的劇情都隨著湯瑪士的故事線發展，他們的行為大幅受到家人關係的影響。

六、故事裡有正常的壞蛋，也有會魔法的壞蛋——說真的，主角根本是四面受敵。哪一種壞蛋寫起來比較有趣，也最有挑戰性？

我認為最具挑戰性的部分在於《血之諾言》裡沒有真正的大魔頭。有壞人——叛徒、敵軍，還有……神，他們都有自己的祕密目標。

然而，故事裡並沒有《魔戒》的索倫或《綠野仙蹤》的西方女巫那種角色，或是某種世間邪惡的實體化身。我想很多人都期待在史詩奇幻小說裡看見那類角色，所以要讓好幾個壞人躲在幕後操弄，同時又讓主角陷入真正的險境是很大的挑戰。

七、卡波是個非常有趣又強大的角色。你的靈感來自哪裡？

我對卡波一開始的想法，是想和坦尼爾來個有趣的互補對應。我要一個有點風趣又非常神祕的人物，但不能讓讀者一眼就看出「這傢伙是狠角色」。坦尼爾是九國全境內唯一認識她的人，而就連他也和她不熟。另外她還是個啞巴，寫起來既有挑戰性，又很有趣。

八、你在描寫戰爭場面和部隊生活時做過什麼樣的研究，如果有的話？

維基百科對這方面研究來說是很棒的工具。一來，上面會有很精闢的戰役總結；二來，你能在上面找到正確的專業術語，還會標明資料來源，讓你可以自己去找來閱讀。

在這方面對我有幫助的書有奧利維爾·柏尼爾的《一八〇〇的世界》（*The World of 1800*, by Olivier Bernier）、R·R·帕爾默的《法國大革命的世界》（*The World of the French Revolution*, by R. R. Palmer），還有雅各·華特的《拿破崙步兵日記》（*The Diary of a Napoleonic Foot Soldier*, Jakob Walter）。

九、如果你是技能師，會想要什麼技能？

我想要阿達瑪的技能。我的記憶力其實超爛，不管哪方面都是。我會忘記姓名、長相和發生過的事。因為記性差的緣故，我大學時外文學得很糟糕。要記住書裡所有情節，我得做詳細的角色、地點和時間軸筆記。如果能有完美的記憶就太好了。

十、湯瑪士的公平正義之旅接下來會往哪裡去？

第二集《緋紅戰爭》一開頭，戰地元帥湯瑪士就會面對兵力比他多上很多倍的凱斯大軍。他受困在敵軍領土，只有兩個旅的兵力，又沒辦法得到補給或援軍，情況只會更糟。

我們會探索他和他兒子前未婚妻及大舅子之間的關係，還會帶來更多和他過去有關的故事。

The Powder Mage Trilogy

火藥法師

中英文名詞對照表

A

Abrax 阿布拉克斯

Adamat 阿達瑪

Adom 亞頓

Adopest 艾鐸佩斯特

Adro 艾卓

Adsea 艾德海

Air reservoir 儲氣槽

Ajucare 阿祖凱爾

Alasin 愛拉欣

Andriya 安卓亞

Angle floating 角度飄移

Arch-Diocel Charlemund 查爾曼大主教

Archives 檔案處

Astrit 艾絲翠

B

Bakashcan 巴卡斯卡

bakerstown 貝克鎮

Barat 巴瑞特

Bellony 貝隆妮

Black Street Barbers 黑街理髮幫

Bleakening 大荒蕪年代

Borbador 包貝德

Brajon the Callous 無情者布拉強

Brigadier 旅長

Brudania 布魯丹尼亞

Brudania-Gurla Trading Company 布魯丹尼亞一葛拉貿易公司

Brude 布魯德

C

Caldera 火山口

Cave Lion 洞穴獅

Charwood Pile 查勿派爾

Claremonte 克雷蒙提

Coel 柯爾

Council of Kezlea 凱斯里議會

D

Del 戴爾

Deliv 戴利芙

Dole 道爾

Dynize 戴奈斯

E

Eldaminse 艾達明斯

Elections Square 選舉廣場

Else 艾爾斯

Erika 艾莉卡

Eunuch 閹人

F

Fatrasta 法特拉斯塔

Faye 菲

Fesnik 費斯尼克

Field Marshal 戰地元帥

Flamur 弗蘭莫

G

Gaben 加邦

Gael 蓋爾

Gaes 制約

Gates of Wasal 瓦賽爾之門

Gavril 加瑞爾

Giant Billiard Table 巨球桌

Gurla 葛拉

H

Hall of Lords 領主廳

Hassenbur Asylum 哈森堡精神病院

House of Nobles 貴族議院

Howling Wendigo 嚎叫溫迪哥（酒吧）

Hrusch 赫魯斯奇

Hrusch Avenue 赫魯斯奇大道

I

Ipille 伊派爾

J

Jakob 雅各

Jakola 賈可拉

Jalfast Waterworks 傑費斯噴泉

Jarvor 賈瓦

Jekel 傑凱爾

Johal 喬豪

Joon Street 瓊街

Josep 喬瑟

Julene 祖蘭

K

Ka-poel 卡波

Kah 卡

Kale 卡爾

Katerine 凱特琳

Kema 凱瑪

Kez 凱斯

King's Wood 國王森林

Knacked 技能師

Kola 卡拉

Krana 克倫納（錢幣）

Kresim 克雷辛

Kresim Caldera 克雷辛火山口

Kresim Church 克雷辛教會

Kresim Kurga 克雷辛克佳

Kresimir 克雷希米爾

Kresimir's Promise 克雷希米爾的承諾

L

Loadio 羅迪爾

lord of the Golden Chefs 黃金主廚之王

Lord Vetas 維塔斯閣下

Lourad 勞拉

Lourent 勞倫

M

Maies 玫絲

Manhouch 曼豪奇

Marked 標記師

Martyrs' Avenue 烈士大道

Mihali 米哈理

Millie 麥莉

Molly's Market 茉莉市場

Mopenhague 莫潘哈克

Mountainwatch 守山人

Mozes 摩斯

N

Narum 納魯姆

Nether 幽冥境界

Nikslaus 尼克史勞斯

Nila 妮拉

Noble Warriors of Labor 高貴勞工戰士工會

Novi 諾維

Novi's Perch 諾維棲息修道院

Nudge Bullet 微調子彈

O

Offendale 歐芬戴爾

Olem 歐蘭

Ondraus 昂卓斯

Orchard Valley Hunt 果園谷狩獵

P

Palagyi 帕拉吉

Palo Street 帕羅街

Pensbrook 潘斯布魯

Petrik 佩屈克

Pinny 品尼（紅酒）

Pitlaugh 皮賴夫

Powder blind 火藥癮

Powder horns 牛角火藥筒／火藥筒

Powder keg 火藥桶

Powder mage 火藥法師

Powder trance 火藥狀態

powder charges 火藥條

Predeii 普戴伊人

Prielight Guard 牧光衛士

Prime Lektor 普蘭・雷克特

Privileged 榮寵法師

Proprietor 大業主

R

Ranger 巡邏隊

Redstripe 紅紋彈

Reeve 總管大臣

Ricard Tumblar 理卡・譚伯勒

Rina 麗娜

Roan Bridge 羅恩橋

Rosvelean 羅斯維

royal cabal 皇家法師團

Rozalia 羅莎莉雅

Ryze 萊斯

S

Sabastenien 薩巴斯坦尼安

Sablethorn 黑刺監獄

Sabon 薩邦

Sergeant 中士

Shah 夏族

Shouldercrown Fortress 肩冠堡壘

Siemone 席蒙

Skyline / Skyline Palace 天際王宮

SouSmith 索史密斯

South Pike Mountain 南矛山

St. Adom Festival 聖亞頓節

Surkov's Alley 瑟可夫谷

T

Tamas 湯瑪士

Taniel Two-Shot 雙槍坦尼爾

Tasha 塔莎

Teef 提夫

The Elections 大清洗

The Madman 瘋子

The Rope 聖繩

third eye 第三眼

Tine 丁恩

Tulward 圖沃德

U

Ule 烏莉

Unice 猶尼斯

Uskan 烏斯肯

V

Vadalslav 瓦戴史雷夫

Vlora 芙蘿拉

W

Warden 勇衛法師

WatchMaster 守山人司令

Winceslav 溫史雷夫

Wings of Adom 亞頓之翼

火藥法師

❷ The Crimson Campaign

緋色戰爭

The Powder Mage Trilogy

艾卓和凱斯邊境的一場敗仗，使得湯瑪士和他的火藥法師團陷入了絕境。

面對敵方壓倒性的精銳部隊追擊，孤立無援的艾卓軍要如何絕地求生，穿越北凱斯的險惡地帶，返回艾卓保衛自己的國家，並抵禦憤怒的眞神克雷希米爾……

國家圖書館出版品預行編目資料

火藥法師. 1, 血之諾言/布萊恩.麥克蘭(Brian McClellan)著；戚建邦譯. -- 初版. -- 臺北市：蓋亞文化有限公司, 2024.10
冊；　公分. --（Fever；FR091）
譯自：The powder mage trilogy. book I, promise of blood
ISBN 978-626-384-104-8（下冊：平裝）

874.57　　113007354

Fever 091

火藥法師〔1〕血之諾言 Promise of Blood 下

作　　者　布萊恩・麥克蘭（Brian McClellan）
譯　　者　戚建邦
封面設計　莊謹銘
總 編 輯　沈育如
發 行 人　陳常智
出 版 社　蓋亞文化有限公司
地址：台北市 103 承德路二段 75 巷 35 號 1 樓
電話：02-2558-5438　　傳眞：02-2558-5439
電子信箱：gaea@gaeabooks.com.tw
投稿信箱：editor@gaeabooks.com.tw
郵撥帳號 19769541　戶名：蓋亞文化有限公司
法律顧問　宇達經貿法律事務所
總 經 銷　聯合發行股份有限公司
地址：新北市新店區寶橋路二三五巷六弄六號二樓
電話：02-2917-8022　　傳眞：02-2915-6275
港澳地區　一代匯集
地址：九龍旺角塘尾道 64 號龍駒企業大廈 10 樓 B&D 室
電話：+852-2783-8102　　傳眞：+852-2396-0050
初版一刷　2024年10月
定　　價　新台幣 390 元
Published and printed in Taiwan

ISBN　978-626-384-104-8

Gaea

GAEA